案卷五
定東陵
5
樊落 / 著
Leila / 繪

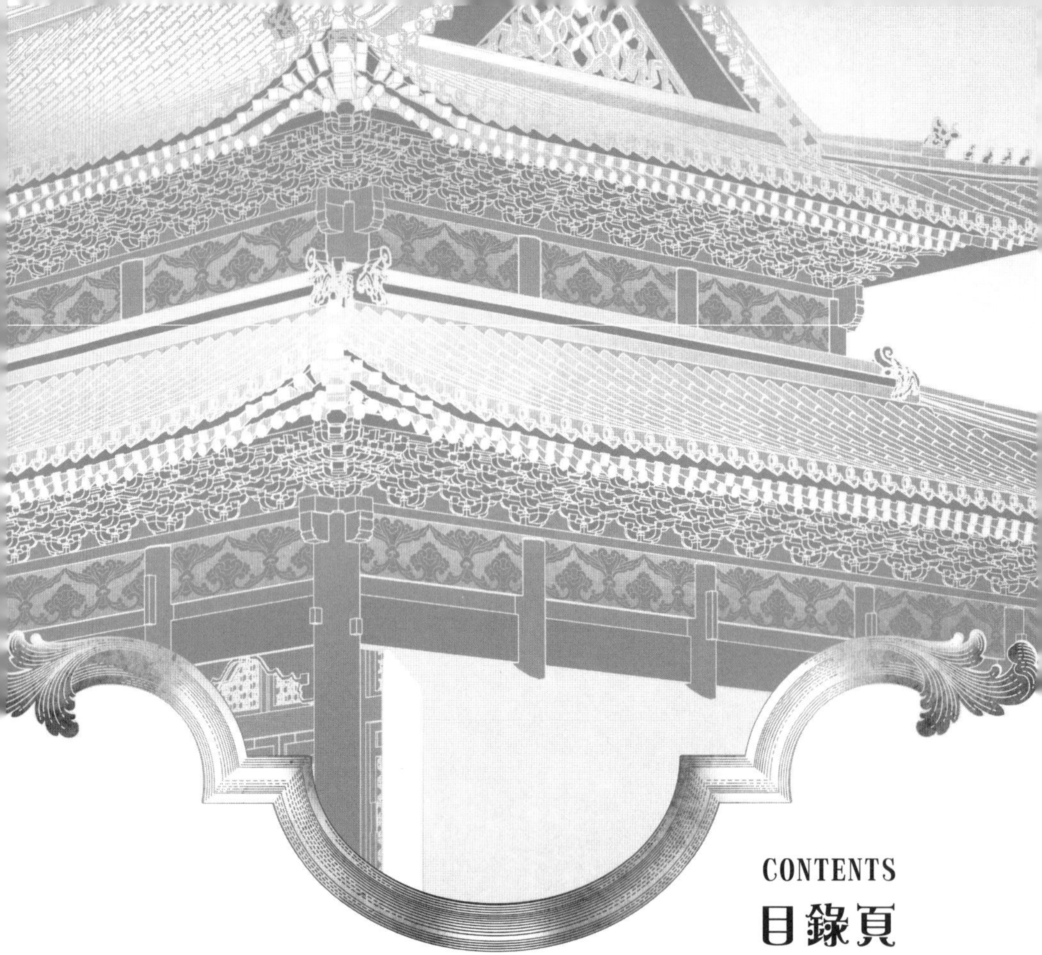

CONTENTS
目錄頁

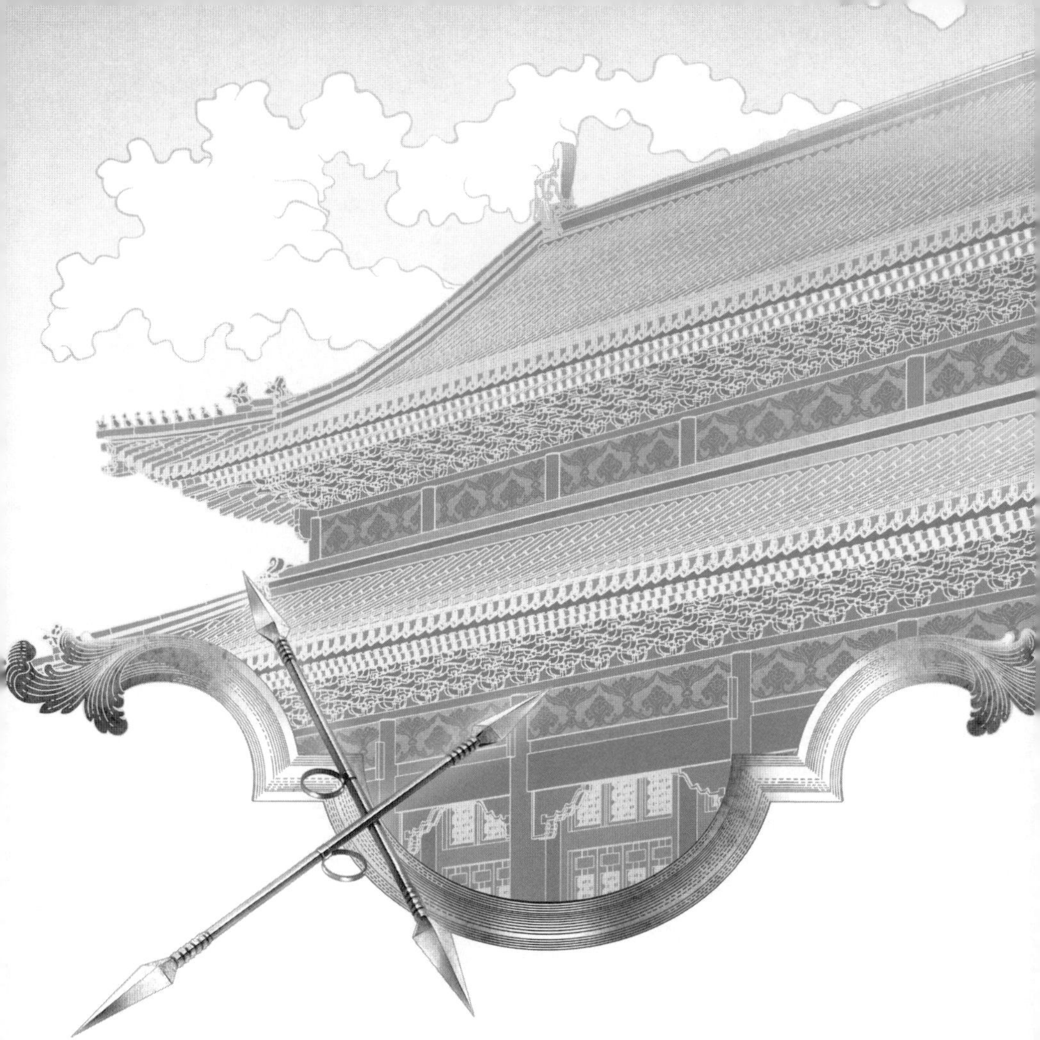

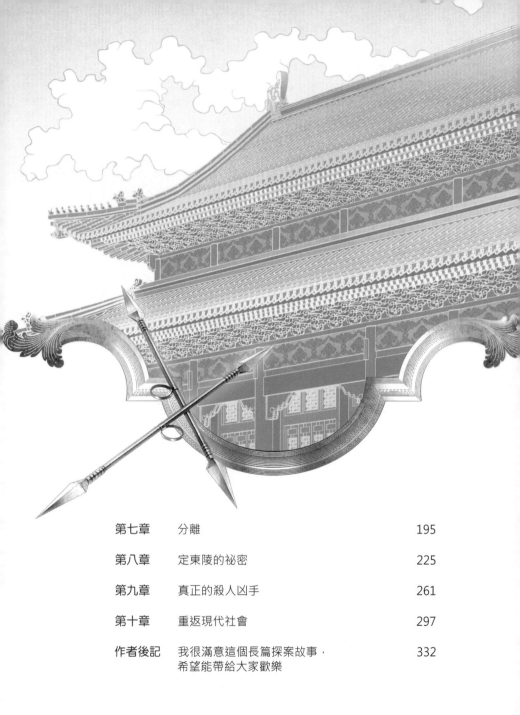

楔子

撲通、撲通、撲通，彷彿生命之鐘即將停擺的倒數計時。

心臟像是被死神之手扼住了，正在強令它停止，沈玉書的意識朦朧起來，他抬起手，想推開那隻抓住自己心臟的毒手，但實際上他只是微微動了動小指頭，這也是他最後擁有的一點力氣了。

終於，身體停止了掙扎，開始緩緩下墜……

黃埔江水將沈玉書吞沒的時候，他第一次切身體會到了死亡的存在。

沈玉書經歷過很多死亡事件，也解剖過很多屍體，但他從沒想到當死亡臨頭時，他會感覺如此恐慌。

因為他不會游泳。

沈玉書字萬能，意思就是他無所不能，偏偏他有一個最大的弱點——那就是他怕水，不會游泳，甚至從來沒想過要去學習游水。

善泳者溺，這是他一貫信奉的宗旨，但凡事總有意外，而今晚他就遭遇到了意外，有時候不會游水的人溺水而亡的可能性更大。

渾濁的江水迷蒙了沈玉書的視線，他的四肢大力地掙扎著，企圖浮上水面，但這個動作反而加快他下沉的速度，越是掙扎，平衡感就越難以抓住。

江水灌進了鼻子裡，帶來強烈的痛感，他本能地張開嘴巴，卻導致水流更猛烈地灌入口中，其速度之快，讓他連咳嗽的時間都沒有。

意識也像是被水淹沒了，在逐漸離他遠去，恍惚中他聽到了遙遙傳來的槍聲，子彈射進江中——即使看到他跳江，敵人還是不死心，不肯放過一絲讓他逃命的機會。

假如換了平時，沈玉書會冷靜地告訴對方——現在物資緊缺，不要浪費子彈，但現在射擊聲被輕易蓋過去，此刻在他耳中轟鳴的是血液衝擊心臟的聲響，激烈的、冷漠的、瘋狂的……

撲通、撲通、撲通，彷彿生命之鐘即將停擺的倒數計時。

心臟像是被死神之手扼住了，正在強令它停止，沈玉書的意識朦朧起來，他抬起手，想推開那隻抓住自己心臟的毒手，但實際上他只是微微動了動小指頭，這也是他最後擁有的一點力氣了。

終於，身體停止了掙扎，開始緩緩下墜，但不知是不是已經步入死亡的臨界點，沈玉書的腦子產生了幻覺，他感覺有人從後面托住了自己，接著脖頸傳來疼痛，再接著是頭部。

頭髮被揪住，用力地撕拽，並不痛，至少跟心臟的疼痛相比，那完全不算什麼，恍惚中神志慢慢遠去……

等沈玉書的意識依稀復甦的時候，他感覺到心臟部位被用力按壓，有人貼近他的嘴巴在做人工呼吸。

他忍不住開始咳嗽，想睜開眼睛看看那是誰，但眼皮很重，身體處於癱軟狀態，連動動小拇指都成問題。

現在他唯一確定的是失重感消失了，手指隱約接觸到某個硬硬的物體，是木板？石板？或是其他什麼東西……

刺啦聲響起，打斷沈玉書渾渾噩噩的想法，那是襯衣衣領撕開的聲音，有人攥住他的肩膀，把他拖了起來，很粗暴地給他來了個死魚翻身。

緊接著某個硬物頂住他的腹部，讓他頭朝下屈起身體，跟著下巴也被捏住了，他不得不張開嘴巴。

舌尖被掐住拉了出來，背部傳來拍打跟按壓，沈玉書感覺到噁心，嘴一張，先前灌進去的水一股腦兒噴了出來。

拍打還在繼續，直到沈玉書把水都吐得差不多了才停止，肩膀再次被抓住，他被仰面朝天丟在地上，動作簡單粗暴，沈玉書清楚地聽到了自己的後腦杓撞到地板的響聲。

——會腦震盪吧？

沈玉書恍恍惚惚地想著，隨即右臉頰上傳來疼痛，那人把拳頭揮了過來，他毫無反抗之力，臉往左一偏，口中存留的江水順著嘴角流了出來。

——搶救溺水者有揮拳頭這招嗎？好像我在學習緊急救護時老師沒有講到……

接下來左臉頰也中了一拳，這次沈玉書的臉偏向了右邊，兩拳下來，他原本有些清醒的意識又變得混沌起來，好想說前不久他的臉才遭受過暴力攻擊，可以不要總選擇同一個地方下手嗎？

但可惜他現在不僅說不出話，連意識都是渙散的，只覺得一道修長的身影在視線中晃了晃，遠處依稀傳來汽笛的響聲，以及逐漸消失的腳步聲。

不知又過了多久，呼喚聲將沈玉書的意識再度拉回來，他動了動眼皮，聽到有人在叫他，聲音飄搖，像是從很遠的地方傳過來的。

聲音此起彼伏，沈玉書終於睜開眼睛，首先映入眼簾的是上方廣袤的夜空，幾顆星星冷清地點綴在上面。

——這是哪裡？

沈玉書活動了一下手腳，觸手可及的是下方濕冷的木板，叫聲更近了，是端木衡跟洛逍遙的聲音，伴隨著江水，急促而又慌張。

沈玉書大大地吐出了一口氣，疼痛的臉頰，還有順暢的呼吸在告訴他，他還活著，有人救了他。

四肢攤開，仰頭看著黑濛濛的天空，沈玉書笑了，頭一次發現原來活著是一件多麼幸運的事。

「哥！表哥！沈玉書！你在不在？」

小表弟洛逍遙的叫聲越來越近，沈玉書定定神，用嘶啞的聲音回道——

「我在這裡……」

【第一章】

凶案再發

沈玉書問金狼：「是誰讓你殺我的？」

金狼皺起眉。

沈玉書無視他的反應，問：「是徐廣源嗎？」

「不是，不認識。」

「那是誰？」

金狼終於揭開了底牌：「他叫蘇唯。」

一瞬間沈玉書以為自己聽錯了，立刻反駁道：「不可能！為什麼？」

「不知道，我只管殺人。」

長春館的棋室裡人聲嘈雜，房門跟兩邊的木窗大開，巡捕們進進出出，門口站了幾個鄰居在探頭探腦地張望，順便回答巡捕的提問。

正值炎夏，儘管門窗都開著，還是疏散不了房間的燥熱，陽光斜照進來，讓地上那灘血跡越發醒目。

巡捕們都儘量避開地上的血跡，例行公事地收集證物後，就匆匆跑了出去，除非有必要，誰也不想在房間裡多停留——午後正是打牌打瞌睡的好時段，假如不出殺人案的話。

所以館主柳長春就成了大家詛咒的對象，只是他已經聽不到了，因為他此刻正躺在棋室地上，接受驗屍官的檢查。

室內響起照相機的快門聲，是雲飛揚在拍照，他不是巡捕房的人，也不是報社記者，他之所以可以在這裡拍照卻沒人阻止，是因為——第一，現場是他發現的；第二，沈玉書特意交代讓他拍。

跟著沈玉書和蘇唯調查過數起凶殺案，面對這種殺人現場，雲飛揚可說是經驗豐富，他除了照相技術外，還有獨特的著眼點，每次都可以捕捉到重要線索。

有鑑於巡捕房裡沒有正規的拍照人員，所以方探長就睜隻眼閉隻眼，隨他去了。

房間裡非常凌亂，棋盤、棋子還有很多棋譜跟相關書籍散落一地，對面的木質書架向前傾倒，卡在桌案上，原本放在桌上的筆墨硯臺被撞擊到，滾落在地，墨汁潑灑出來，跟飛濺的血滴混在一起，都已凝固了。

棋譜在地上攤開，上面也濺了不少血滴，雲飛揚把鏡頭對準棋譜跟旁邊零亂的棋子拍了一張，又轉去拍打開的窗戶跟窗戶下方摔碎的花盆。

雲飛揚來的時候窗是半開的，他正是透過開著的窗戶發現裡面出狀況。除了地上碎掉的花盆外，窗沿上還有兩盆君子蘭，從花盆的擺置來看，也有被移動過的痕跡，他猜想是當時凶手跟柳長春打鬥造成的。

最後雲飛揚把鏡頭對準受害者——仰面躺在地上的柳長春。

驗屍官正在檢查死者的狀況，沈玉書在旁邊協助，雲飛揚擔心影響到他們的工作，沒有馬上拍照，而且悄悄湊過去，留意他們檢查的情況。

「有什麼發現嗎？」他小聲問沈玉書。

「除了確定被害人是外傷造成的失血性死亡外，暫時沒有其他發現。」

沈玉書觀察著死者頸部動脈上的傷口，說道。

天氣炎熱，柳長春在家裡只穿了短衣，袖子挽至肘間，褲腿也高挽，可以看到他的手臂跟腿部的幾處劃傷。

傷口大多長約十公分，深度在一至二公分左右，從形狀來看，是被頂端類似圓錐形的利器所傷，不過這些都是輕傷，致命傷是頸部的那道傷口。

柳長春的眼睛沒有完全闔上，從扭曲的臉部表情可以看出他在死亡之前所遭受的恐懼，眼皮下的眼珠灰白呆滯，嘴巴半張開，像是要發出呼叫，卻被硬生生扼制住。

死者的一隻手略向上抬起，手指關節微屈，看起來是想捂住左頭部的傷，但最終沒能成功，驗屍官檢查了指甲，用小鑷子將指甲裡的一縷絲線挑了出來。

「這應該是死者在跟凶手搏鬥時，從他身上抓下來的。」

驗屍官對著陽光觀察著絲線說，又將絲線放進證物袋裡。

死者的指甲裡除了線頭外，還有一些粉狀木屑跟少許泥土。

沈玉書的目光依次掠過地板、桌腿上的抓痕還有翻倒的花盆，腦海裡浮現出死者急於逃命的畫面，花盆、書架以及桌椅在逃命中被推倒了，但可惜他最終還是沒能逃脫凶手的追殺。

前方閃過亮光，打斷了沈玉書的思索，他抬頭看去，雲飛揚剛好把照相機放下。

沈玉書的表情有些嚴肅，雲飛揚以為打擾他辦案了，點頭哈腰地退到一邊，又給他打了個「您請」的手勢。

沈玉書看向雲飛揚拍照的地方——死者右腰旁邊的地板，上面歪歪扭扭地寫了兩個字，再看死者的食指上也沾了血，看來字是他寫的，但有一部分被蹭掉了，只能勉強看到那兩個字的偏旁，連起來看的話是——

「金狼？」雲飛揚在旁邊小聲說道。

沈玉書的眉頭皺了起來。

金狼是罪行累累的殺手，手上犯的案子不計其數，他被抓獲後，卻因為某些原因沒有被立即處以死刑，而是被關押在重刑犯監牢裡。

前不久金狼逃獄了，為此引起很大的轟動，那幾天報紙上天天都是有關他的頭條新聞，最近才消停一些，沒想到他竟然再次出手作案。

前不久的棋賽疑案中，證人之一的茶館老闆曾遭到過狙殺，當時大家都認為是金狼做的，但那時金狼還被關在大牢裡，可是就在沈玉書推翻了大家的猜想後，金狼卻真正地逃獄了。

難道對那個殺手來說，監獄真的形同虛設嗎？

「一定要儘快抓到他，否則不知道又會有多少人遭殃了。」洛逍遙從外面進來，他剛才從同僚那裡大致瞭解案情經過，進來後就氣憤地說道。

沈玉書站起來，冷靜地說：「現在還沒確定這個案子就是金狼做的。」

「名字都有了，還錯得了嗎？這明明就是金狼兩字，我讀書少，別欺負我不識字。」洛逍遙指著那兩個被抹掉一半的字，振振有詞地說。

雲飛揚便又舉起相機，對著血字拍了一張。

沈玉書沒有反駁洛逍遙，但直覺告訴他真相並沒有這麼簡單。

在處理棋賽疑案時，他曾研究過金狼的資料，金狼是職業殺手，做這一行很多年了，他如果殺人的話，會做得非常乾淨俐落，可是看這裡的現場……

環顧一片狼藉的棋室，沈玉書覺得這更像是新手犯案，殺人後各種驚慌失措，連地上的血字都沒有注意到，或是故意……

思緒被打斷了，洛逍遙說：「金狼一定是沒看到柳長春寫的血字，否則會全部抹掉的，他大概沒想到死者最後會留下提示，而且你們看這傷口，這很明顯是峨嵋刺造成的，峨嵋刺是金狼常用的武器，這叫天網恢恢疏而不漏。」

沈玉書抬頭看了一眼被打碎的電燈泡，燈泡碎片落在血上，炎熱的氣溫下，碎片都已凝固在血液上面了。

他又轉頭去看燈繩，取了把椅子放在燈繩下方，踩上去，檢查電燈開關。

好像還是不久前，他跟蘇唯聯手調查虎符令一案時，他也曾檢查過電燈泡，蘇唯還以為他要自殺，嚇得衝上來勸阻，害他差點真的出事。

想起當時的場面，雖然知道不合時宜，沈玉書還是忍不住笑了。

說起來金狼所在的大牢正是蘇唯入獄的地方，在端木衡的幫助下，蘇唯已經安全離開，過了這麼久，他應該早就抵達廣州，不知那個人現在過得好不好？是否回到了他的家鄉，那個他經常提到的地方。

想起蘇唯的離去，沈玉書有些悵然，洛逍遙不知道他在想什麼，說了半天，他才注意到正事，問：「咦？哥你怎麼會過來？不要告訴我是碰巧。」

雲飛揚解釋道：「不是，是我打電話聯絡神探的，之前的案子神探一直在追蹤，我想神探會對這件事感興趣的。」

「聽說你是第一個發現現場的人？」

「是啊，我其實也是湊巧，這不之前那個案子結案了嘛，我尋思著能不能跟柳館主做個專訪，也許可以趁機找到蛛絲馬跡幫到神探，誰知……」

誰知他作夢也沒想到會遇到凶殺案。

自從棋館連續出了幾件案子後，柳長春就把棋館關掉了，所以大白天裡面一個人也沒有，棋館大門虛掩著，雲飛揚因為以前常來，也沒把自己當外人，就直接推門進來了，棋館前面的房間裡沒找到人，他就跑到後面來找。

「你其實是想看看能不能找到什麼線索吧？」沈玉書一針見血地說：「你有沒有想過這樣做有多危險？」

被說中心思了，雲飛揚心虛地摸摸頭，「我也是想幫你們啊，上次那件事……」

雲飛揚沒有說下去，但沈玉書知道他指的是哪件事——那次是他計算錯誤，低估了冒牌柳長春的狡獪，被反將一軍，害得蘇唯為他下跪道歉。

這件事一直都是沈玉書心裡的一根刺，直到現在他也無法釋懷，不是痛恨柳長春的所作所為，而是覺得愧對蘇唯。

他一直想做些什麼回報回去，可是現在連柳長春也死了，所謂的找出真相變成了一紙空談。

「出去說、出去說。」

見沈玉書的臉色不大好看，洛逍遙及時插進話來，剛好現場也檢查得差不多了，沈玉書隨他出去，雲飛揚不敢再亂說話，悄悄跟在後面。

在外面看熱鬧的街坊鄰居已經被遣散了，三人來到走廊一角，有房簷遮蔽，陽光曬不進來，但依然透著悶熱，洛逍遙看看遠處的天空，嘟囔道：「看這樣子，今晚的雨一定不小。」

沈玉書問雲飛揚：「來到這裡後，你有發現什麼嗎？」

「那間棋室是收藏各種棋譜的地方，柳館主……我是說真的那個柳館主平時不常來，冒牌貨我就不知道了，所以當時我也沒在意，準備去後院看看，誰知經過棋室時，聞到奇怪的氣味，我就好奇探頭看啊，結果就讓我看到凶案現場了，嘔……」

雲飛揚指指對面的窗戶，做出嘔吐狀。

窗戶還處於半開的狀態，可以清楚看到裡面的光景，雲飛揚雖然跟蹤報導過不少事件，但還是頭一次這麼近身接觸血案，想想當時的狀況，不由得抖了抖。

「我一看到有人躺在血泊裡，都嚇傻了，差點跌倒，愣了好半天才想到去開門，門是虛掩的，我推開門後不敢進去，神探不是常說要保護現場嘛，所以我就站在門口看了看，確定是凶案後，就急忙跑出去打電話報警了。」

「你是透過窗戶看到的？」

「是啊，就那兒。」雲飛揚指指窗外的走廊。

沈玉書走到那邊，探頭往裡看，果然可以對屋裡的狀況一目瞭然，洛逍遙跑過去問：「有什麼不對嗎？」

「嗯……」沈玉書拉著長音，沒有馬上回答。

他總覺得哪裡不對勁，但究竟是哪裡，一時間卻想不出來，要是蘇唯在就好了，那個小偷總會注意到一些細微末節……

不見沈玉書回答，洛逍遙說：「昨晚天氣悶熱，柳長春休息時就把窗戶打開了，沒想到被凶手有機可乘，對了，柳二呢？」

「沒找到柳二，凶案發生後他就不見了，剛才巡捕問了街坊鄰居，都說沒見到他……」說到這裡，雲飛揚反應過來，看向洛逍遙。

「你不是巡捕嗎？怎麼你知道的還不如我多？」

「因為我在忙著辦其他案子啊，你不知道，最近埠頭跟車站發生了好幾次打群架的事，那幫幫派混混為了爭地盤，整天都不安歇，這邊剛告一段落，那邊又出事了，唉……」

「不管怎麼說，當初棋賽的案子也算告破了，雖然不該說死人的壞話，不過冒牌柳長春會有今天，也是惡有惡報，他殺了真正的柳長春，卻沒想到自己有一天也會被殺。」

棋賽案告破？

沈玉書眉頭微挑。

當初是誰雇凶刺殺茶館老闆謝天鑠的？是誰下毒害死陳楓的？這些疑團到現在都沒

有解開，他當然知道殺害陳楓的人不是蘇唯，他只是迫不得已，才會藉那次的事件逼蘇唯逃離險境。

但是真相也隨著蘇唯的離開被淹沒了，到現在沈玉書都毫無頭緒，在這種情況下，又怎麼能說案子告破了？

看著屋裡的血腥現場，他低聲自語：「假如殺害柳長春的凶手是金狼，那麼雇主又是誰？」

「柳二啊，柳二跟柳長春本來就是同黨，為了達到某個目的，他們才會聯手，現在目的達到了，他們便自相殘殺，剛好金狼越獄後需要錢，柳二就提供金錢給他，讓他幹掉柳長春。」洛逍遙越說越覺得這個推理站得住腳，道：「說起來金狼也算是個人物，除了最後一案外，他殺的都是為富不仁者，剛剛好柳長春就是這樣的人，他既殺了惡人，又有錢賺，何樂而不為？」

「有道理、有道理。」

「那當然了，別忘了我正經是巡捕啊，不跟你們聊了，我要通知我們家總探長趕緊召集人手緝拿柳二，江湖殺手抓不到，抓一個市井之徒還是綽綽有餘的。」

洛逍遙是個急性子，說完了，風風火火地跑出去，沈玉書半路叫住他。

「最近你有見過阿衡嗎？」

洛逍遙腳步微微一頓，表情變得古怪起來，馬上又搖頭，「不知道，我跟他又不熟，有什麼事嗎？」

「沒事。」

聽說沒事，洛逍遙撒腿就跑，這反應像是端木衡就在跟前似的。

看著他的背影，雲飛揚狐疑地說：「他這個樣子，不像是沒事吧？」

他們的事他們會自己解決的，沈玉書現在心裡都被柳長春的案子占滿了，交代雲飛揚洗好照片後儘快拿來給自己，就跟驗屍官一起去了巡捕房。

出了大案子，尤其是這個案子還與在逃犯有關聯，巡捕房上上下下都嚴陣以待，總探長方醒笙跟其他幾位巡捕房的探長去公董局警務處作了彙報，被勒令儘快破案，緝拿逃犯金狼跟嫌疑犯柳二。

所以整個下午巡捕們都被派出去參加搜索行動了，巡捕房裡除了驗屍官跟幾個後勤人員外，幾乎成了空殼，沈玉書在裡面做事也沒人管他。

或者該說，沒人有心思去管他。

於是他很輕鬆地從驗屍官那裡收集到現場調查來的情報。

初步的驗屍結果證實了被害者的致死原因是頸部動脈被割斷，死者身上的擦傷劃痕推測是在跟凶手搏鬥時造成的，驗屍官找到金狼犯案時用過的凶器照片，再與死者的頸部傷口作對比，判斷是同一利器所致。

再加上棋館裡的貴重物品都沒有被取走，所以基本上可以判斷是雇凶殺人，殺手正是金狼。

另外，死者指甲中的線頭經過檢驗，確定是衣服的壓邊棉線，棉線上沾有絲綢纖維，而死者穿的衣衫是棉質的，所以棉線應該是從凶手的衣服上抓下來的。

看到這個結果，沈玉書有些狐疑——要知道絲綢衣衫價格頗貴，莫說一個在逃犯，就算是普通人都很少會穿，更別說穿著這種高檔衣服去殺人了。

「說不定是新買的呢？」驗屍官聳聳肩，解釋道：「你知道這些罪犯都有他們賺錢的管道，對他們來說，這只是一點小錢而已。」

可是他看過金狼被抓獲時的新聞記事，記事上都說金狼善於偽裝，混在人群中完全不起眼，所以才會蒙蔽大家的注意，屢屢犯案，穿絲綢衣裳作案不像是他的風格。

沈玉書跟驗屍官不熟，而且他也沒有確鑿的證據，所以他沒把自己的疑惑講出來，沒多久雲飛揚也來了，把洗好的照片分成兩份，一份給巡捕房的人，一份給沈玉書。

見沒有其他的線索，沈玉書跟驗屍官道了謝，從巡捕房出來，雲飛揚屁顛屁顛地跟在後面，完全沒有要離開的樣子。

沈玉書問：「你不用去做事嗎？」

「不用啊，我不是把父親幫我找的工作辭掉了嘛，我想好了，既然決心去做一件事，那就要投入全部的精力，不能腳踏兩條船。」

「那你就回家好好寫書吧。」

「寫書也需要素材的，所以我想我還是跟著神探你比較好，而且現在又有新案子了，很可能還跟之前陳楓被殺的案子有關係，神探你一定會查下去的吧？蘇唯現在又不在，做事不方便，我可以跟你搭檔的……神探，等等我……」

就在雲飛揚正說到興頭上的時候，沈玉書已經招手叫來一輛黃包車，他坐上去，雲飛揚急忙湊過去，眼巴巴地看他。

「我不需要搭檔，我只有一位搭檔。」

沈玉書說完，給車夫打手勢，黃包車跑了起來，雲飛揚也跟在旁邊跑，自薦道：「那你去哪裡？我陪你，不做搭檔，做助手也行啊！」

「我不是去查案，我是去碼頭。」

「啊……」雲飛揚沒聽懂，他停下腳步摸著頭發愣，看著黃包車越跑越遠，他疑惑地說：「去碼頭？這個時候不急著查案，難道還有心情看風景嗎？」

沈玉書不是不急著查案，而是他今天心情有點亂，無法靜心思索。

其實自從蘇唯走後，萬能偵探社就再沒接過案子，保險櫃裡的存款也見底了，不過好在他就一個人，吃穿都在洛家，所以還不算拮据。

如果蘇唯在的話，一定會東跑西顛地弄一些捉貓捉狗捉姦甚至捉鬼的案子回來，在跑業務方面，蘇唯還是挺有天賦的。

沈玉書承認在這一點上自己不如他，蘇唯不在，他一是沒心思跑，二是懶得跑——儘管平時他常常說蘇唯可有可無，但實際上在萬能偵探社裡，蘇唯的存在很重要，他比任何人都清楚。

正因為太重要了，所以才逼他走，這裡太危險了，那麼多人都對著他們虎視眈眈，留下來不知道會面對什麼樣的結局。

碼頭到了，沈玉書讓車夫停下，他沒有下車，而是坐在車上眺望遠方的海景。

今天天氣很好，海水寂靜無波，沈玉書想起當初他跟蘇唯還有長生一同乘船來上海的情景，那時他跟蘇唯很不對盤，互看不順眼，蘇唯還偷了……啊不，拿了他好幾次東西，他們簡直就是針尖對麥芒的關係，現在想來，反而感覺親切。

——沒頭緒的時候，不用勉強自己，登高view下，或是看看海，說不定靈感就來了呢。

這是蘇唯常對他說的話，所以他照做了，但並不是真的想找靈感，而是單純地看海而已。

不知道他在廣州過得可好？

想到蘇唯跳脫活泛的個性，沈玉書有些好笑，又有些傷感，直到最後，他也不知道蘇唯到底是什麼人？從哪裡來？那個傢伙把自己掩飾得很好，所以沈玉書唯一知道的是他是個好搭檔。

海水反射著陽光，刺得眼睛發酸，沈玉書把目光收回來，正要交代車夫回去，遠處傳來嘈雜聲，幾幫人湊在一起相互指責吵嚷，繼而大打出手，雙方從地上拿起木棍、菜刀等傢伙開始劈砍。

黃包車夫嚇到了，不用沈玉書發話，就抓住車把，把車子轉了個頭，加快了速度拚命往前跑去。

沈玉書轉頭去看，但黃包車的車篷打開著，他無法看到後面的情況，只好問車夫：「出了什麼事？」

「不知道，最近這種火拚的事兒很多，什麼海蛇幫啊、青龍幫啊，一言不合就打起來了，特別是碼頭跟車站這種人多的地方，您看這大白天的說動刀子就動刀子，唉，害得我們想賺錢都要看地界，有些地方都不敢跑了。」

沈玉書想起洛逍遙之前說的話，好像最近黑幫的動作挺大的，但感覺不像是單純為了爭地盤，更像是有人在背後操縱的結果。

沈玉書不由得又想起了蘇唯，蘇唯頭腦活絡，在思考問題上總有一些獨到的見解，他又是個好奇心很重的人，遇到這種事，一定會想方設法打聽清楚。

沈玉書的個性剛好相反，他不會把心思花在與案子無關的事上，尤其是現在，他更在意的是柳長春的死亡事件。

在這個節骨眼上柳長春出事，總不可能是巧合。

沈玉書臨時改了主意，讓黃包車夫把車拉去霞飛路。

他原本的想法是找端木衡聊聊眼下的情況，端木衡狡猾有心機，很會審時度勢，沈玉書相信至少到目前為止，他還是站在自己這邊的。

不過很可惜，端木衡不在家，沈玉書在公館門前吃了閉門羹後，才想到今天不是週末，這個時間段端木衡應該在公董局做事。

白跑一趟，沈玉書有些不甘心，他重新坐上黃包車，看著門前的鐵將軍，還認真考慮了一下要不要闖空門，半晌回過神，忽然想到他是偵探並非小偷，怎麼可以私闖民宅呢？

說來說去，都是被蘇唯潛移默化的！

「先生，接下來要去哪兒？」半天沒得到指示，黃包車夫問道。

沈玉書抬手往前指了指，說自己想沿途賞景，讓車夫順著街道慢行便好。

車夫信以為真，特意把速度放得很慢，不過沈玉書醉翁之意不在酒，他壓低禮帽，又戴上墨鏡，留意街道右邊的住宅。

徐廣源的家離端木公館很近，既然來了，他便起了查看的念頭。

說到徐廣源，這個人曾在棋館一案中稍微露過臉，雖然真的柳長春之死跟他沒有關係，但他的出現讓沈玉書想起了一些往事——徐廣源絕對是前清貴族，酒水生意只是幌子而已，所以他才會對棋館抱有莫大的興趣。

棋館疑案中，青花父女跟閻東山先後逃亡，並且至今都追蹤不到他們的消息，沈玉書懷疑他們是不是受徐廣源庇護，藏到了哪裡？因為在棋館圍攻他們的那幫人很有可能是徐廣源派去的，而閻東山又混在裡面，由此可見，閻東山是徐廣源的手下。

可是徐廣源跟青花父女原本是對立的，如果他收留了青花父女的話，是不是等於說他們準備聯手了？

聯手後的目的是什麼？是自己手中的機關圖？還是可能藏在棋館裡的機關圖？或是虎符令？

冒牌柳長春被殺了，也許可以由此推斷徐廣源已經拿到他想要的東西，所以柳長春沒有繼續存在的必要了。

柳長春的意外被殺勾起了沈玉書才沉寂不久的心緒，無數個念頭在腦海裡翻轉，想來想去，這個結論是最接近真相的。

可是，要如何證明殺手是徐廣源派出去的呢？

不管凶手是不是金狼，這都不是最重要的，因為凶手在暗他們在明，要抓金狼很難，但要抓主使者就簡單多了，只要盯住這隻老狐狸，他早晚會露出馬腳的。

蘇唯的臉龐又浮上腦海，頭有點痛，沈玉書伸手揉揉太陽穴，直覺告訴他，這些人的目的跟祕密，蘇唯都是知道的，但直到最後他也沒有講出來，沈玉書沒有特別逼他，因為總感覺時間還長，可以慢慢磨合詢問，誰知道……

黃包車跑到了徐廣源的宅邸附近，剛好有人從裡面出來。

大夏天的，那人卻穿著長袖衣服跟深顏色的褲子，頭上戴著禮帽，出來後，他將禮帽整了整，特意壓低，坐上停在門前的一輛別克車。

他的動作太特意了，反而引起沈玉書的注意，男人個頭高大魁梧，看筒練直板的動作，像是軍人出身，他的臉龐一閃而過，沈玉書沒有看清楚，只覺得有點面熟，好像在哪裡見過。

可是除了端木衡以外，他並不認識其他的軍人。

沈玉書看向宅院裡面，送禮帽男人出來的是一位穿長袍的老者，看樣子像是徐家的管家，他透過車窗跟男人躬腰告別，等別克車開走了，他才轉身回去。

沈玉書對這個男人產生好奇心，吩咐車夫跟上前面那輛車。

到了傍晚，道路比較擁擠，別克車開不動，黃包車夫撒開了腳步追著，勉強沒跟丟，這樣一前一後跑了很久，就見轎車在道邊停下了，沈玉書抬頭看去，一棟華麗的建築物矗立在前方。

大世界到了。

禮帽男人下了車，低著頭飛快地走進去，沈玉書也跳下黃包車，隨手掏了張大鈔給車夫，也跟著跑了進去。

如果蘇唯在的話，一定會罵他亂花錢了——在大世界門口沈玉書才後知後覺地發現他錢包裡的錢所剩無幾，勉強只夠買一張門票時，他又想到了自己的搭檔。

但不管怎樣，他都不會為了這種事去偷竊的！

買票花了沈玉書一點時間，等他跑進大世界裡面，禮帽男人已經走出很遠，他跟隨人群追上去，暗中觀察對方的舉動。

禮帽男人很謹慎，走走停停，又不時轉頭張望，像是擔心有人跟蹤，還好遊客眾多，沈玉書躲在人群中，沒被發現，就這樣，他一路跟著男人進了一間舞廳。

舞廳門口上方掛著月亮形狀的霓虹燈，招牌上寫著藍月亮，一位穿著華麗的舞女正在前臺高歌，旁邊坐著鋼琴師，鋼琴師一身白衣，鋼琴也是白的，燈光打在他們兩人身上，帶著朦朧纏綿的美感，舞池中眾多舞客跟隨歌聲翩翩起舞，誰也沒留意禮帽男人。

不過有人留意到沈玉書了，他剛踏進舞池，就被一名舞女纏住，邀請他跳舞，不等他拒絕，便將手搭到了他的腰間，帶著他舞動起來。

沈玉書急著盯禮帽男，想推開這種主動的女士，可是對方穿著暴露，他想推，手都不知道該往哪裡放，只好把手舉在空中，焦急地說：「小姐，請去找別人，我不是來跳舞的。」

「不跳舞你來這裡幹什麼？」

「找人……」

「找女人？我就是啊，先生，我除了陪舞，還陪其他的，你想玩什麼？看你長得這麼俊俏，價格方面好商量……」

後面那段話沈玉書完全沒聽到，因為他的注意力都放在禮帽男人身上，可惜舞池人太多，一開始他還看到禮帽男在跟人說話，但周圍舞客不斷旋轉，再去看的時候，那個人已經不見了。

沈玉書著了急，不顧得男女之嫌，伸手推開舞女，從舞客之間擦身過去，想尋找目標。

誰知就在這時，旁邊突然發生擁擠，舞客被撞到，向沈玉書這邊撞來。

沈玉書被撞得失去平衡，向前踉蹌，冷不防被人按住了肩膀，他本能地感覺到危險，側身躲閃，就見抓住他的是個戴著鴨舌帽的男人，燈光在面前閃過，沈玉書看到了對方手中緊握的匕首。

四周都是人，沈玉書無從躲避，緊急關頭只好咬牙準備用手握住匕首。

眼看著刀尖近在咫尺，半路突然有隻手伸過來，握住了那人的手腕，緊接著向後一轉，匕首便換了個方向，轉為刺向握刀者自己。

那人的動作太快，下手又狠，從握對方的手腕到轉刀回刺，僅僅只用了幾秒鐘，等沈玉書回過神，想刺殺他的人已經捂著肚子倒在地上。

他再抬頭看去，只來得及看到一張凌厲的側臉，男人的眼眸掃過他，不給他仔細端詳的機會，殺了人後低下頭，匆匆混入了舞客群中。

燈光的關係，最初沒人注意到身邊的突發事件，直到有位女客踩到地上的血液滑倒，嚇得尖叫起來，大家才發現出事了，但這時候那個人已經走遠，沈玉書只看到他頭上戴的禮帽。

但對方不是他一路跟蹤的禮帽男人，如果說禮帽男人的氣場貼近軍人，那這個人則是野獸，不受任何束縛跟制約、任性妄為的獸類，就像……狼……

沈玉書心頭一跳，雖然剛才只是倉促看到對方的側臉，但那一閃而過的眼神異常熟悉，他想到出手救他的男人是誰了，是……金狼！

舞池中的尖叫聲更響了，發現有人受傷，大家紛紛驚慌逃竄，有些女客還不斷叫嚷殺人啦、救命啊的話，聲音此起彼伏，輕易就蓋過了臺上的歌聲，歌女跟鋼琴師不知道出了什麼事，停止表演，看向舞池。

沈玉書撥開人群去追金狼，但金狼的速度很快，在舞客之間穿來穿去，轉眼就不見了，沈玉書跑出舞廳，只隱約看到一道影子匆匆向後跑去。

沈玉書緊跟了上去。

金狼已經把帽子摘了，丟到角落裡，逃跑中換了頂鴨舌帽，這讓他的存在變得更不顯眼了。

他對這裡的設置很瞭解，左拐右拐，沒多久就來到一扇門前，打開門跑出去，等沈玉書踩著腳步追出門外，他已不知去向了。

後門外是條僻靜的小巷，兩邊是不高的圍牆，稀稀落落的有幾家民宅，沈玉書跑到巷子裡，發現人跟丟了，他有些懊惱，加快腳步往前跑。

金狼對這裡這麼熟悉，又可以瞬間消失，他在附近肯定有老巢，這個人跟幾樁命案都有關係，人就這麼追丟了，沈玉書怎麼都不甘心。

抱著一絲僥倖，沈玉書順著曲裡拐彎的胡同跑下去，又觀察周圍的環境，猜測金狼的藏身之所。

沒想到就在沈玉書跑到一個胡同口時，旁邊突然有人伸出腳來，把他絆個正著，等他往前滾了兩滾，爬起來的時候，發現胡同多出了好幾個人，分別站在他的前後左右，將他圍住。

這些人都是對襟短衣打扮，故意絆倒他的那個人叼著菸捲，臉上好幾處傷疤，看他們的氣場就是流氓打手之輩，個個體格魁梧，都是練家子的，不好對付。

沈玉書提起了戒心，雙手握拳，做出應敵的架式。

為首的大漢歪戴著帽子，他上下打量沈玉書。

「喲呵，這哪兒來的小癟三，出門不帶眼，到爺們兒的地盤來瞎鬧和了。」

「你們是誰？」

「哈，來鬧事卻不知道爺們是誰，你知道那舞廳是誰開的嗎？」

「不知道，我過去只是湊巧，請讓路。」

「湊巧得從霞飛路跟蹤到大世界，你小子還挺有種的啊。」

沈玉書一怔，沒想到自己的跟蹤早就被發現了，不過看這幫流氓應該沒這個本事，所以他們攔截自己多半是禮帽男人指使的。

「剛才要殺我的是你們的人？」

「是啊，沒想到你功夫還不賴嘛，說說是誰派你來的？興許……」

男人的話沒說完，因為沈玉書的拳頭揮到了他臉上。

不問青紅皂白就下殺手，可見這幫人一開始就抱了幹掉他的打算，所以沈玉書出手沒留情，那人被打了個冷不防，頓時鼻血長流，四仰八叉地跌倒在地。

其他人一看，立刻掏出傢伙圍攻上來。

沈玉書沒帶武器，但好在他武功不錯，又搶了先機，找機會奪下其中一個人的匕首，又拳腳齊出，那些人沒料到他看似文弱，打架居然這麼生猛，沒幾下就被撂倒，沈玉書趁機拔腿就跑，但沒跑兩步就停下了。

因為正前方站著一個男人，對方舉著槍，槍口對準他，正是他跟蹤了一路的禮帽男。

男人氣場很靜，但他帶給沈玉書的壓迫感遠遠超過了那些流氓。

男人大約五十上下，臉型冷硬削瘦，眉梢有一塊圓形傷疤，眼神冷酷，握槍的這個動作透露了一切——他一定殺過人，必要的時候，也會毫不猶豫地殺了他。

他在哪裡見過這個人，不是在現實中的，好像是在書上……報紙上……當時隨便瞄過一眼的……

四目相對，這是沈玉書率先感覺到的氣息，他沒有輕舉妄動，注視著男人，在腦子裡搜索相關的訊息，指過來的槍口被他無視了，至少對方沒有在第一時間開槍，這就等於說他還不急於殺人。

「是誰派你來的？」

男人發出詢問，他的嗓子好像受過傷，聲音嘶啞，帶了金屬的鏗鏘聲，沈玉書還沒想好要如何回答，那些被他打倒的流氓站了起來，兩個人上前架住他，拳頭劈頭蓋臉地把拳頭砸下來。

為了不成為這幫傢伙的沙包，沈玉書躬起身體避開要害，叫道：「沒人派我來，我是偵探，我在查案子，快停下來，我們慢慢說！」

男人擺手讓他們停下，他放下槍，走到沈玉書面前，冷聲問：「查什麼案子？」

「是長春棋館的柳館主被殺的案子，我懷疑他偷藏的東西被凶手拿走了，所以來找線索。」

聽了長春館三個字，男人的臉色微變，「找線索為什麼跟蹤我？難道你懷疑我？」

「不是，我是好奇，你知道的，偵探最大的特點就是好奇心重……」

不知道男人做了什麼手勢，那些打手的拳頭又朝著沈玉書揮下，他的嘴角被打破了，血流了出來，還想再說話，又有人打在他的肚子上，把他打得彎下腰縮到地上。

那幫人鬆開手，任由沈玉書趴在地上喘息，隨即他的後背被踩住，男人將槍口頂住他的太陽穴。

「再給你一次機會，想好了再回答。」

天氣炎熱，沈玉書卻感覺到來自槍管的冷意。

他抬手把嘴角上的血絲擦掉，仰頭看著男人，腦子裡飛快地思索著對策，道：「我得到情報說柳長春丟的東西在你手上，恰好我有另一半，所以想跟蹤你，找機會拿到手，沒想到被發現了，咳咳……」

謊話不敢說得太多，沈玉書故意用咳嗽打斷了，就見男人的臉色突然變得很難看，用槍口狠狠地戳他的腦袋，壓低聲音問：「你怎麼知道這件事？」

這個反應就證明沈玉書蒙對了，他故意做出微笑，喘息著說：「當然知道，我父親就是在前清宮裡做事的，東西是他留給我的，所以我一早就盯上柳長春了……」

「東西在哪裡？」

「藏在偵探社的營業執照後面，我是萬能偵探社的老闆，我們偵探社在貝勒路附近，你去打聽就知道了，咳咳……」

男人將槍口拿開，幾個打手開始搜沈玉書的衣服，很快，他口袋裡的東西都被搜出來，包括雲飛揚給他的柳長春被殺的現場照片。

男人撿起照片看了看，交代手下去取東西，看來他是信了沈玉書的話，沈玉書鬆了口氣，心想自己暫時是安全了。

誰知這個念頭剛升起，後腦就傳來劇痛，槍柄重重地打在他的頭上，意識騰空的那瞬間，他聽到男人的警告聲。

「別想耍花樣，否則把你丟進黃浦江餵魚！」

沈玉書醒來，首先感覺到的是來自手腕上的疼痛。

他定定神，默想著被打暈前的經歷，睜開眼看向四周。

房間很暗，空氣夾雜著潮氣跟汗臭味，讓人很不舒服，前方一燈如豆，小煤油燈像是油量不足，火光跳動著，偶爾微風吹來，火苗隨之搖曳，微弱得像是隨時都會滅掉。

房間不大，四下裡空靜，除了他之外一個人都沒有，沈玉書側耳傾聽，隱約聽到腳步聲傳來，像是有人在外面巡邏。

這是哪裡沈玉書暫時無從得知，他只知道為什麼會感覺手腕疼痛了。

因為他被捆綁雙手吊在橫梁上，身體處於懸空狀態，仰頭看去，手腕上纏著好幾道麻繩，看那結實程度，要解開得費些工夫。

——不知道現在幾點了？

就算隨身物品沒被擄走，以沈玉書現在的狀態，也無法看到時間，更糟糕的是沒有人知道他被綁架，這就是偵探需要搭檔的原因之一，至少在一個被擄後，另一個可以及時發現，但現在他是孤家寡人，就算被拋進黃浦江，也不會有人知道的。

想到黃浦江，沈玉書心中微動。

這不是他第一次遭遇綁架了，勾魂玉案中，他也曾被綁架到江中的船上，當時的狀況和房間的布置都跟現在很像，所以直覺告訴他，這裡可能也是船艙。

看來把他丟去江裡餵魚並不單純是恐嚇，假如他們找到那張地圖，認為他沒有價值了，很快就會來解決他的。

——那個男人到底是誰？我究竟在哪裡見過？

沈玉書凝神思索，但沒多久就被來自後腦杓的疼痛打斷了，現在不是玩推理的時候，還是趁他們沒回來，找機會逃命吧。

屢次遭遇險境，沈玉書臨危不亂，看到旁邊的木頭柱子，他計上心來，拚力往前一躍，雙腿撐在柱子上，把身體屈成U字，讓自己的手可以碰到鞋跟。

鞋跟是特製的，把中間那層拉開，就可以拿到藏在裡面的刀片。

努力抓鞋跟的時候，沈玉書的腦海裡閃過一個畫面——某天下午他們沒事做，懶洋洋地曬太陽的時候，蘇唯幫他做了這個小機關。

『以後不要把刀片藏在袖口了，一個不小心抹了自己的手腕怎麼辦？不知道的人還以為你想不開要自殺呢。』

他為什麼活得好好的要自殺？沈玉書感到不解，於是問蘇唯：『那不藏在袖口，要藏在哪裡？』

『當然是更安全的地方，之前呢你幫我做了充電器……我的意思是那個奇怪的用電的小機器，所謂投桃報李，我也幫你做了個有建設性的東西。』

『偷東西嗎？』

『偷東西的話你太老了，現在教你，你也無所成，所以我們還是務實一點吧。』

嫌他太老？這居高臨下的蔑視口氣到底是怎麼回事？什麼時候做小偷還可以這麼趾高氣昂了？

就在沈玉書腹誹的時候，蘇唯把做了手腳的鞋遞給他，又拉開鞋跟那層可以活動的部分讓他看。

和煦的陽光下，薄刀片反射出漂亮的光芒，晃花了他的眼睛。

蘇唯得意道：『其他鞋我也都給你配上去，別小看它，這玩意兒說不定關鍵時刻可以救你一命呢。』

那時候他們聊得很開心，他怎麼都沒想到還真讓蘇唯說對了，在這個救命一刻，這個小機關派上了用場。

一番努力下，沈玉書終於搆到鞋跟，他把當中可以活動的地方抽出來，摸到刀片，再藉著柱子向上縱身，用一隻手攥住了上方的吊繩，讓自己懸空在吊繩上方。

可以賴以支撐的體力不多，沈玉書加快速度，還好刀片鋒利，很快就將麻繩割斷了，沈玉書隨著斷繩一起跌到地上。

沉悶響聲傳來，沈玉書顧不得身上疼痛，匆忙站起來，還好沒驚動外面的人，大概他們沒想到吊在半空中的囚犯可以逃脫，所以沒人多加在意。

沈玉書鬆了口氣，用嘴銜著刀片，將手腕上的繩索割斷，雙手終於得以自由，不過被吊了這麼久，兩隻手腕都腫了，活動起來不是很麻利。

他左右看看，船艙裡很空，一些擺設也都是固定的，沒找到趁手的武器，他只好握住刀片，準備把它當應急武器來用。

外面依舊悄無聲息，沈玉書活動了一下身子，待身體稍微緩解過來後，他慢慢往門口那邊挪，尋思逃跑的方法。

他上了樓梯，走廊上黑漆漆的，透過旁邊的小窗，可以隱約看到外面黑暗的江水。

船隻隨著江水稍微搖擺著，沈玉書穩住下盤，又往前走了兩步，卻仍然沒有見到人，他覺察到不對勁了。

那幫流氓都是整天在刀尖子上混日子的，對危險的感知不可能這麼遲鈍，四下裡很靜，是一種危險臨近的寂靜，沈玉書下意識地握緊了刀片，做出隨時出擊的準備。

就在這時，身後傳來吱呀響聲，是腳步踩在船板上的聲音，沈玉書回過頭，就看到不知什麼時候，走廊對面多出了一個人。

這個人的大半邊臉龐隱在黑暗中，看不清表情，只能從他魁梧的身軀跟陰鷙的氣場上判斷他的來意。

沈玉書本能地做出防禦的架式，隨著男人的走近，他看到了對方手中一對金光閃閃的長形物體。

再仔細看，閃出金光的是物體當中的套環，沈玉書馬上知道了他是誰。

壓迫性的殺氣隨著對方的步伐向沈玉書逼近，沈玉書向後退了一步，看看手中那個精巧的刀片，感覺跟對方搏鬥，無異於以卵擊石。

他暫時按住了攻擊的念頭，讓自己保持冷靜，問：「你是金狼？」

「是。」

鏗鏘有力的聲音，很配男人的氣場，一瞬間沈玉書明白為什麼自己在船艙裡發出響聲，卻沒人注意到，那些人可能都被金狼解決掉了。

像是猜到了沈玉書的想法，金狼說：「我的傭金很高。」

言下之意，沒人出錢的話，他連殺人都不屑於去做。

這種行為明明是錯的，可奇怪的是沈玉書沒有太多的反感，大概是通過閱讀金狼的案卷，他對這個人多少有些瞭解吧。

月光透過旁邊的小視窗斜照進來，沈玉書終於看到金狼的長相，跟傳聞還有報紙上的描寫不同，他發現金狼並非五大三粗的落魄殺手。

金狼雖然個頭高大，但他梳理好頭髮，再剃掉鬍子，長相接近文靜，假設此刻他手裡握的不是武器，而是一本書的話，大概說他是教書先生也會有人信。

沈玉書有點理解為什麼金狼可以輕鬆躲過通緝了，的確很難有人會把他跟冷血殺手聯想到一起。

品出了金狼眼神中的殺機，沈玉書喉嚨有些發乾，問：「你要殺我？」

金狼點頭。

「可是在大世界你出手救了我！」

「那是因為我收了錢，就得做好自己的活兒，如果中途你被別人殺了，我得還傭金給人家，但是錢我全都花光了。」

沈玉書的額頭上冒黑線了，自嘲地道：「沒想到做殺手也這麼講規矩。」

金狼不答，逼近他，突然停下在手中轉動不止的峨嵋刺。

感覺到對方馬上就要下殺手了，沈玉書急忙問：「柳長春是你殺的嗎？」

「不是。」

「所以你是被陷害的了？」

「習慣了，這不是第一次。」

金狼話語平靜，但那一瞬間沈玉書捕捉到他眼中的不甘跟憤怒，事情有轉機了，他立刻反守為攻，再問：「是誰讓你殺我的？」

金狼皺起眉，表情像是在說這人怎麼這麼麻煩，死一下而已，至於這麼囉嗦嗎？因為死的不是閣下啊，作為被殺的人，他當然有權知道真相。

沈玉書無視他的反應，問：「是徐廣源嗎？」

「不是，不認識。」

「那是誰？」

看得出金狼不是個喜歡說話的人，這是個好現象，沈玉書輕鬆掌握住主動權。

「死人是不會洩露祕密的，既然你都要殺我了，還怕我知道真相嘛，臨死之前，讓我做個明白鬼不行嗎？」

或許是被沈玉書的花言巧語打動了，或許是懶得糾結這種問題，金狼輕鬆揭開了底牌。

「他叫蘇唯。」

蘇唯？一瞬間沈玉書以為自己聽錯了，第一時間就反駁道：「不可能！為什麼？」

「不知道，我只管殺人。」

看到金狼舉起峨嵋刺，沈玉書顧不得思索內情，再次大叫：「等等！」

「拖延時間是沒用的，我要殺的人，就沒人能救得了。」

「我知道，我沒想拖延，我只想知道一件事。」看看金狼手中閃爍著冷光的利器，沈玉書問：「他有規定時限嗎？讓你殺我的時限？」

「那倒……沒有。」

「那還好。」沈玉書摸摸心臟，稍微放下心了。

「但如果我不殺你，傭金的尾款就拿不到，所以你必須馬上死。」

「再等等！」沈玉書往後跳了一步，以防金狼隨時動手，道：「我知道那件滅門血案的凶手不是你，殺柳長春的凶手也不是你。」

金狼微微皺眉，看起來不是很理解沈玉書的意思。

沈玉書有點懷念跟蘇唯在一起的日子了，至少他不管說什麼，搭檔都可以馬上明白並運用貫通，這是多麼值得欣慰的一件事啊。

他只好繼續亮底牌，「我可以幫你翻案，不讓你蒙受不白之冤，條件是你把殺我的時間拖延幾天，錢就在那兒，又不會丟，但罪名不洗清的話，可是你一輩子的污點。」

「我一生殺人無數，還在乎背黑鍋嗎？」

話雖這樣說，金狼的手卻放下了，看得出對於沈玉書的提議他有點心動。

沈玉書趁熱打鐵。

「殺人多跟不是自己殺的是兩回事，那些陷害你的人，難道你甘心他們逍遙法外嗎？我是偵探，別的不敢說，查案找兇手是我的強項，你在殺我之前應該調查過，我的能力怎樣你該清楚的。」

「我為什麼要信你？萬一你是想找藉口趁機逃跑呢？正所謂負心都是讀書人，你們這些文人沒一個好東西！」

「我也討厭讀書人！」沈玉書繼續一本正經地胡說八道：「所以我才不當讀書人，而是選擇做偵探，再說你不信我沒關係，我信你就行了，別忘了還有一句話叫做仗義多是屠狗輩，我信你是冤枉的，所以我一定會為你洗清冤屈。」

「就算你幫我，我也不會違反跟雇主的約定，我還是會殺你，所以這樣做對你有什麼好處？」

「沒好處，但我是偵探啊，我的目的就是找出真相，這樣死也死得瞑目……」

——這才怪呢，想辦法拖延幾天，我才有時間思索對應的辦法，至少先把眼前的危機拖延過去。

金狼被沈玉書的一番侃侃之談唬住了，略微沉吟後，道：「三天，三天過後，不管你有沒有找出真相，我都會殺你。」

「好，就三天！」

金狼抬起手掌，沈玉書知道他們這種人的習慣，伸手跟他擊了掌，正想說正事講完，可以離開了，船上傳來腳步聲，緊接著是驚呼，有人叫道：「兄弟們都被撂倒了，小心！」

「喂……」

沈玉書轉過頭，想讓金狼帶自己走，誰知眼前竟然空無一人，再看走廊盡頭，一道人影倏然閃過，已經跑到了甲板上。

這人的速度可真夠快的啊！

沈玉書苦笑，很想說——既然我們擊掌盟誓，至少你要保護我的安全啊，哪有先溜的道理？

不等他開口，身後傳來一連串的響聲，那些流氓打手發現出了狀況，立刻跑進船艙，沈玉書不敢再停留，也追著金狼的腳步向前跑去，一口氣跑到甲板上。

一出船艙，迎面便撲來溫熱的夏風，四周都是水，遠處的碼頭隱約閃過燈光，襯托得這裡更加黑暗。

這裡竟然是在黃浦江的江心！

船隻不大，沈玉書一出去就跟一個打手狹路相逢，還好他反應迅速，抬腳踹了過去，那人被他踹得悶哼一聲，順著甲板滾了出去。

後面的腳步聲越發近了，沈玉書不敢怠慢，順著船舷往前跑，就聽咒罵聲不斷，有人讓同伴從前路包抄，眼看著兩邊的路都被堵住，沈玉書左右張望，攀住船舷一縱身，跳到了臨近的船上。

咒罵聲更響了，沈玉書充耳不聞，跳到船上後又奮力疾奔，接著躍去另一條船上，一邊跑一邊努力找尋金狼的身影，但四下裡漆黑一片，哪裡都找不到金狼。

——那傢伙不會是泅水跑掉了吧？

江中就這麼三艘船，沈玉書跑到最後一條船的船尾，發現沒路了，他只好又繞去隔壁的船上，總算這兩艘船都不算小，那些人一時間也抓不住他。

不過被吊了很久，沈玉書的體力不支，速度漸漸慢了下來，正倉皇逃命時，夜中傳來槍聲，子彈打在旁邊的船舷上，發出瞬間的亮光。

沈玉書的腳步一頓，不敢再亂跑，儘量躲去有障礙物的地方，但子彈還是不斷射來，看來那幫人失去耐性，乾脆直接開槍了。

周圍不時傳來金屬撞擊的輕響，沈玉書被逼到船尾一角，探頭看到那幫人分別包抄過來，將路都堵死了，他探頭看看黑暗的江水，一咬牙，跳了進去。

被烈日照了一整天，江面透著溫熱，沈玉書一入水，就咕嘟一聲沉了下去。

沒有想像中的冰冷，這多少緩解了他的緊張，但是在被江水吞沒的那一瞬間，他才後知後覺想到了一個很嚴重的問題——

糟糕，他……好像不識水性……

【第二章】

奇怪的軍人

「玉書，你真的打算管到底了？就算你查出真相，三日後，金狼還是會殺你。」
「也許不會。」
「為什麼？」
沈玉書沒有回答，笑吟吟的目光看過來，端木衡向後退了一步，狐疑地問：「你又想讓我做什麼？」
「我要查舊案，當然得有資料才行啊，竹馬，幫個忙唄。」

「哥，醒一醒，能不能聽見我說話？」

「玉書！」

「神探你不要死啊，你如果死了，那一切都是我造成的，昨天我要是跟著你一起去辦案的話，你就不會被抓走，不會被沉江了……」

——不，你跟著的話，我只會更倒楣，真的。

各種叫聲在耳邊不斷地響起，簡直讓人想睡都睡不著，臉頰還不時被拍打，其用力之大讓沈玉書懷疑自己是不是又遇到仇人了。

做偵探也是需要顏值的——蘇唯說的，所以可以不要動不動就打臉嗎？他還要靠著這張臉混飯吃的。

沈玉書握緊了拳頭，考慮要不要以牙還牙，把這幫聒噪的傢伙都揍暈。

但很可惜，以他現在的狀況想要做到這一點有點勉強，他唯一能做到的是讓自己甦醒，睜開眼，用實際行動告訴大家他還活著，他只是昏睡，並沒有到死亡那麼嚴重。

睜開眼睛的一瞬間，沈玉書看到了放大在近前的臉孔，是雲飛揚的，他咧開嘴巴，一副要哭又要笑的樣子。

不想看他，沈玉書把頭轉去一邊，這次他看到的是洛逍遙，洛逍遙的頭髮跟衣服都很亂，明顯睡眠不足，所有人當中最正常的就屬端木衡了，看著他，嘴角微微翹起。

「禍害遺千年，玉書，我就知道你不會有事的。」

沈玉書用他那還不是很靈活的大腦仔細想了想，自己是不是做過什麼傷天理的事？結論是沒有。

另一邊的胳膊被攥住，雲飛揚緊張地說：「神探，看我看我，你記不記得我是誰？」

「我記得你叫雲飛揚，是個冒牌記者，所以能不能把你的手鬆開？」胳膊被攥痛了，沈玉書提出請求。

下一秒，雲飛揚立刻鬆開了手，賠笑。

「不好意思、不好意思，一激動就忘了力道，主要我是太擔心你了，你知道會發生這種事，都是我的錯……」

「剛才是誰打我的臉？」

雲飛揚舉起雙手用力搖頭，表示不是自己，沈玉書又去看洛逍遙跟端木衡，洛逍遙一臉心虛地往後躲，端木衡則面帶微笑，是那種狡詐的狐狸笑。

「玉書，我覺得這種事不重要，你該明白我們大家都很擔心你，再說你現在的樣子，就算多打幾下也……」

「嗯哼！」

洛逍遙的咳嗽聲打斷了端木衡的話，上前小心翼翼地扶住沈玉書，問：「哥，你感覺怎麼樣？能不能坐起來？」

沈玉書活動了一下四肢，覺得沒什麼大問題，他沒讓洛逍遙攙扶，用手支著床坐了起來。

因為使力，手腕傳來疼痛，他這才注意到手腕還腫著，房間裡瀰漫著消毒水的味道，再看看灰白的四壁，他確定了——

「你們送我來醫院了？」

「大尾巴……端木少爺說溺水太嚴重的話，會留下什麼後遺症，所以就把你送來醫院做詳細檢查，我還沒敢跟我爹娘講，免得他們掛記。」

「別說，反正我也沒事。」

「都快淹死了還說沒事。」

端木衡在旁邊笑嘻嘻地說：「不過你總算命大，被搶救及時，要是再耽誤個幾分鐘，恐怕就神仙也難救了……說起來，玉書你居然不會泅水，真是沒想到。」

沈玉書揉揉額頭想了想，然後回道：「今後我會學會的。」

表情太認真，端木衡一時間不知道該怎麼回應他，不由得懷念蘇唯在的日子，可以適應沈玉書這種說話調調的人，大概非他莫屬了。

端木衡叫來醫生幫沈玉書重新做了檢查，在得到再觀察一下就可以出院的回答後，大家都鬆了口氣。

稍微休息後，沈玉書覺得餓了，洛逍遙買來米粥給他，端木衡問：「是誰救你的？」

「不知道……」

沈玉書喝著米粥，回想昨晚的經歷，說：「我只知道那個人又粗魯又暴力，他的施救行為讓我以為自己會再死一次。」

「不過沒有他的話，你就沒命了。」

「如果再見到他，我會道謝的。」

如果可以見到並且確定那就是救他的人的話。

沈玉書溺水後意識朦朧，再加上夜色黑暗，他連那個人的身形輪廓都沒有印象了，唯一可以確定的是那是個男人。

——嗯，如果是女人的話，那麼暴力的女人簡直是太可怕了。

努力回憶當時的情況，沈玉書遲疑地說：「可能是金狼……」

「金狼！」

房間裡的三個人同時叫出聲，門口也傳來咣噹響聲，大家轉頭一看，卻是清潔工進來打掃房間。

他戴著大口罩，頭髮亂得像雜草，被眾人注視，他有些膽怯，衝大家點頭哈腰，端木衡向他揮揮手，示意這裡不需要清理，讓他離開。

清潔工說了聲對不起，退了出去，聽到腳步聲走遠，雲飛揚才問：「是那個殺手金狼嗎？他為什麼要救你？」

「這個就說來話長了。」

沈玉書開始講述自己的經歷，從他跟蹤奇怪的軍人開始，到被綁架到船上，金狼出現殺人，進而被他說服的經過說了一遍。

聽完後，病房裡有短暫的寂靜，接著三個人同時打量他，再同時點頭。

沈玉書摸摸自己的臉，問：「有什麼問題嗎？」

洛逍遙驚歎道：「哥你也太神了，傳說那個金狼刀下不留活口，你居然可以說服他，簡直太厲害了！」

「是啊是啊，神探，你不愧是我的偶像，如果換了我，我一定嚇得尿褲子。」

「你們不用這麼高興，玉書雖然勸退了他，但這只是權宜之計，我們只有三天時間，這三天裡一定要抓到他，必要時就地解決。」

端木衡說完，就看到洛逍遙不悅的目光投來，他問：「除此之外還有其他辦法嗎？難不成還真要讓玉書幫他洗刷冤情？」

洛逍遙不說話，看向沈玉書，雲飛揚也緊盯著他等待下文，沈玉書把碗放下了，點點頭。

端木衡很吃驚，問：「你不是說真的吧？」

「是的。」

「玉書你溺水溺進腦子裡了？你怎麼知道那兩樁案子就不是金狼幹的？就算不是好了，其他案子的凶手是他總沒錯吧，那些案子不論哪一件都可以判他死刑了。」

「是啊神探，就算你幫他洗清冤屈又有什麼用？他還是要殺你的，簡直是出力不討好啊。」

大家七嘴八舌地說著，根本不給沈玉書解釋的機會，他只好抬起手做安撫狀。

「各位先生，可以聽我說一句嗎？」

「說！」

「大家不覺得奇怪嗎？為什麼蘇唯要雇他殺我？」

三個人不說話，大家臉上的表情分明寫著——這還用問嗎？被你指證殺人，差點被判死刑，換了誰都想幹掉你吧？

「我認為蘇唯不是個暴力主義者。」

徐廣源想殺他，他理解，但為什麼蘇唯要雇凶殺他？難道真的是恨他到如此嗎？

想到這個最大的可能性，沈玉書的心情突然變得不好起來，不是因為危險在即，而是失望地發現曾經最親密的搭檔不僅形同陌路，甚至還對他恨之入骨。

他不想相信這個事實，抬頭問端木衡：「阿衡，那晚你送蘇唯離開時，他有跟你提過什麼嗎？」

蘇唯已經離開一段日子了，端木衡暗中送他去廣州的事大家也都先後知道了，所以端木衡沒避諱，被問到，他搖了搖頭。

「他跟我的對話我都完整地轉述給你了，金狼越獄在他離開之前，大概那時候他就算改變主意，也找不到金狼的人，索性便當不知道，直接走掉。」

這樣解釋也說得通，但沈玉書總覺得事情沒那麼簡單，他沉吟道：「你們不覺得奇怪嗎？金狼是死刑犯，他究竟有多大的本事可以神不知鬼不覺地越獄？」

「玉書你本末倒置了吧？管他是怎麼越獄的，現在只要把他再抓起來，一問就知道了，所以我們首先要做的就是儘快抓到他。」

想起昨天金狼兩次神奇消失的情景，沈玉書覺得比起抓他，想辦法破解案情說不定更容易一些。

「抓金狼的事有其他巡捕在做，倒是不急，我們還是想想怎麼應付徐廣源吧。」

禮帽男人是從徐廣源的府邸出來的，又對他所說的地圖感興趣，所以沈玉書推測自己被綁架的事徐廣源一定知道了，卻不知下一步他會怎麼做。

「你們今天誰去過偵探社？有沒有發現我家被闖空門了？」

「我們三人都沒去，不過那張地圖你倒是不用擔心，他們應該拿不到的。」

「你該不會……」

「賊不走空啊，我就順手……」端木衡聳聳肩，一臉無辜地說。

沈玉書無語了，問：「什麼時候的事？」

「蘇唯走後。你知道一山不容二虎，他在的話，我也不方便越界，既然他都走了，你對地圖又不感興趣，那我就幫了個忙。」

聽到蘇唯的名字，沈玉書不說話了，洛逍遙卻不爽地看端木衡。

「你這不叫幫忙，你這是偷盜吧？兔子還不吃窩邊草呢，你居然連我哥都偷！」

「我這叫拿，匹夫無罪懷璧其罪，沒用的東西放在身邊，只會招來殺身之禍，柳長春的下場你也看到了，你也不想你哥整天被殺手追殺吧？」

洛逍遙對地圖的事不是很瞭解，在端木衡振振有詞的反駁下，他沒話說了，雲飛揚就更是丈二金剛摸不著頭腦，左看看右看看，最後決定還是不要亂插話，當聽眾就好。

沈玉書道：「既然他們沒找到東西，那肯定不會善罷甘休，所以我們得先下手為強，查出那個軍人的來歷。」

「你確定他是軍人？」

「確定，當過兵的人氣場不一樣。」

沈玉書抬頭看看端木衡，洛逍遙在旁邊呵呵了兩聲，小聲嘟囔道：「欺負人的氣場當真是不一樣。」

「我應該是在哪裡看到過他。」

沈玉書用手撫著額頭，閉目沉思，究竟是在哪裡呢？假如不是在現實中的話，那麼最大的可能就是在報紙上，所有報紙他都有歸類存放，所以……

沈玉書推開床前的小桌板，跳下病床，洛逍遙跟雲飛揚嚇得急忙扶他，洛逍遙叫道：「幹麼？尿急啊？」

「不，我要回偵探社，東西都在偵探社裡，時間不等人，我得馬上回去查清楚。」

端木衡提醒道：「可是那些人沒找到地圖，說不定還埋伏在那裡，你回去太危險了。」

「那就把地圖還我啊。」

理所當然的回答讓端木衡哭笑不得。

「我現在還你了，那當初又何必拿走？」

「這個故事告訴我們，不屬於自己的東西最好還是不要隨便拿，你看事情變得如此麻煩。」

「可是就算東西給了他們，他們也未必會放過你。」

「這時候就要你出面了，不管那個軍人的身分是什麼，他既然跟徐廣源認識，多少也會給你點面子的。」

說做就做，沈玉書跳下床找外衣，還好洛逍遙都有準備，他換著衣服，又問端木衡。

「說來說去，那張圖到底是指哪裡？是不是真是藏寶圖？」

「嗯，這又是個說來話長的問題了，」端木衡揉著眉頭道：「突然之間不知該從何說起。」

沈玉書點點頭，「那等事後再說，我們先來解決當下的問題，阿衡，你不介意派人暗中保護我的家人吧？」

端木衡揉眉的動作停下了，問：「我說介意，那可以不做嗎？」

「不會的，你還有許多事情想跟我互通有無呢，你會拒絕嗎？」

充滿真誠的目光看過來，端木衡聳聳肩——這人真是前不久剛溺過水嗎？看他的回應，腦子簡直清楚得不得了。

情不自禁地看看洛逍遙，端木衡有點懷疑他們是否真的有血緣關係。

端木衡嘆口氣，「我就知道你會這麼說，所以在發現你出事後，第一時間就派人去保護伯父伯母了。」

「那真是太感謝了，阿衡，我為擁有你這樣貼心的竹馬而感到開心。」

端木衡覺得他是在跟蘇唯對話，沈玉書跟蘇唯在一起太久了，也許連他自己都沒注意到，他的言談舉止中帶了好多蘇唯的氣息。

沈玉書又說：「那你現在去拿地圖，真的假的無所謂，反正你有備份，我跟逍遙回偵探社找資料，飛揚……」

提到了自己的名字，雲飛揚立刻努力挺挺胸膛，誰知沈玉書說的卻是：「你回家，這件事太危險了，你不要攙和進來。」

「我不怕危險的，神探，請讓我幫忙吧。」

沈玉書已經跑出病房，洛逍遙有些摸不著頭腦，看向端木衡。

「我哥為什麼這麼急？」

「如果我身後有個殺手緊追不捨，也會這麼急的。」

端木衡反背雙手，笑吟吟地踱步跟了出去。

沈玉書一口氣跑出醫院，想要搭黃包車時才想到身上沒錢，轉頭看向端木衡。

端木衡掏出車鑰匙。

「我不借錢給別人，不過我可以幫你們開車，剛才忘了說一句，地圖就在我身上，不需要特意回去取。」

沈玉書狐疑的目光看過來，端木衡微笑道：「這叫有備無患。」

「謝謝，你果然不是豬隊友，阿衡。」

端木衡有點理解蘇唯的心境了，總是被學說話，他的壓力大概也不小吧。

他去把車開了過來，雲飛揚也搶著坐上車，不等沈玉書拒絕，他馬上說道：「有許多事情我可以幫上忙的，比如提供柳長春的死亡現場照片啊。」

這招點中了沈玉書的死穴，他被綁架後，照片都被收走了，想要知道現場狀況，照片是必不可少的道具。

端木衡發動車子，道：「讓他跟著吧，徐廣源是個聰明人，什麼人該動、什麼人不該動他掂量得清楚。」

端木衡都這樣說了，沈玉書沒有再堅持，不過還是交代雲飛揚。

「如果事態嚴重，你要馬上撤出去，還有逍遙，這件事牽扯得太多，能不插手就不插手。」

「小表弟這邊也不用擔心，有我罩著呢。」

——誰用你罩啊，我好歹也是巡捕好吧。

洛逍遙不爽地瞪端木衡，端木衡也不在意，笑吟吟地接受了他的瞪眼。

「話說回來，你們怎麼知道我被綁架到江上？」

「是一個小孩子去巡捕房報的信，剛好我去巡捕房，小孩以為我是探員，就把信給了我。」

端木衡給洛逍遙打了個手勢，洛逍遙掏出信，遞給沈玉書。

那是張普通的信箋，上面只寫了一行字——沈玉書有難，速去黃埔碼頭。

為了掩飾筆跡，字寫得歪歪扭扭，沈玉書端詳著字，問：「你沒問那孩子信是誰給他的？」

「我還沒來得及問，他就跑掉了，那些小赤佬鬼精鬼精的，跟泥鰍一樣滑，抓都抓不住。」

雲飛揚探頭看信，吐槽道：「到底是誰寫的信啊？也太不貼心了，黃埔碼頭這麼大，誰知道神探被抓去了哪裡？」

「不管怎麼說，對方都是好意，我擔心玉書真的出了事，就跟逍遙商量了一下，帶了幾名巡捕去碼頭搜查，總算幸運及時找到你。」

「沒有很及時，我差點淹死。」

「這是個意外，我沒想到你竟然不會泅水，不過沒聽說大世界發生刺傷事件，對吧，小表弟？」

「是啊，看來是有人把事情蓋住了，我回頭讓兄弟們再去問問看，不過應該問不出什麼。」

「順便問一下那家舞廳的老闆是誰。」

「好的。」

沈玉書交代完，又重新看了信箋，仍然沒有頭緒，他把信箋還給洛逍遙，誰知探身的時候，目光無意中劃過後視鏡，一個吃驚沒站穩，差點撲到椅背上。

端木衡被他弄得手一晃，車頭左右歪了歪，慌忙把住方向盤，洛逍遙也緊張地問：「哥你怎麼了？溺水後遺症犯了？」

「比……那個更糟糕。」

後視鏡不寬，但是要看清一個人的臉，那還是綽綽有餘的，沈玉書發現他兩邊臉頰都腫起來了，左邊嘴角還有一塊大瘀青，還有眼睛，兩隻眼睛黑得像熊貓……

沈玉書用力揉揉眼，又上下活動下巴，期待鏡子裡的人不是自己，但事實讓他絕望了，如果把瘀青跟腫塊都消掉的話，那可能……不，是絕對是他自己！

終於明白為什麼他甦醒後，大家會表現得那麼緊張了，原來如此！

「我為什麼會變成這樣子？」呼吸有些困難，他吃力地問。

「喔，沒關係，都是外傷，醫生開了藥，敷幾天就沒事了。」

「那幾天之前怎麼辦？要我一直頂著這張臉到處跑嗎？」

「哥，我發現你受蘇唯的影響太大了，一個大男人幹麼這麼在意外表啊？」

這次絕對不是受蘇唯的影響，而是顛覆了他的美學概念——試問大家可以接受一個臉腫得像豬頭的偵探嗎？至少在他的印象中，福爾摩斯從來沒有這麼狼狽過！

沈玉書坐回座位上，頭一次感到挫敗，是另一種意義上的挫敗。

還好蘇唯不在身邊，否則這個樣子一定被他笑死。

「神探，要不你用用這個？」

胳膊被推了推，沈玉書抬起頭，看到了遞到眼前的口罩。

雲飛揚說：「剛才我跟醫生要的，我猜你也許用得到。」

「謝謝。」

沈玉書道了謝，第一時間立刻將口罩戴到臉上。

「現在有沒有覺得我這個人很貼心又很有眼色？有沒有改變主意讓我做你的搭檔？」

「不，我的搭檔只有一個。」

沈玉書再次打破了雲飛揚的期待。

他的搭檔只有蘇唯，雖然蘇唯來歷不明、說話古怪、做事也沒個譜，還不務正業，但他就是認準了蘇唯。

即使那個人請殺手來殺他。

大家回到萬能偵探社門口。

車一停好，沈玉書就跳下車，衝進偵探社。

偵探社的大門虛掩著，他看了下門鎖。

鎖頭被撬了，耷拉在一邊，沈玉書皺起眉——如果蘇唯在的話，一定會抱怨說這種撬鎖方式太沒有盜竊的美感了。

他以前對這種話不以為意，但現在他深深感受到了蘇唯的怨念，被撬鎖後，他還要重新換鎖，簡直太麻煩了！

沈玉書把門推開，提高警惕走進去。

走廊上靜悄悄的，走進辦公室後，他發現裡面像是龍捲風過境。

東西被隨意丟棄在地上，桌椅跟書架也歪倒了，連小松鼠花生喜歡的吊繩也被扯了下來，落在一邊，牆上的營業執照背面朝上放在桌上，後面的墊板被打開了，但可想而知，裡面並沒有他們想要的東西。

看來那幫流氓沒有找到地圖，就拿東西撒氣，在這裡亂翻一通。

沈玉書走到書桌前，看到被拉開的抽屜還有散在桌角的棋子，他臉色微變。

「這幫混蛋簡直太過分了，哥，電話借我用一下，我讓兄弟們去大世界問問情況。」

要感謝流氓的手下留情，他們沒把電話線也剪斷，洛逍遙打電話的時候，沈玉書又把房間重新檢查一遍，突然嗅嗅鼻子，聞到了蚊香的氣味。

天熱蚊子多，沈玉書在牆角放了蚊香盤，他走過去，就見蚊香燒到一半，但奇怪的是，屋子裡的蚊香味卻不重。

雲飛揚也看到了，說：「那幫傢伙找東西時還順便點蚊香嗎？看到他們，蚊子大概都嚇跑了吧。」

沈玉書不說話，只是盯著蚊香看，雲飛揚還要再說，被端木衡攔住了，示意他不要打擾沈玉書思考。

雲飛揚摸摸頭，不知道一盤蚊香有什麼好看的，看著沈玉書呆了一會兒，站直身子，說：「我現在確定了，柳長春不是金狼殺的。」

「為什麼這麼肯定？」

「因為棋室裡沒有蚊香。」

「啊？」

這個字是三個人同時發出來的，洛逍遙打完電話，剛好聽到沈玉書的話，他不解地問：「蚊香跟金狼有什麼關係嗎？」

「有關。」

難怪他在現場總覺得哪裡不對勁，原來是因為房間裡沒有蚊香啊。

沈玉書讓雲飛揚把備份的照片拿出來，放在桌上依次排開，讓他們看。

「棋館後面的院子有很多雜草樹木，上次我們都看到了，到了夏天，蚊蟲一定很多，可是兇案現場的窗戶沒關，也沒有紗窗，更沒有點蚊香，這不是很奇怪嗎？」

大家聽著他的解釋，把現場照片逐一看了一遍，雲飛揚點頭道：「是有點奇怪，但怎麼證明不是金狼殺的人？」

「很簡單，如果柳長春一開始就在棋室的話，他會點蚊香熏蚊，除非他有自虐症……呃我的意思是說他不怕被叮得全身是包，但實際上他沒被蚊蟲叮咬，也就是說他是在被殺之前被迫進入那個房間的。」

「那也可能是他被金狼追殺，臨時跑進房間的。」

「不，我看過電燈開關，燈泡被打破的時候燈是開著的，而燈泡的大部分碎片落在血液上方，也就是說柳長春被殺後，燈泡才碎掉的，如果是這樣，兇手應該看到地板上的金狼二字，既然看到，那為什麼不抹掉，而是抹去了當中一部分？」

端木衡問：「為了讓大家認為是金狼作案的？」

「正是。所以我的推測是凶手將柳長春逼到棋室殺掉，再打開燈，用柳長春的手指寫了金狼的字，為了更逼真，他還故意抹掉了中間的部分，最後打碎了燈泡，可是他百密一疏，忘了再拉一次燈繩，於是電燈便處於開著的狀態。」

「這樣說不是沒道理，但又怎麼知道不是金狼自己偽造的現場？」

「我看過他以前的案卷，他殺人乾淨俐落，就算冒牌柳長春會功夫，多半也不是他的對手。」

說到這裡，沈玉書想起了昨晚他跟金狼的對峙。

他自認武功不弱，但是在金狼面前，還是感到膽怯——殺人的人氣場不同，金狼會成為金牌殺手，除了武功外，還有他那份令人心生恐懼的氣勢。

棋室凶案的凶手做得太拖泥帶水了，這不符合金狼的行動標準，所以這個案子很容易幫他洗清罪名，關鍵是之前的滅門凶案。

腳步聲響起，打斷了沈玉書的思索，端木衡掏出手槍，小心地走出去，道：「這裡為什麼會點蚊香？說不定那些人還沒走遠，我去查查。」

「不用出去那麼費事，點香的人應該還在這棟房子裡。」

沈玉書跑到走廊上左右查看，洛逍遙也很緊張，掏出槍準備上樓，誰知就在這時，一個小東西飛快地走廊對面跑過來，又從他們的腳下竄過去，在樓梯口來了個急剎車，朝著樓上跑去。

牠的速度太快了，大家只覺得眼前一晃，只來得及看到毛茸茸的尾巴，沈玉書鬆了口氣，笑道：「咱們家的松鼠成精了，這車剎得真漂亮。」

洛逍遙想追上去，沈玉書衝他擺擺手，道：「牠是在故意引我們離開，嫌疑人一定在別的地方。」

他去了走廊的另一頭，順便看看客廳跟實驗室，這兩個房間也是被翻得一塌糊塗，想到又要費神收拾，沈玉書不由得嘆了口氣。

盡頭是地下室，房門緊閉，沈玉書拉了一下沒拉開，他敲敲門，叫：「長生在嗎？我是沈玉書。」

叫到第三聲的時候，地下室裡傳來響動，有腳步聲跑過來，緊接著房門從裡面拉開，長生站在他們面前。

小孩子的臉上蹭了灰，東一塊、西一塊的看起來很滑稽，雲飛揚率先笑了起來，問：「你怎麼在這裡啊？捉迷藏？」

沈玉書卻嘟囔道：「我覺得地下室有必要清掃一下了。」

「不是的、不是的，地下室本來很整潔，可是被人翻動過，所以才亂七八糟的，啊沈哥哥，為什麼你戴口罩？是生病了嗎？眼睛都腫了。」

旁邊傳來憋笑聲，沈玉書只當沒聽到，探頭往裡看看，裡面的狀態跟辦公室不相上下，他又看向長生，長生吐吐舌頭，說：「我人小，躲在雜物堆裡，就沒人找得到我了。」

「為什麼要躲起來？是不是遇到壞人了？」

洛逍遙回來了，松鼠花生蹲在他肩上，大概發現轉移注意力這招不靈，牠放棄了，跟著洛逍遙回到小主人的身邊。

被問到，長生臉上露出驚慌的表情，嘴角扁了扁，一副要哭出來的樣子。

沈玉書跟他相處久了，馬上猜到這種狀況讓長生聯想到了以往的遭遇，他拉過小孩的手，故作輕鬆地說：「沒事，只是遇上賊而已，我們家以前就有個賊嘛，都習慣了。」

「你是說蘇醬嗎？」

長生畢竟還是孩子，聽到沈玉書這樣說，他咧嘴笑了，說：「我拿了飯來，在下面，我去拿。」

他又跑回地下室，沒多久，拿了個布袋上來，原來是小姨謝文芳見沈玉書一直沒回家，擔心他三餐沒著落，特意讓長生送飯來，端木衡派過去的人負責保護洛正夫婦的安全，沒有留意他一個小孩子跑出來了。

沈玉書帶長生回到辦公室，長生把一個大飯盒從包包裡取出來，放到桌上，可是沈玉書剛吃了飯，最後謝文芳做的菜便宜了雲飛揚跟洛逍遙。

「蚊香是你點的吧？」

沈玉書去隔壁泡了茶，分別端給大家，最後是長生的果茶，長生道了謝，喝著茶點點頭，又好奇地說：「可是我還特意掐斷了很大一截蚊香啊，這樣壞人就會以為點香的人早就走了，沈哥哥你是怎麼知道的？」

「如果蚊香真的燃燒了那麼久的話，房間裡的氣味不會那麼淡，你這樣做是為了掩蓋飯菜的味道吧？」

「嗯，是的，我剛才一來就看到屋子裡被翻得亂糟糟的，我好怕，就趕緊點上蚊香，跑到地下室藏起來，剛才花生醬以為是壞人來了，才跑出去想引開你們。」

端木衡轉頭看看花生，牠正在對面抓著斷掉的繩子蕩來蕩去，端木衡不由得笑道：「牠還真成精了。」

「牠很聰明的，牠知道我害怕，所以一直陪著我。」

雲飛揚吃著飯，問：「你怕有壞人，那為什麼不馬上跑走呢，藏在地下室裡不是更危險嗎？」

不知長生想到了什麼，眼神有些恍惚，半晌搖搖頭，說：「我也不知道，我就覺得藏起來最安全，以前也是這樣的……壞人來了，爸爸讓我藏起來……」

「爸爸？」

雲飛揚跟洛逍遙同時叫道，長生的表情越發茫然，沈玉書瞪了他們一眼，如果他推測沒錯的話，以前也有惡人闖進長生的家裡，他父親為了保護他的安危，將他藏了起來，而自己卻被惡人所害……

聯想長生受傷時在醫院的囈語，沈玉書生怕他又胡思亂想，拿了幾顆榛果把花生逗過來，讓牠陪長生玩。

果然，有小松鼠在旁邊折騰，長生的注意力很快就轉開了，雲飛揚還想再問，被沈玉書使了個眼色制止，他走到書架前，翻找以前收集的舊報紙。

流氓打手把東西翻得一團亂，還好沒去理會這些看起來像是引火用的報紙，沈玉書把報紙夾放到桌上，陸續往後翻，洛逍遙跟雲飛揚吃完了飯，在旁邊看現場照片，端木衡沒事做，坐到長生身旁陪他玩。

沒多久，嘩啦嘩啦翻報紙的響聲停止了，沈玉書的目光定格在其中一頁上，見他表情有異，端木衡走過去，問：「找到了？」

「嗯，就是他。」沈玉書指著報紙一欄說。

那是一則普通的時政專欄，記事內容主要是說冀東一帶散匪作惡，民不聊生，師長孫殿英率兵剿匪，戰績顯赫，報紙上配了照片，照片中站在最邊上的軍人正是他昨天看到的那個人。

照片下方列有姓名，沈玉書的手指劃過去，落在那個名字上。

「旅長馬澤貴。」

端木衡皺眉道：「既然是孫殿英手下的，那就是第六軍團第十二軍的，他們是國民黨的隊伍，怎麼會跟徐廣源有牽扯？」

洛逍遙問：「旅長的話，職位應該不小吧？」

「不小，不過說白了，他們都是被收編的匪兵，所以馬澤貴來上海到底是公事，還是私底下來跟徐廣源見面？那就有待調查了。」

「這個交給我，我讓包打聽他們去查。」雲飛揚舉手自薦。

洛逍遙也舉起了手，小心翼翼地問：「其實我有個更重要的問題想問。」

「這位同學，請提問。」

這口氣像極了蘇唯，三個人同時看過去，沈玉書卻面不改色，向洛逍遙做出「請說」的手勢。

「你們一直在說地圖啊圖紙啊什麼的，那到底是什麼東西啊？為什麼軍閥跟幫派流氓都要對付哥你？為什麼還跑到家裡來搜？那很重要嗎？」

「那張不知道是路線圖還是機關圖的東西，是我在勾魂玉案中無意中得到的，我也不知道有什麼用，當時就隨手塞在營業執照後面了，昨天是隨口說的，沒想到馬澤貴真的相信了。」

說到這裡，沈玉書看向端木衡。

「不過那東西到底是什麼，我想阿衡應該很清楚。」

被大家盯著，端木衡苦笑。

「並沒有，我也是道聽塗說。」

「那就把你道聽塗說的消息說來聽聽。」

「其實也沒什麼大不了的，孫殿英的軍隊駐紮在河北遵化，那裡有個很著名的地方，相信大家都知道。」

洛逍遙不知道，轉頭看沈玉書，沈玉書的眉頭微挑，雲飛揚也想到了，問：「不會是指清東陵吧？」

「不錯，據說為了防止後人盜墓，東陵墓裡設計了很多機關暗器，那張圖既是路線圖，也是可以順利進入陵墓的機關圖，傳說圖紙分成了五份，由太后的五位親信分別收藏，以保機關之密永遠與陵墓一起被封印在黑暗中。」

洛逍遙問：「親信是指大臣或那些王爺貴族嗎？」

「這就不知道了，我也只是聽說。」

雲飛揚搖頭不解，「如果想永遠封印住祕密，那就不要留下任何線索啊，為什麼還要特意留下機關圖？」

「這個我也不知道，畢竟我不是太后，無法揣摩到她的真正意圖。」

端木衡的目光轉向沈玉書，說：「玉書你是偵探，或許你明白？」

沈玉書搖搖頭，心裡隱隱有了一絲想法，但想法太混亂，一時間無法抓住真正的線索，他只有種感覺——這件事跟虎符令有著莫大的關係。

「線索太少，無從推測。」

雲飛揚拍拍手，「不管那些親信是誰，事實證明都不可信，這才不過二十年吧，這些地圖就都流傳出來了。」

洛逍遙說：「而且馬澤貴又是駐守在陵墓附近的，他說不定就是為了這些地圖來的，所以聽到我哥說知道地圖所在，就放了他。」

「沒放，他打暈我了。」

沈玉書摸摸後腦杓，那一記打得還真實在，再加上臉上跟身上的傷，大概他這輩子都沒這麼倒楣過。

正聊著，電話鈴響了起來，洛逍遙搶著接聽，他聽了一會兒，掛掉電話，說：「去大世界調查的夥計們回來了，說老闆是個小有名氣的交際花，叫馬藍，兄弟們被她灌了幾碗迷魂湯，直說她的好話，說舞廳沒問題，昨天也沒有發生傷害事件，要不我親自去問問看？」

沈玉書還沒搭話，端木衡先開了口：「小表弟你就不要去了，說不定也會被馬藍灌迷魂湯。」

「關你什麼事？」

洛逍遙不爽地瞪他，端木衡也不在意。

沈玉書說：「要不你就去查一下吧，不過要小心，那些人都不是善類。」

「沒問題，怎麼說我也是探員啊。」

為了證明自己沒問題，洛逍遙挺了挺胸，走的時候又交代說有情況再聯絡，雲飛揚為了儘快查到消息，也跟他一起離開了。

他們走後，端木衡看沈玉書。

「你打算怎麼做？」

「他們去查線索了，徐廣源或是馬澤貴要是想找我，也會主動來找的，所以在他們來之前，我這邊反正也沒事，不如去看看金狼的案子。」

「你真的打算管到底了？」

「誰讓我答應了人家呢，再說我也不想坐以待斃。」

「可是就算你查出真相，三日後，他還是會殺你。」

「也許不會。」

「為什麼？」

沈玉書沒有回答，笑吟吟的目光看過來，端木衡向後退了一步，狐疑地問：「你又想讓我做什麼？」

「我要查舊案，當然得有資料才行啊，竹馬，幫個忙唄。」

被他笑咪咪地看著，端木衡一臉無奈——看來這個忙不幫也得幫了，誰讓他們是竹馬呢。

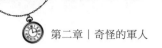

【第三章】

重查滅門血案

「還好哥你的身手棒。」

「不，是金狼救了我。」

看到三人臉上流露出的驚異表情，沈玉書自己也覺得好笑——蘇唯雇來殺他的殺手竟然三番兩次地救他，這大概是蘇唯始料不及的……

想起跟蘇唯的決裂，沈玉書感到悵然，如果可以，他很希望換個方式跟那個人分離。

兩人商議好後，沈玉書準備了需要的東西，又跑去蘇唯的房間，翻到他以前搞偽裝時戴的墨鏡，戴好後對著鏡子整整口罩，這樣形象不至於太尷尬。

下了樓，長生已經把碗筷洗好，站在門口，一副要跟他一起出門的樣子。

「太危險了，我送你回藥鋪。」

「我不怕危險，我想知道祕密。」

「知道祕密？」

長生用力點頭，說：「我想知道自己是從哪裡來的？想知道為什麼會失憶？這些只有跟著你們才會知道。」

沈玉書沒有馬上回應，直覺告訴他，長生大概是想到了什麼才會這麼堅持，但眼下很危險，不適合孩子參與。

看出了他的想法，端木衡說：「就讓他跟著吧，否則他一個人偷偷行動，只怕會更危險。」

沈玉書看向長生，「你不會的吧？」

「會的，蘇醬教過我很多功夫，我可以保護自己的！」

——你可以保護自己，就不會被人砸得進醫院了。

那一瞬間，沈玉書突然很想揍蘇唯，那個唯恐天下不亂的傢伙，走了還給他找這麼多麻煩。

沈玉書很不情願地擺了下手，這就是同意帶著他的意思了，端木衡給長生使了個眼色，長生咧嘴笑了，抱著小松鼠跟在後面。

由端木衡開車，三人來到麥蘭巡捕房。

好巧不巧，當初抓獲金狼的正是方醒笙探長，所以相關檔案他都保留了一份，聽說沈玉書要看當年的案卷，他很驚訝，再瞅瞅端木衡，選擇了配合，親自去案卷室幫他們找案卷，又問：「怎麼想到查舊案了？是因為金狼又殺人了嗎？」

「長春館的案子不是金狼做的。」

「啊？」方醒笙眨眨眼，「你確定？」

「確定。」

「那是誰？」

「已經有目標了，所以還需要做更詳細的調查。」

「跟這個滅門案子有關嗎？」

「跟這個案子沒有直接關係，跟我的死活有直接關係。」

方醒笙越發聽不懂了，覺得自從蘇唯出事後，這位大偵探的舉止更匪夷所思了，見他們三個人的注意力都放在卷宗上，他決定還是不打擾了，抽著菸斗準備出去，但剛邁出兩步就被叫住了。

「方探長，能跟我們說說你抓住金狼時的具體情況嗎？」

「都過去這麼久了，哪還記得清啊，你們去翻舊報紙吧，當初報紙上每天都在報導這個案子。」

方醒笙砸吧著菸斗敷衍，沈玉書說：「報紙登的新聞我都看過了，上面說你通過各種線索追蹤到金狼，在他作案後親手將他拿獲，你還靠著這個案子榮登那一年的最佳警探寶座，從那以後，整個上海灘沒有不知道你的。」

「是啊是啊。」

「我想知道的是實際的情況，你真的是靠線索追蹤到金狼的嗎？」

「沈玉書請注意你的措辭！」

「我昨晚遇到金狼了，他給我的感覺是這個人就像一頭狼，而且是餓狼，狡詐又凶殘，所以方探長，你最好說實話，他是殺人狂，隨時會再殺人，當初是你抓他的，如果他要報復，第一個就是你啊！」

金狼是殺人，卻不是殺人狂，更不會報復殺人。

聽著沈玉書又在一本正經地胡說八道，端木衡發現要忍笑是滿困難的一件事。

方醒笙還真被沈玉書蒙住了，也不顧得抽菸斗了，問：「真的會來找我？」

「他已經在附近出沒了，來找你是遲早的事，所以你只有把真正發生的事都告訴我，我才能幫你啊。」

方醒笙抽著菸斗不說話了。

端木衡故意說：「玉書，這就是你的不對了，人明明就是方探長抓的，你怎麼可以懷疑他？還是看資料吧，說不定可以找到新的線索。」

他拉著沈玉書繼續看案卷，被方醒笙叫住了，讓他們坐下，吐了幾個菸圈，說：「也沒什麼不能說的，反正巡捕房裡有不少夥計知道這事兒。」

「那到底是怎麼回事？」

方醒笙正要說話，外面傳來敲門聲，一個夥計進來送茶水，方醒笙不耐煩地衝他擺擺手，讓他放下茶壺趕緊出去，順便告訴其他人不要過來。

看他不高興，夥計不敢多說什麼，應了一聲，關上門跑掉了。

聽著腳步聲走遠，方醒笙放下菸斗，嘟囔說：「好吧，報紙上說得比較誇大，其實線索什麼的都沒有，我是接到了一通求救電話，說金狼在他們家裡，讓我們趕緊去救命，我才帶著人趕過去的。」

因為知道金狼的凶狠，去的時候，方醒笙還特意帶足了人馬，照電話裡提供的地址趕過去，也就是發生滅門慘案的邱家。

打電話的是邱家家主邱月生，但等他們到達的時候，邱月生已經遇害了，除此之外，邱家十幾口也被殺了，金狼全身都是血，坐在大廳的門檻上，眼神呆滯，身邊落了兩柄峨嵋刺，經查都是他的武器。

卷宗裡放了現場照片，沈玉書擔心長生看到後有心理陰影，讓他去一邊跟小松鼠玩，端木衡跟他坐在一起翻看卷宗，看到到處是血淋淋的場景跟橫倒在地的屍體，不由得皺起眉。

「男女老幼都有，凶手也是夠狠的。」

「虧我們還是拿了傢伙去的，結果金狼完全沒反抗，任由我們銬住了，逮捕他比想像中要簡單，但審問他時，他什麼都不說，像是傻了，後來上了法庭，判了他死刑，他也沒反應，大家都以為會馬上槍決的，誰知道會拖這麼久，拖到他跑掉了。」

「因為他是難得的殺人工具，總有人不希望他死的。」

沈玉書帶了當時刊登案件的舊報紙來，對照報紙，再聽了方醒笙的解說，他好笑地發現，真相跟報紙上說的相差太遠了。

「在調查中有什麼新發現嗎？」

「我們沒做詳細的調查，因為人就是金狼殺的，這根本是鐵板釘釘的事，凶器是他的常用武器峨嵋刺，死者身上的傷口也是峨嵋刺造成的。」

照片裡的受害人或是頸部被刺或是胸前被刺，其中邱月生的妻子受傷最重，胸口被連刺五下，還有兩個長輩也被刺了數次，除了致命傷外，還有幾下像是洩憤刺的，傷口位置跟深淺都各不相同。

屍檢報告上有注明傷口形狀跟峨嵋刺一樣，照片上擺著兩柄凶器，一柄的兩端已經捲刃了，另一柄還比較鋒利。

「還有邱家的獨子，一個小女孩，才五歲，也被殺了，凶手簡直喪心病狂，邱家也算是大戶人家，靠收租跟做布匹生意過活，本來很殷實的一家，就這麼敗落了。」

沈玉書說：「我看過金狼的犯罪記錄，這不像是他的做法，他從不殺老幼婦孺，更不會這樣連刺數刀。」

端木衡點頭稱是。

「我也覺得有問題，看這些人被刺的狀態，凶手跟他們像是有很大的仇恨，這更像是洩憤殺人，邱家收租，會不會因此跟誰有過節？」

「沒有，就算有，也不到滅門的程度啊，再說金狼就在現場，如果不是他，他為什麼不為自己辯解？」

「那邱妻的娘家呢？案發後，他們是怎麼應對的？」

案發當時端木衡還沒來上海，他對這個案子並不瞭解，好奇地問道。

方醒笙搖搖頭，「邱家就是她娘家啊，邱月生是外鄉人，他是入贅進門的，後來改了姓。」

沈玉書翻卷宗的手一頓，抬頭看向方醒笙，問：「知道他是哪裡人嗎？」

「不知道，案發後我們例行詢問了一些鄉里街坊，據說邱月生是逃難來到這兒的，他長得不錯，又能說會道，在一家茶館做帳房，邱家小姐常去茶館，這一來二去的就認識了，經人撮合，邱月生就入贅邱家，他在這邊沒有聯絡過同鄉，也從不聊自己以前的事，所以沒人知道他的家鄉。」

沈玉書不說話，陷入沉思，端木衡察言觀色，問：「有問題嗎？」

「有是有……」

沈玉書給了個模棱兩可的回覆，又迅速翻閱卷宗，找到了邱月生被殺的照片，他是心臟被刺致死，死的時候眼睛沒閉，像是不甘心自己的死亡。

屍檢報告上寫道凶手下手很準，利器穿過肋骨直達心臟，所以邱月生反而不像其他人那樣死得比較痛苦。

沈玉書觀察著邱月生的屍體，他臉上、身上還有手上都沾滿了鮮血，再看腳上穿的布鞋，鞋底也被血浸染了，沈玉書還想仔細查看死者的雙手，但很可惜，拍照的人不像雲飛揚那麼有經驗，沒有拍到細節地方，無法看得很清楚。

沈玉書感到遺憾，繼續翻閱卷宗，突然停下來，指著一處問方醒笙。

「這裡，法醫在現場的飲食殘留物中發現了安眠藥，這一點到最後也沒有做解釋。」

「怎麼解釋啊？金狼被抓後一言不發，大概是覺得伸頭縮頭都是一刀吧，索性對抗到底……有什麼新發現啊？能不能馬上抓到金狼？」

最後一句才是方醒笙最在意的，他忘了抽菸，眼巴巴地看沈玉書。

沈玉書搖了搖頭，又翻看後面的卷宗，一頁頁看得很仔細，直到看完，他抬起頭。

方醒笙不敢再問了，只是目不轉睛地盯著他。

「下藥、婦孺老幼皆殺、殺人時洩憤似地亂捅一氣，這些都不是金狼一貫的作案手法，要說裡面哪個受害者最像是他殺的，只有這一個。」

沈玉書把手指放在邱月生的照片上，只有這個人被殺時，凶手做得乾淨俐落，也就是說他才是金狼的目標。

可是一個有錢人家的上門女婿，他會得罪什麼人，而遭致殺身之禍呢？如果他是金狼殺的，那其他人又是何人所害？

皺著眉，沈玉書問：「邱月生夫婦的關係好嗎？」

「這我就不知道了，我們是查案，誰在意這家長裡短的啊。」

「當時沒問？」

「問啥啊，一家人都死了，還管什麼好不好？」

「不是一家人都死了，報紙上說是連邱家帶下人一共十三人被殺，但這裡只有十二個人的檔案。」

「啊，你不說我都忘了！」

方醒笙一拍頭，經沈玉書提醒，他想起來了，說：「的確有一個還活著，是他們家的老傭人崔婆婆，老人那天不舒服，晚飯就沒怎麼吃，所以沒暈倒，她看到凶手殺人，嚇得撒腿就跑，半路跌在其他人身上，黑燈瞎火的，凶手估計是沒留意到，就讓她逃出生天了。」

端木衡好奇地問：「那為什麼報紙沒報導？」

「她人老眼花，再被這件事一嚇，就有點糊塗了，問什麼她都說不知道，又說害怕被殺，我看她可憐，也擔心那些記者知道還有人活著，會每天去煩她，就下了封口令，不讓大家說出她的事。」

方醒笙雖然好大喜功，但為人還是不錯的，至少在這件事上他照顧了崔婆婆，另外找了地方讓她居住，讓她免於被記者騷擾，之後金狼被判死刑，風頭逐漸過去了，他還推薦了份工作給崔婆婆。

「就是在城隍廟裡做雜工，她歲數大了，又沒兒沒女的，在廟裡做事，也不孤單，不過現在是不是還在做我就不知道了，都過了這麼久了。」

「好，我們去找。」

沈玉書跟方醒笙詢問了崔婆婆的身高長相跟住址，向他道了謝，告辭出來。

端木衡跟在他身旁，問：「有想法了？」

「嗯，我猜崔婆婆應該是看到什麼了，卻因為害怕而不說。」

「親眼看到那種事，正常人都會害怕的。」

端木衡用眼角餘光掃掃長生，還好長生正在跟寵物玩耍，沒注意他們的對話。

去城隍廟的路上，沈玉書反覆翻看邱家血案的報導，報紙上還登了邱月生夫婦生前的照片，邱月生長相俊秀，看眼神跟嘴型，他應該是個有交際手腕的男人，並且很受異性歡迎。

如果說邱月生的容貌是中等偏上的話，那邱妻就屬於中等偏下了，而且身材矮小肥胖，他們站在一起，讓人感覺很不相稱。

一個是居無定所的外鄉客，一個是有錢人家的小姐，他們的婚姻究竟是真有愛情存在？還是各取所需居多？

端木衡在旁邊開著車，不時打量沈玉書，終於忍不住說：「你看上去心事重重的。」

「有嗎？」

「有。放著眼前的案子不查，卻為了一個殺手去查舊案，這不符合你的個性。」

「我並不是為了金狼。」

端木衡臉上露出了然的表情，點點頭，說：「是為了蘇唯吧？」

金狼是蘇唯雇傭的，所以不管怎樣，沈玉書都會查個水落石出的。

沈玉書說：「那次他為了我被柳長春羞辱，我答應過他，一定要找出真相，讓柳長春親自為他下跪道歉，但這個承諾永遠都做不到了。」

柳長春死了，所有人都認為凶手是金狼，而金狼又恰恰在不久前越獄，甚至被蘇唯雇傭來殺自己。

沈玉書不相信這一切是巧合，看似巧合的背後，一定是人為的操縱。

端木衡搖頭嘆道：「那件事你始終無法釋然啊，他都走了這麼久了，也沒消息送過來，那便是放下了，你也該學著放下。」

「會的，等這件案子結束，我會的。」

沈玉書說得毫無誠意，端木衡揣摩不出他的心思，便換了話題，說：「馬澤貴跟徐廣源都汲汲於地圖，可見他們對太后駕崩前後發生的事很瞭解，令尊曾在前清做過醫官，不知有沒有聽到什麼風聲？」

「太后駕崩的時候我父親早就辭官歸故里了，那時候的事他怎麼可能知道？」

沈玉書反將一軍，問：「倒是令尊，他身分尊崇，那段時間又前前後後侍奉太后，應該知道得更多才是啊。」

「所以我才會知道地圖的祕密，但也僅僅於此，我倒是覺得很多人對你感興趣，是因為你是前清醫官之子，我甚至懷疑令尊除了醫官的身分外，還有其他更隱祕的身分。」

沈玉書靠在椅背上半闔眼簾，腦海中浮現出幼年時父親教自己練拳的畫面，偶爾會有不熟悉的人來他們家，再後來突然有一天父親說辭官離開，那次走得很匆忙，像是躲債似的。

直到多年之後，再重新回想起來，沈玉書發現那個說法沒錯——父親的確是在躲債，躲一筆非常重的債。

那枚虎符令太沉重了，那筆債也太沉重，所以母親過世後，父親也鬱鬱寡歡，最終也沒有熬多久……

想到這裡，沈玉書心頭湧上怒火，他不明白父親為什麼要愚忠？陵墓也好，守密也好，甚至財富兵權也好，都跟他們沒關係，清朝早就滅亡了，他只想過普通人的生活！

奇怪的聲音從後車座響起，適時地打斷了沈玉書的怒氣，發現自己的情緒在不知覺中被影響了，他急忙收回心神，轉頭看去。

長生正低著頭，雙手拿著一個長方形的奇怪東西，他不知在玩什麼，兩個拇指動個不停，聲音突然響起時，他比沈玉書還要緊張，立刻將那東西塞到了口袋裡，又把小松鼠拖到面前擋住。

端木衡透過後視鏡看他，問：「你在玩什麼？」

長生立刻搖頭，小松鼠也一起搖頭，像是怕榛果被收走，牠拚命往嘴裡塞。

沈玉書也不知道長生在玩什麼，好像蘇唯走後，他就多了個玩耍的東西，不時拿出來玩，看到他們，就會偷藏起來。

每個人都有自己的祕密，這是蘇唯說的，所以沈玉書沒有多問，只當不知道。

「是朋友給的小玩意兒？」他問。

孩子想了想，用力點頭，又按著小松鼠的頭讓牠也點頭。

沈玉書懂了，那肯定是蘇唯給他的，只有蘇唯會整天搗鼓一些稀奇古怪的東西。

「玉書，」端木衡輕聲叫他，「後面有人跟蹤我們。」

沈玉書透過車側鏡向後看，就見一輛黑色轎車在後面不疾不徐地跟著，剛才他一直在考慮事情，沒有發現。

「跟蹤多久了？」

「從我們出巡捕房後就跟著了，這樣好了，在前面拐角你們下車去城隍廟，我引開他們。」

「你小心。」

「放心吧，跟以前上戰場相比，這根本不算個事兒。」

端木衡開著玩笑加快了車速，又邊開車邊掏出一串鑰匙，將其中一柄遞給沈玉書，讓他取下來。

「這是我在金神父路的房子，平時沒人過去，我們回頭在那裡會合。」

沈玉書取下鑰匙，端木衡又報了地址，繼續加快車速，他對這片路很熟悉，輕鬆就將跟蹤者甩開了，在拐角停下車，長生很機靈，跟著沈玉書飛快地跳下車，躲到街道攤販的後面。

端木衡重新將車開出去，沒多久就看到跟蹤者的車也到了，追著他的車往前跑遠了。

「會不會是綁架你的那些人啊？」長生問。

沈玉書不敢肯定，拉起長生的手。

「阿衡會搞定的，我們先來做當下的事。」

沈玉書帶著長生叫了黃包車去城隍廟，大熱天的他又是口罩又是墨鏡，車夫看了他好久，幾乎把他當成拐帶小孩的人販子了。

沈玉書只好當看不到，伸手摸摸臉頰，萬分期望能早些消腫。

找人並不順利。

到了城隍廟，沈玉書照方醒笙說的去廟裡尋找，卻沒找到崔婆婆，後來跟廟祝一打聽，才知道崔婆婆近來身體跟精神都不佳，偶爾才來做做事，反而來祈禱許願的時候居多，所以也不跟他要工錢。

廟祝看崔婆婆孤寡一人，也滿可憐的，每次她來，都會給她一些素食，不過最近天氣炎熱，她都沒有過來，歲數大了，也不知道是不是出了什麼事。

沈玉書跟廟祝要她的住址，廟祝只知道她以前住的地方，就在城隍廟後面的一間小屋子裡，這跟方醒笙報的地址一樣，不過廟祝說她好像不住那裡，他曾因為擔心去拜訪過，都沒有找到她。

沈玉書道了謝，去了崔婆婆的家，那是間很破舊的木屋，周圍落滿了蛛網跟枯葉。房門虛掩著，沈玉書敲門後也不見回應，他試著推門進去，裡面黑漆漆的，又潮又臭，一些破爛隨意堆在地上，卻沒有人。

沈玉書只好出來，去跟周圍街坊打聽，大家都不清楚，只說崔婆婆瘋瘋癲癲的，整天說有人要殺她，又說自己看到凶手了，大家都當她是瘋子，也沒人在意，聽說她好像很喜歡去廟裡逛，什麼廟都去，有時候直接賴在廟裡住宿，所以幾乎不回家。

上海別的不多，廟宇最多，要一家家找的話，不知道要找到什麼時候。

沈玉書的頭又開始疼起來，各種意義上的，他揉著後腦杓，看看天色已晚，只好放棄尋找，帶長生到小吃街吃晚飯。

城隍廟一行收穫最大的是長生跟他的小寵物，兩個都是吃得飽飽的，跟隨沈玉書來到端木衡在金神父路的公館，他們顯得心滿意足。

沈玉書可沒放輕鬆，他擔心有危險，進了公館後，把所有窗簾都拉上，只開了一盞小檯燈。

公館是西洋建築，沒有太悶熱，沈玉書帶長生洗了澡，又找來涼蓆鋪在沙發上，讓他先睡覺，自己在旁邊給他打著蒲扇，沒多久，長生跟他的寵物就都睡著了。

等長生熟睡後，沈玉書去取了毛巾浸了冷水，開始敷浮腫的臉頰，又拿出隨身帶的報紙，重新翻看起來。

夜漸漸深了，端木衡還沒有回來，沈玉書有些擔心，要知道那些人不是等閒之輩，他們既然敢在黃浦江上公然開槍，當然不會顧忌端木衡的身分，說不定還會認為他的存在妨礙到了他們，想趁機幹掉呢。

遠處傳來敲更聲，沈玉書回過神，看看時間，正想著要不要也休息，院子裡隱約傳來窸窸窣窣的響聲，他心一驚，立刻關了燈，走到窗邊透過窗簾縫隙往外看，果然就看到院子裡有幾道人影在晃動。

行蹤竟然被發現了。

沈玉書回到沙發旁，長生被驚醒了，揉揉眼睛想要起來，沈玉書把手指比在嘴上做了個噓的手勢，把他抱起，送到牆角的木櫃前。

那是個裝飾書櫃，上面錯落擺放著書籍跟古玩，下面是雙開門的櫃子，沈玉書在進來時就檢查過了，櫃子裡沒放什麼東西，可以輕鬆藏進一個孩子。

他讓長生鑽進櫃子，低聲說：「有人來了，你躲在這裡，不管發生什麼事，都不要出來。」

小孩子有點嚇到了，怔怔地看著他不說話，沈玉書正要關門，衣袖忽然被他抓住，眼淚汪汪地說：「沈哥哥不要走，會死的！會死的！」

「不會。」

「會的會的，爸爸就是這樣說，可他就再沒回來……」

因為害怕，長生將沈玉書的衣袖攥得很緊，沈玉書擔心那些人馬上就到，可是又不能把孩子就這麼撂下不管，正著急著，忽然看到小松鼠在腳下轉圈，他把松鼠拿起來，塞給長生，安慰道：「我答應你，一定不會有事，你跟花生醬好好待在這裡，我很快就回來。」

小松鼠用爪子抓長生，為了抱牠，長生只好鬆開手，卻再三叮囑道：「那沈哥哥你要小心。」

沈玉書點點頭，將櫃門關上，按了按腰間的手槍。

為了以防萬一，他這次特意準備了槍，但不到危急關頭他不想用到，看看周圍，牆角裡擺放的西洋盔甲跟西洋劍落入眼簾，他抽出西洋劍，走出房間，做出應敵的準備。

樓下傳來腳步聲，沈玉書從樓梯欄杆上探頭看去，就看到下面有四五個人，都是統一的黑衣蒙面的打扮，其中一個人的手裡還拿著槍。

想像了一下開槍會給房子造成的損害，沈玉書先對端木衡說了聲抱歉，接著拿起走廊上一個瓷瓶擺件，向樓下某個人砸了過去。

東西甩出去的時候，他在心裡祈禱——希望這個不是真正的古玩，他賠不起的。

下面傳來瓷器跌碎的聲音，但那些人沒開槍，大概也是擔心槍聲引來巡捕，沈玉書趁機沿著樓梯扶手滑了下去，西洋劍刺出，擊向最前方那個人的胸口。

那個人向後倉皇躲避，其他人也抽出武器趕過來反擊，大廳裡太暗了，沈玉書只能隱約看到利器劃過時反射的光亮，都是匕首跟短刀，每一招都刺向他的要害。

「東西在哪裡？」其中一個人低聲喝問。

沈玉書沒回答，凝神對敵。

這些人跟以往兩次攻擊他的人不是一夥的，這從功夫套路中就能看出來，他們沒有實打實的武功，但攻擊性非常強，沈玉書想起了黑幫惡鬥，黑幫成員動手時也是這樣狠辣不要命的。

所以這些人對於如何圍攻跟群毆非常有經驗，沈玉書的武功雖然高過他們，卻好漢架不住一群狼，只好且戰且退，搏鬥中被其中一人用凳子架住了西洋劍，他不得不棄劍，退到了牆角。

至少在牆角不用擔心腹背受敵，可以暫緩一口氣。

但沈玉書小看了對方的狡詐，那個人又拿著凳子朝他斜劈過來，假如他不從牆角退開，頭部跟肩膀勢必都被砸中，他只好及時躲去旁邊的花架後，凳子撞在牆上，發出沉悶的響聲。

「把東西交出來！」又有人喝道。

沈玉書昨晚被水淹得差點沒命，身上的傷還沒好，被他們一陣窮追猛打，有些撐不住了，只好道：「先退後，東西給你們。」

他裝作去掏口袋，實際上卻是掏槍，但那個人也沒那麼好糊弄，根本不給他緩氣的機會，又掄起碎了一半的凳子朝他砸來。

看來他們並不急於要他的命，而是讓他暫時失去反抗的能力。

但凳子沒有砸下來，它在半路被人截住了。

接著黑暗中傳來腕骨被折斷的聲音，那聲音光是聽著都很痛，沈玉書忍不住祈禱自己別遇到這種情況。

那個人也算是個漢子，腕骨折了，他居然忍住了沒發出慘叫，還想抬腿攻擊，被對方一拳頭頂在胸口上，打飛出去。

其他人看到有幫手出現，放開沈玉書，一齊攻擊那人。沈玉書扶著牆壁站穩，趁機緩了口氣，就聽骨頭折斷的聲音不時響起，那幫人陸續被打倒了。

看到不敵，有人舉起槍對準幫沈玉書的人，沈玉書急忙搶先朝對方開槍，幫幫手解除危機。

槍聲響起，有人低聲發出痛叫。

沈玉書雙手握槍，喝道：「不想死的話，就馬上滾！」

那幫人也算識相，見勢不妙，紛紛爬起來跑出去，沈玉書鬆了口氣，看向那個幫手。

黑暗中他只隱約看到一個高大的身影，看不清長相，但感覺得到他身上的殺氣，沈玉書小心翼翼地叫：「金狼？」

「你很弱，」鏗鏘話聲傳來，「雇主給的價錢高了。」

沈玉書的額上浮出黑線，很想說要不你把多餘的部分再退回去？

不過考慮到眼下的處境，他還是選擇了道謝。

「你又救了我一次，謝謝。」

「我只是在履行約定，你還剩一天的時間。」

——什麼？還剩一天？不會是昨晚盟約就算一天了吧？

不知是不是溺水時水灌得太多了，沈玉書的思維有點跟不上，他很想學著蘇唯的口氣問——老兄你的算術是體育老師教的？

外面傳來搏鬥跟槍聲，緊接著有人衝了進來，叫道：「哥，你有沒有事？」

是洛逍遙來了，沈玉書應了一聲，等他再想跟金狼解釋的時候，轉過頭，就見對面窗戶打開，窗簾被夏風捲得飛起來，金狼已經不見了。

真是神龍見首不見尾，被這樣一個可怕的人盯住，要說無動於衷那是假的。

又有兩個人從外面跑進來，卻是端木衡跟雲飛揚，端木衡打開燈，打量沈玉書。

「你怎麼樣？有沒有受傷？」

沈玉書想說沒事，胳膊卻傳來疼痛，他低頭一看，在剛才的搏鬥中，右臂被匕首劃了個大口子，鮮血順著手臂流下來，還好傷口不深。

洛逍遙也看到了，急忙幫他檢查傷口，又衝端木衡叫道：「當然是受傷了，你看血直流呢，趕緊去找藥膏跟紗布。」

端木衡不常來這間公館，家裡有紗布，卻沒有藥膏，他只好把一直戴在頸上的藥瓶拿下來，裡面放了傷藥。

小藥瓶護身符其實是洛逍遙的，當初被他硬霸占了去，之後不管洛逍遙怎麼求，他都不給，洛逍遙還以為他扔掉了，沒想到他一直隨身攜帶，不由一愣，礙於有外人在場，忍住了沒去罵他，扯過紗布先給沈玉書止血。

沈玉書攔住他，說：「長生還在櫃子裡，先去看他。」

他跑上二樓，房間裡一片漆黑，什麼聲音都沒有。

沈玉書打開燈，跑到櫃子前，把櫃門打開。

長生雙手抱膝縮在裡面，身子一直在發抖，卻咬著牙一聲不吭，對沈玉書的出現毫無反應，小松鼠不知道是不是被小主人嚇壞了，難得地沒啃榛果，悄悄蹲在一邊。

「長生，我回來了，長生！」

沈玉書伸手去拉長生，孩子嚇得一個哆嗦，努力往後躲，頭撞在櫃壁上，發出砰的響聲，沈玉書怕嚇到他，放低聲音又叫了一聲，長生這才回過神，哇地哭出了聲，撲出來抱住他。

「爸爸不要死！爸爸不要死！」

知道孩子是把記憶跟現實混淆了，沈玉書沒去糾正他，只是輕輕拍打他的後背，溫言安慰道：「不會死的，我會一直陪著你。」

「不要死不要死不要死……好多血，嗚嗚……」

長生其實並沒有看到沈玉書胳膊上的血，他只是在下意識地喊叫，叫了一會兒聲音逐漸低下去，緊張加疲勞，他趴在沈玉書身上睡著了。

沈玉書要抱長生去沙發，被端木衡半路接了過去，給洛逍遙使眼色讓他幫忙給沈玉書裹傷。

洛逍遙讓沈玉書坐下，又讓雲飛揚端來清水，他給沈玉書的傷口做了清洗，敷了傷藥，最後用紗布纏好。

洛逍遙從小跟著父親學醫，對治療外傷這種事做得很熟練，等端木衡把長生放下，轉回來時，他差不多都做完了，不由得點頭稱讚。

「小表弟你真厲害。」

「我如果厲害，就不會護身符到現在也索不回了。」洛逍遙從齒縫裡擠字。

看到掛在端木衡頸上的藥瓶，洛逍遙就氣不打一處來，也沒給他好臉色，不過被稱讚，心裡還是挺舒坦的，想繃起臉，卻不怎麼成功。

等傷口包好，長生那邊也睡熟了，大家這才坐下來，端木衡去燒了水，泡了茶，端到房間裡。

沈玉書問起剛才的事，雲飛揚喝著茶，心有餘悸地說：「我們剛到，就看到幾個歹徒衝出來，又是拿著刀又是蒙面的，還好有端木先生跟逍遙在，否則我一個人都不知道該怎麼辦了。」

「我看他們都受傷不輕，考慮到在這裡開槍，事後會很麻煩，就放過了他們，玉書，他們有跟你說什麼嗎？」

「說讓我交出東西，大概是指地圖吧。」

虎符令的事沈玉書沒對任何人說起，除了事關重大外，在這個非常時期，他也不想把底牌這麼快就亮出來。

「還好哥你的身手棒。」

「不，是金狼救了我。」

看到三人臉上流露出的驚異表情，沈玉書自己也覺得好笑，蘇唯雇來殺他的殺手竟然三番兩次地救他，這大概是蘇唯始料不及的……

想到這裡，沈玉書心念一動，突然浮起一個奇怪的念頭——或許表象並非真相，那只是……

心房快速地跳動起來，為突然想通的事實，但究竟他的推測是否就是真相，除非那個人回來，否則他永遠都不會知道結果。

想起跟蘇唯的決裂，沈玉書感到悵然，如果可以，他很希望換個方式跟那個人分離。

「不過只剩下一天了，」他苦笑道：「金狼的算術不大好，他竟然把最後的期限定在明天。」

「明天？那怎麼來得及？」

「也許來得及的。」

沈玉書收回心神，把重點放在當前的事情上，問：「你們怎麼會一起過來的？」

「我甩掉跟蹤後，去了大世界，剛好遇到小表弟他們，就帶他們過來了。」

「那不叫剛好，明明是我去叫你的，我們是去做事，你是去聽戲。」

洛逍遙嗆完他，對沈玉書說：「哥你不知道，我們在大世界忙的時候，這傢伙在戲臺子那喝茶聽戲，旁邊還有個漂亮姑娘陪著，可舒服了。」

「小表弟你吃醋啊？」

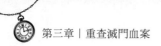

端木衡笑吟吟地看過去，洛逍遙的回應是向他翻白眼。端木衡嘆了口氣，說：「我這不是沒辦法嘛，我本來是要去大世界找你們的，誰知半路被個朋友攔住了，我又不好推託，才會搞到現在。」

沈玉書問洛逍遙：「那你們有查到什麼嗎？」

「查到了馬藍那兒，那女人據說不到四十，不愧是交際花，穿得洋氣，看起來長得也漂亮，還能說會道的……」

「據說不到四十？」端木衡插嘴問道。

「因為她戴著面紗帽，看不清嘛，我是聽舞廳的客人這樣說的，她很熱情，不過說了半天，啥重點都沒說到，堅持說舞廳裡沒有發生任何傷害事件，她也不認識馬澤貴，還找舞小姐陪我。」

端木衡又插嘴道：「聽起來小表弟你們倆過得比我滋潤啊，還有舞小姐陪呢。」

洛逍遙斜眼瞪他，故意學著他的腔調問：「吃醋啊？」

「是啊，吃醋。」

沒想到端木衡回應得如此坦蕩，洛逍遙一臉震驚，看著他的反應，端木衡噗哧笑了。

沈玉書拍拍手，「說正事。」

「正事就是我這邊就是這樣了，飛揚呢？」

「我聽包打聽說，馬澤貴這次好像是來辦私事的，他去過法國領事館，還拜訪過徐廣源跟華人商會的幾個頭頭，還幾次出入大世界，跟馬藍見過面，私底下大家都說他們是情人關係，所以猜測馬澤貴這次來是為了會情人的，不過我打聽到一個有趣的消息……」

看看大家，雲飛揚又說：「馬澤貴跟馬藍以前都住北京，但他們具體出身哪裡就查不到了，找不到他們原本的戶籍。」

洛逍遙震驚地看他。

「你認識的包打聽，比我們巡捕查到的情報還多啊！」

「因為包打聽也有兼職巡捕的，但這屬於業務機密，無可奉告。」

這也是在學蘇唯說話，沈玉書好笑地發現，他們周圍受蘇唯影響的人還真不少。

但很快的，他的微笑僵在了唇角——出入領事館的酒商，私下來上海的軍人，碼頭車站的黑幫械鬥……這其中似乎都有著千絲萬縷的聯繫。

想到這裡，沈玉書對雲飛揚說：「你請朋友再多查查馬藍，背景查不到的話，就查一下她近期的情況，看她有沒有長時間休息或是離開等。」

雲飛揚答應了，沈玉書又對洛逍遙說：「明天你帶人去碼頭、車站以及最近常有鬥毆事件發生的地方，檢查過往的貨箱，不論大小，尤其是械鬥之前或之後進出的箱子。」

端木衡問：「你懷疑有人利用械鬥引開大家的注意力，偷運違禁物品？」

「有這個可能性，所以細查總沒錯。」

「明白了，那我明天一早就去，不過哥，你這邊也很危險，人都撤去辦別的事，你怎麼辦啊？」

「我不是還有阿衡嘛。」

看看端木衡，洛逍遙瞥了下嘴，一副「這人靠得住嗎」的表情。

端木衡只當沒看到，又跟沈玉書詢問崔婆婆的情況。

沈玉書簡單說了，聽說沒打聽到，雲飛揚立刻說：「那明天我再讓包打聽去問，一個老婆婆應該很好打聽的。」

沈玉書道了謝，洛逍遙狐疑地說：「不對啊，既然這裡是你們臨時定的地方，那那些人是怎麼找來的？」

端木衡說：「可能是我的問題，我最初想聯絡你們，打電話給巡捕房，後來又讓手下去大世界找你們，可能消息就這麼流出去了。」

「你豬啊！」

一聽這話，洛逍遙火了，忘了對端木衡的懼怕，衝他大吼。

沈玉書向洛逍遙擺擺手，示意他冷靜，「也可能是其他的原因，包打聽這麼多，我們可以問到馬澤貴的事，徐廣源跟馬澤貴也可以問到我們的事，他是地頭蛇，有的是本事打聽到消息。」

「那這裡豈不是也很危險？」

「至少到明晚為止沒事，蘇唯可是幫我請了一位天底下最厲害的保鏢啊！」

沈玉書說得無比認真，其他三人看著他，同時在心裡吐槽——你確定蘇唯請的不是來殺你的殺手嗎？

「啊對了，光說這個，我都忘了大事！」

雲飛揚一拍額頭，把脖子上的照相機拿下來，擺弄著說：「剛才端木先生和逍遙跟那幫人打架的時候，我搶拍了幾張，也許拍到他們的樣子了。」

「這麼重要的事你怎麼不早說啊？」

「這不一件事接著一件事，忘了嘛，那我趕緊回家洗膠捲，明早就可以給你們了。」

雲飛揚說做就做，說完拿著他的相機就往外跑，沈玉書叫住他。

「你一個人太危險了，讓逍遙陪你。」

「我一個大男人，還怕走夜路嘛，再說我家離這裡挺近的，步行不用十分鐘……」

雲飛揚說完，往前走了幾步，又轉回頭來，對洛逍遙說：「不過你要是想陪的話，我也不會拒絕的。」

這擺明了就是怕嘛，洛逍遙忍不住翻個白眼，他跟沈玉書打聲招呼，追著雲飛揚跑了出去。

他們走後，房間裡安靜下來，端木衡向沈玉書道了晚安，準備去隔壁休息，沈玉書叫住他：「阿衡。」

端木衡轉過身，微笑道：「想留我陪你過夜嗎竹馬？態度好一點的話，我考慮。」

「你想多了，我只是想跟你說，今晚在這裡打架造成的損失我可以賠償你。」

「喔。」

「不過要先打借條，我現在後庫空虛，要等遇到大案子了，才能上千上千地賺。」

「……」

沉默了三秒後，端木衡只想到了兩個字——

「晚安。」

【第四章】

潛入巡捕房的劫持者

端木衡制止沈玉書說:「只要找到定東陵的秘密,這點錢不算什麼。」

「怎麼?你也對慈禧太后的陵墓感興趣?」

「難道你不想知道地宮到底是什麼樣子的嗎?」

「不。」

「也許你對屍體感興趣?」

「你很變態。」沈玉書想了想,「不過……聽起來似乎挺有趣的。」

很好,他的竹馬跟他一樣變態,端木衡笑了,「那還不趕緊為這個目標奮發努力?」

第二天一大清早雲飛揚就跟洛逍遙跑過來了，還順路買了早點。

雲飛揚把搶拍的照片連夜洗出來，吃飯的時候，他把照片並排擺放在桌上讓大家看。

沈玉書正在用濕毛巾敷臉，過了一天一夜，他的臉差不多都消腫了，只有嘴角跟眼角還有些瘀青，他沾著涼水敷嘴角，低頭看照片。

長生也醒了，小孩子睡了一覺，把昨晚的事當成是噩夢，再跟小松鼠玩了一會兒，已經完全恢復過來，看到照片，也好奇地湊過來看。

洛逍遙擔心他想起昨晚的經歷，把他叫去一邊聊天，他搖頭說沒事，還說記住壞人的長相，下次遇到可以主動躲開。

他說得也有道理，再加上照片上也沒有血腥的東西，洛逍遙就沒再阻攔。

當時屬於突發狀況，所以雲飛揚只拍到五張照片，除了兩張曝光的，一張側臉的，只有兩張可以看清楚。

那些人都蒙了面，但一番惡鬥後，有兩個人臉上的黑布被扯了下來，其中一個的臉頰有好幾處傷疤，沈玉書認出他就是在大世界對付自己的流氓之一。

不過他們沒有那天那麼囂張，一個個彎腰駝背，或手腕蜷曲或手臂外扭，那都是金狼的傑作，也讓沈玉書再次見識到金狼的可怕。

對付這樣的人，看來只能用槍了，不過不到萬不得已，他不想開冷槍。

「有這張照片就簡單多了。」

沈玉書向雲飛揚道謝，收下照片。

現在當務之急是先去辦他跟金狼許諾的事，流氓的老窩就在大世界的藍月亮舞廳，跑得了和尚跑不了廟，反而不著急。但眼下有個問題就是……

沈玉書看向長生，長生正跟小松鼠玩搶榛果，他還是個小孩子，總不能跟著大人去做那些危險的事。

可是這裡已經暴露了，不能再住人，送他回藥鋪，這孩子又不肯，而且相對也危險，洛正夫婦是大人，要劫持不容易，但對付一個小孩的話，那就簡單多了。

沈玉書有些為難，只好用眼神詢問他們三個。

洛逍遙靈機一動，說：「要不送長生去巡捕房？巡捕房那麼多夥計，誰吃了熊心豹子膽，敢去那裡找麻煩。」

雲飛揚也點頭附和。

「反正我沒事，去陪著長生好了，包打聽的地址我寫給你們，你們直接去找他們幫忙就行。」

這是個好主意，沈玉書同意了，讓雲飛揚寫了地址，又交代長生跟隨雲飛揚。長生不大願意，抱住沈玉書的腰，想跟他一起出門，沈玉書只好道：「我很快就回去，你乖乖的，我買你最喜歡吃的水晶包。」

哄了半天，長生才勉強點頭同意了，大家出門，洛逍遙跟雲飛揚帶長生去巡捕房，沈玉書拿了地址去找包打聽，端木衡跟他一起。

上海灘的包打聽就是一個粽子串，找到一個，就能扯出一堆人來，沈玉書把崔婆婆的畫像給他們看了，說她常在寺廟附近轉悠，又付了一大筆錢，麻煩他們幫忙尋找。

當然，那一大筆錢是端木衡出的，因為沈玉書現在幾乎身無分文。

掏著錢，端木衡打心眼裡懷疑回頭那個水晶包是不是也要自己來買了。

拜託完大家後，他們兩人也沒閒著，又去附近的廟宇打聽，路上沈玉書還很認真地拿出紙筆寫借條，端木衡制止了，說：「不用麻煩了，只要你幫忙找到定東陵的祕密，這點錢不算什麼。」

「怎麼？你也對慈禧太后的陵墓感興趣？」

面對沈玉書的疑問，端木衡笑了。

「應該說是好奇的成分居多，難道你不想知道那個耗盡國庫錢銀的地宮，到底是什麼樣子的嗎？」

「不。」

「那對裡面的陪葬品呢？」

「沒興趣。」

「也許你對屍體感興趣？」跟沈玉書在一起混了兩天，端木衡逐漸摸到他的喜好，揣摩著說：「如果能解剖那具屍體，會不會感覺很有趣？」

「你很變態。」

說完後沈玉書又想了想，點下了頭，「不過……聽起來似乎是挺有趣的。」

很好，他的竹馬跟他一樣變態，端木衡笑了，「那還不趕緊為這個目標奮發努力？」

有包打聽的幫忙，他們找人的速度提高許多，沈玉書跟端木衡在尋找的過程中，不時接到黃包車夫傳遞來的消息，告訴他們哪裡哪裡沒有找到，讓他們提前知曉。

就這樣，到了午後，搜尋範圍縮減到了很小的一部分，沈玉書跟端木衡在路邊剛吃完飯，就接到最新消息——有人在城隍廟發現了崔婆婆。

兩人不敢怠慢，立刻坐黃包車趕過去，包打聽在廟門口等著，告訴他們崔婆婆剛出廟，現在回家了，那邊有人候著，不會讓她逃掉的。

一個上了年紀的老婆婆，要讓她逃，大概也不是一件容易的事。

沈玉書向包打聽道了謝，匆匆趕去崔婆婆的家，就見她家門口有幾個小孩在來回轉悠，孩子們都跟長生差不多的年紀，看到他們，相互打了個口哨，跑開了。

沈玉書走到門前，敲敲門，過了好一會兒，裡面才傳來響聲，響聲慢慢挪到門前，房門稍微打開一道縫，一個腰背佝僂的老太太站在門裡頭，警惕地看著他們。

她個頭不高，再加上駝背，顯得更矮小，頭髮灰白蓬亂，在腦後隨便一盤，滿臉皺褶，無法確定真實的年紀，眼珠呆滯渾濁，盯著他們不說話。

沈玉書先開了口：「我叫沈玉書，今天來是受方醒笙探長的委託，來跟妳詢問邱家血案的事……」

聽到邱家二字，崔婆婆臉色頓時變了，沈玉書的話還沒說完，她就砰的一聲把門用力關上。

門裡傳來門栓落下的聲音，雖然這扇單薄的門板擋不住沈玉書，但他沒有硬闖，而是溫言說：「崔婆婆，妳是邱家唯一倖存的人，血案發生的當晚妳應該什麼都看到了，希望能把妳看到的事情講出來。」

「我什麼都沒看到，也不知道，你們快走！快走！」

裡面傳來老人驚慌的叫聲，她在恐懼，聲線拔得很高，幾乎失聲。

沈玉書跟端木衡對望一眼，又道：「我知道那件事對妳的打擊很大，妳不想回顧，但逃避解決不了問題，希望妳能說出真相，讓那個案子真正的塵埃落地。」

屋裡再沒有回應，沈玉書側耳傾聽，隱約聽到老人粗重的喘息聲，他道：「金狼不是凶手，對嗎？」

崔婆婆發出驚呼，卻仍然不應他，端木衡看看手錶，時間很緊，他不想再等，伸手要敲門，被沈玉書攔住，示意他稍安勿躁。

沈玉書又道：「根據案卷裡提供的線索，真正的凶手另有其人，崔婆婆，妳在案發後一直緘口不言，不是因為害怕，而是因為不想將真正的凶手名字說出來是嗎？」

沒人理他，沈玉書忍不住開始檢討他的交涉方式是不是有問題？也許他真的只適合跟屍體打交道，因為屍體不會像活人那樣有著複雜的感情跟心理活動。

這時候他有點體會到蘇唯的好了，蘇唯有一樣本事是他永遠學不到的，那就是可以輕易讓人放下心防，今天如果他在的話，相信一切都會簡單得多。

日頭斜照在臉頰上，讓沈玉書感覺到天氣的炎熱，也在告知他們時間在一點點流走，他們不能一直耽擱在這裡，所以他在猶豫之後下了一劑重藥。

「妳一直在廟裡借宿，除了對血案真相的恐懼外，還有一部分是因為對那件事心裡有愧，妳想借助神靈來求心安，但妳可有想到，真相永遠無法澄清，無辜的人要永遠背負罪責，妳心裡藏著這麼沉重的真相，真能心安嗎？」

不知道崔婆婆有沒有在聽，沈玉書說完後好長一段時間，裡面一點響聲都沒有，端木衡用眼神詢問他怎麼辦，沈玉書也不知道，他在解決疑案上遊刃有餘，但面對一個孤寡沉默的老人，任何算計或是強迫都是無用的。

——是不是該放棄？

沈玉書心裡騰出了這個念頭。

其實他已經推理出了案子的內幕，但時隔已久，沒有物證可以證明他的判斷，所以他需要人證，這樣冤案才能翻案。但他無法要求一個死裡逃生的老人再去面對當初恐怖的場景，他希望得到幫助，卻無法強迫。

沈玉書向端木衡搖了搖頭，做出離開的示意，端木衡卻沒他那麼仁慈，事情已經走到這裡，他絕對無法容忍無功而返，伸手便要去推門，沈玉書急忙攔住。

就在兩人糾纏的時候，門裡傳來響聲，接著吱呀一聲，房門打開了，崔婆婆站在他們面前。

陽光照在她臉上，可以看到留在上面的淚痕，但她的表情很平靜，不再像剛才表現得那麼驚慌。

「想知道真相，就進來吧。」

面對還在糾纏個不停的兩個人，她輕聲說道。

沈玉書從崔婆婆的屋子裡走出來，外面的陽光太刺眼，他不由自主地瞇起眼睛。

在崔婆婆的家停留了不過一個多小時，但是對他來說，足有一生那麼長，或許是因為他聽了一個人的故事，故事沒有很長，卻概括了他一生的經歷。

那經歷是可悲的、絕望的，甚至是極度偏激的，他不知道在這個悲劇裡，誰是真正的惡人，或許每一個都是惡人，一點點小惡在日積月累後，便演變成了刻骨仇恨，從而引發了這樁血案。

口袋裡揣著崔婆婆的筆供證詞，紙上按了她的手印，只有一張紙，但對沈玉書來說，卻無比沉重。

端木衡跟在沈玉書身後走出來，伸手在鼻子前用力搧，苦笑道：「屋子裡的味道太難聞了，我都懷疑鼻子會不會因此失去嗅覺。」

沈玉書沒有回應，只是加快了腳步。

端木衡覺察到他低沉的心情，聳聳肩，「這就是人性，貪婪極端的人性不是只有在戰場才會爆發出來的，不過我們找到了真相，也算履行了你對金狼的承諾。」

「所以說我還是喜歡跟屍體結伴，」沈玉書冷冷地道：「世人都恐懼屍體，卻不知真正可怕的是人類本身。」

「你說的也許有道理，不過我還是喜歡跟人打交道，尤其是漂亮的人。」說到這裡，端木衡想到了洛逍遙，又追加道：「或是單純的人。」

沈玉書繼續加快腳步，端木衡問：「去哪裡？」

「回巡捕房，把資料整理給方探長，讓他翻案。」

「可是案子已經蓋棺定論了，而且金狼也確實殺了人，翻案可不是那麼簡單的事。」

「金狼確實殺了人，但真兇也該公布於眾，這樣才能告慰邱家人的在天之靈。」

看著沈玉書風風火火地往前走，端木衡張張嘴，卻沒有再說話。

也許正如沈玉書自己所說的，他還是最適合跟死屍打交道，或者……跟蘇唯打交道。

至少他跟沈玉書無法成為同路人。

兩人來到熱鬧的街上，沈玉書想起跟長生的約定，正要去包子鋪，對面一輛黃包車跑了過來，車夫說是洛逍遙讓他來的，催促他們上車，趕回巡捕房。

兩人坐上車後，沈玉書問：「巡捕房出事了嗎？」

「這我不知道，但他們催得很急，說你們越早回去越好。」

沈玉書跟端木衡對望一眼，都有種不大好的預感。

回到巡捕房，沈玉書跳下黃包車，當先衝了進去。

走廊上有幾名巡捕，看到他們，立刻整齊地站到兩旁，給他們讓開路，再看辦公室那邊，雲飛揚在門口低著頭來回踱步，顯得異常焦急。

「出了什麼事？」沈玉書跑過去問道。

「太好了，你們總算回來了！」

雲飛揚抬頭看到他們，臉上露出喜悅，急忙把他們拉進辦公室。

方醒笙跟兩名巡捕在裡面，巡捕耷拉著腦袋，看樣子是剛被訓過話，洛逍遙也在，雙手扠著腰，一副要跟人幹架的姿勢。

沈玉書掃過房間，沒有發現長生跟他的寵物，他不安的感覺更強烈了，卻特意問洛逍遙：「你們是不是在碼頭跟車站發現線索了？」

「是，查到東西了，還抓了人，不過……不過我說的要緊事跟這個無關，哥……長生不見了，就這麼一會兒工夫，我讓飛揚看好的……」

雲飛揚立刻搶著說：「我是看好的，可是他說要上茅廁，茅廁又不遠，巡捕房裡又這麼多人，我就沒跟……」

出了事，洛逍遙跟雲飛揚都很著急，為了解釋清楚搶著說，結果反而說得磕磕絆絆，沈玉書只好打手勢示意他們冷靜。

「別著急，到底是怎麼回事，慢慢講。」

洛逍遙說道：「我上午跟夥計們去車站調查，長生就交給飛揚了，頭兒也說幫忙帶的，我就沒在意。」

洛逍遙看向方醒笙，方醒笙菸斗也不抽了，臉上露出慚愧的表情，說：「長生那孩子懂事又聽話，還會下棋嘛，我就陪他玩。」

「是他陪你玩吧，陪你這個臭棋簍子玩。」

被雲飛揚揭了老底，方醒笙砸吧砸吧嘴，不說話了。

這些都不重要，沈玉書問：「那後來呢？」

後來長生很有眼色，每次都讓方醒笙贏棋，把他逗得很開心，中午還特意叫了外賣請雲飛揚跟孩子吃飯。

飯後方醒笙跑去隔壁打盹，雲飛揚忙著擺弄相機，所以對長生說要去茅廁的事就沒留意，後來回過神，發現長生去了半個小時還沒回來，他這才注意到不對勁，跑出去尋找，卻哪裡還找得到人。

這下雲飛揚慌了神，跑遍巡捕房打聽長生的下落，但誰都說沒看到，方醒笙也派出手下到外面找，也沒人注意到長生有出去過，洛逍遙辦完事回來，正碰上方醒笙在辦公室裡大發雷霆，訓斥手下沒用，連個孩子都看不住。

沈玉書聽完，馬上問：「也沒人看到那隻松鼠嗎？」

「那倒是有人看到，說牠下午突然從巡捕房裡竄了出去，速度太快，抓都抓不住，牠還叫個不停呢，但沒人在意。」

花生醬一定是發現小主人被劫持了，所以發出警告，可惜大家太大意了，忽略了牠的求救信號。

不過劫持者可以如此大膽地潛入巡捕房來作案，出乎沈玉書的意料，看來劫持者不僅對這裡的情況很瞭解，還是老手，用了迷藥等東西弄暈長生，在大家的眼皮底下將他帶走。

不知道花生醬是不是被劫持者幹掉了？否則不會不繼續向他們發警示的。

沈玉書沉思不語，方醒笙不知道他在想什麼，急忙拍胸口打包票，「放心吧，我已經派夥計們出去找了，還拜託了其他巡捕房的人去找，一定可以找到長生。」

「你的保證靠譜嗎？」雲飛揚不無懷疑地說：「巡捕房裡混進外人來，你這個總探長都沒發現，等你找到了人，說不定人都……」

半路發現自己說得太不吉利了，雲飛揚臨時打住，沈玉書衝他擺擺手，「這不能怪探長，是那個人太狡猾。」

「我不是說劫持長生的那個人，是說昨天的事，就你們在檔案室時有人進來倒茶嘛，那人根本不是巡捕房的。」

沈玉書很驚訝，轉頭看方醒笙。

方醒笙更羞愧了，期期艾艾地說：「這不是最近內部各種調動整編嘛，裡裡外外多了好多新面孔，我一時就沒注意，是剛才大家聊起嫌疑人時才發現的。」

沈玉書奇怪地問：「為什麼突然整編？」

方醒笙聳聳肩，表示不知道。

端木衡解釋道：「最近公董局警務處那邊人事調動，新官上任三把火，往各個轄區插自己的人，都是換湯不換藥。」

沈玉書皺眉不語，半晌又問洛逍遙：「你剛才說查到東西，是什麼違禁物？」

「不是違禁物，是槍枝，數量還不少，扣了一些人，但那些傢伙一問三不知，說他們只是負責搬運貨物的，老闆給了他們錢，他們就做，箱子裡面裝的是什麼他們也都不知道。」

在這個動亂的年代，軍閥跟政府就不用說了，有點家底的人家也都有一兩把槍放著，如果只是幾把槍的話，他們也就給過了，但裡面有十幾枝，而且都是法國進口槍枝。

洛逍遙覺得有問題，就把運貨的人扣下，準備請示方醒笙後再做打算，誰想到回來就聽說長生被劫持的事，槍枝的問題就暫時擱置下來了。

方醒笙道：「槍枝來歷不明，先扣住，看有沒有人來領，不過玉書啊，你可以真是料事如神，你怎麼就知道有人運這種東西？」

「因為最近鬥毆的事太多了。」

黑幫爭地盤的事常有，但是總發生在碼頭、車站等地方，就耐人尋味了，沈玉書猜想不會有人來認領槍枝的，從陸續發生鬥毆事件開始到現在已經有一段時間，該運走的大概都運走了，現在只是留個小尾巴而已。

「送貨的原本要趕去哪裡的車？」

「是去河北的。」

又是河北。

沈玉書發現原來雜亂無章的線索慢慢彙集到一起，逐漸清晰了起來。

「那件事放下不管它，先找長生。」

長生一個小孩子，不會跟人結怨，所以綁匪綁架他無非是要對付自己，長生應該是安全的，但是他以前經歷過非常遭遇，綁架一定會刺激到他，所以他必須儘快將孩子救出來！

那些人想要陵墓地圖或是虎符令，這些東西都沒問題，問題是孩子被帶去了哪裡？沈玉書無從得知，即便他懷疑地點在大世界裡面，但大世界太大了，又人流眾多，只怕不等他尋找，他的行動已先被控制住了。

或是主動打電話給徐廣源，反守為攻？

但那隻老狐狸在這種事上一定不會親自出面，打草驚蛇，反而對長生不利……

短時間內，十幾個念頭在沈玉書的腦海中劃過，大家看他沉思，都不敢打擾，直到腳步聲響起，一個巡捕從外面跑進來。

方醒笙立刻衝他揮手，讓他退出去，不要妨礙到大家，巡捕舉起手裡的一張紙，小聲說：「剛才有人送來的，說是跟長生有關。」

一石激起千層浪，房間裡所有人的目光都落在他身上。

沈玉書第一個衝了過去，奪下他手裡的紙張展開，就見紙張上面歪歪扭扭地寫著一小行字：長生被關在大世界頂樓房間。

字應該是用左手寫的，沈玉書看完後第一個反應就是——這字寫得太難看了！

方醒笙問那個巡捕：「誰送來的？」

「是個小報童，塞給我就跑了，我一看是有關長生的，就趕緊送過來了。」

其他人湊過來一起看，洛逍遙道：「這好像不是綁匪遞來的口信，更像是引我們上鉤的？」

「把另一張紙條給我。」

洛逍遙愣了一下才反應過來是什麼，他把通知沈玉書被綁架的紙條找出來遞過去。

沈玉書對照著看，不需要特殊器材檢驗，也能一眼看出字體不是出自同一人之手，而且今天這張紙的紙質也不佳，像是時間不夠，隨意從哪裡撕下來的。

方醒笙顧不得抽菸斗了，抹著汗說：「這個無名氏送信來，到底是什麼居心？要不我多派些便衣去大世界暗中搜查？」

「不，他們都是地頭蛇，肯定認識巡捕房的人，便衣去了只會打草驚蛇，還是我一個人去比較好。」

「但那些人都是亡命之徒，神探你一個人去會很危險的！」

「所以要想好應對的辦法。」

說著話，沈玉書看向端木衡，端木衡被他看得毛骨悚然——每次被沈玉書用這種眼神注視，他都有種會被利用的感覺，看來這個人也不是只對解剖屍體擅長吧。

「竹馬，你又想讓我做什麼？」

沈玉書沒有馬上回答，給他做了個稍等的手勢，垂下眼簾想了一會兒，然後抬起頭對方醒笙說：「探長，可以借一下紙嗎？」

方醒笙丈二金剛摸不著頭腦，愣愣地點了點頭，請沈玉書來到自己的書桌前，將一疊白紙放到他面前。

沈玉書坐下，將崔婆婆提供的口供拿出來放在一旁，掏出自己的鋼筆，展開紙張，飛快地書寫起來。

其他人默默站在不遠處靜觀，大約半個多小時，沈玉書寫滿了三張紙，他放下筆，跟崔婆婆的口供一起交給方醒笙。

「這是當年邱家血案的真相，我根據崔婆婆的講述將事實全部寫在這上面了，希望方探長將這件案子的始末公諸於眾。」

「這……你，我們現在不是在討論長生的案子嗎？還有柳長春被殺事件，你去管這陳年舊案做什麼？」

「因為這三個案子是連在一起的，我這就去救長生，順利回來的話，會將柳長春被殺的真相也一併告訴你。」

方醒笙接過紙張，又看看沈玉書，似乎想問如果不順利，那該怎麼？但最後還是沒有問出來。

沈玉書又轉去問雲飛揚：「馬藍那邊有問到什麼情況嗎？」

「問到了、問到了，這是她的照片。」

有關馬藍的事，雲飛揚一早就從包打聽那裡聽說了，只不過中途插進了長生的案子，他把這件事忘去腦後。

雲飛揚從口袋裡掏出一張照片，遞給沈玉書。

「這是包打聽弄來的，很漂亮吧，馬藍身邊有不少捧她的富紳貴族，她的感情生活簡直是多姿多彩，三角戀、五角戀都有……」

「我哥讓你打聽正事，你管人家幾角戀做什麼？」

「這關係可大了，就因為她的情人太多，爭風吃醋嘛，搞得出了人命案，兩邊為了爭她，在舞廳動了刀子，一個富家小開被捅了，馬藍只好躲去鄉下避風頭，躲了大半年，跟誰都不聯繫，這期間她偶爾才回舞廳轉一轉，看看生意情況，直到風聲逐漸平息了才回來，不過不再跟以前那麼張揚了。」

聽著雲飛揚的講述，沈玉書注視照片裡的女人。

那是張半身照，女人穿著旗袍，勾勒出漂亮的腰圍曲線，五官精緻，杏眼含情，眉如柳葉，口紅塗得很濃，再配上誇張的大波浪捲髮，讓她的氣質既有交際花的風情，又有明星的優雅。

說她快四十了，大概讓人很難相信，也難怪那麼多男人為她神魂顛倒了。

看著照片，沈玉書眉頭緊鎖，問洛逍遙：「動刀傷人的事有備案嗎？」

洛逍遙還沒說話，方醒笙搶著說：「我記得、我記得，我捧過馬藍的場，所以有印象，那個小開傷得不重，兩邊也不想把事情鬧大，就沒驚動巡捕房。」

「這件事發生在什麼時候？」

「大概……」方醒笙歪頭想了想，說：「是去年耶誕節那陣子吧，洋人很喜歡過那個節，到處都熱熱鬧鬧的，可是藍月亮舞廳卻一直關門，我覺得奇怪，一打聽才知道的。」

「謝謝。」

方醒笙點點頭，回了句不用謝，但他其實更想說——既然知道了長生被關在哪裡，那為什麼不趕緊行動，卻在這裡問這些有用沒用的東西？

沈玉書給洛逍遙和雲飛揚交代了任務，接著是端木衡，端木衡照他說的做，大家各自分工準備就緒，這才告別方醒笙，走出巡捕房。

端木衡將地圖拿出來交給沈玉書。

「這東西還是你收著吧，說不定交涉的時候用得著。」

沈玉書收下放好，問：「這是真的嗎？」

「嗯，這是我從你家取來的，但它到底是不是真的我也不知道，畢竟真正的地圖沒人見過。」

端木衡說得含糊，沈玉書也是聽過便算，東西究竟真偽與否，不是取決於他們，而是覬覦它的人。

沈玉書坐上黃包車一路趕到大世界。

此時已是傍晚，但餘熱不減，大世界門口的服務生都一副沒精打采的樣子，眼皮都懶得抬，收了錢將門票給他，對他戴著墨鏡壓低禮帽的樣子看都沒看。

沈玉書拿了票，快步走進大世界，在附近轉了一圈，來到藍月亮舞廳，舞廳裡氣氛喧騰，歌女在前面舞臺上高歌，客人們在舞池中緩緩起舞，真應了那句話——歌舞昇平。

沈玉書環視著四周，他摘了墨鏡，又再次壓低帽簷，從舞客當中穿過去，準備去後臺。

此時，身後響起腳步聲，腳步聲急促，跟緩慢的舞曲格格不入，沈玉書留意到了，他停下腳步，按住帽簷正要往後看，腰部一緊，有人將冷硬的物體頂在他的腰上。

「沈玉書，就知道你會來這裡，我們等你很久了。」

那個拿槍頂住他的人壓低聲音說，沈玉書想轉頭，他馬上又頂了頂槍口，警告道：「不想死的話，就老實點！」

從前方匆匆走過來兩個人，其中一個臉上有疤痕，正是劫持過沈玉書的那個人，看他們的打扮都是打手之流，不過為了維持舞廳的平和氣氛，他們沒有馬上動粗，大概是認為有槍頂著，沈玉書不敢輕舉妄動。

看到他的同夥到了，沈玉書沒有抵抗，只不過放下手的時候順便將墨鏡摘下來。

燈光晃過，照亮了俊秀的臉龐，刀疤打手看到，冷不丁地吸了口氣，眼睛瞪大了，不可置信地盯住他。

看到同夥的反應，後面拿槍的人不知道出了什麼事，稍微把槍口往後縮了縮，側頭去看，待看清了男人的容貌後，他也大大地吸了口冷氣。

「你、你、你……」

「我、我、我怎麼了？」

端木衡臉上堆起笑容，學著他說話，道：「我是來找朋友敘舊的，不知道哪裡冒犯了幾位？」

「不不不，誤會，都是誤會。」

要說在法租界，不認識公董局的董事那不奇怪，但沒幾個人不認識端木衡，他人緣廣又出手大方，可謂是三教九流無一不交，再加上面容俊俏，但凡見過他一面，便很難忘記。

這幫地痞流氓都知道他的身分，更聽說過他的手段，就算借他們個膽，他們也不敢去冒犯端木衡。

所以他們怎麼也想不通進來的時候原本是沈玉書的，怎麼一眨眼就變成端木衡了？

就在三個人發愣的時候，幾名軍裝打扮的男人快步走進來，伸手將拿槍的流氓推開，低聲喝道：「敢對我們團長無禮，活膩歪了！」

端木衡當兵那會兒，軍銜做到團長，就算現在棄軍從政，跟隨他的士兵還是照以往那樣稱呼他。

這些士兵都是從戰場上下來的，個個氣勢洶洶，幾個流氓哪裡敢跟他們對抗，連連點頭哈腰，說認錯了人，請端木衡不要見怪。

端木衡沒在意，整理了一下微亂的衣著，微笑說：「不知者不罪，不過說到認錯人，我的長相這麼大眾化嗎？」

刀疤男陪著笑不敢說話，打量著他的西裝馬甲跟西褲，心裡說長得倒是不像，就是這衣服這身材太像了，這大熱天的，您老何必一定要戴墨鏡跟禮帽呢。

那幾名士兵還想教訓流氓，被端木衡攔住了，環顧了一下四周，說：「我是來找人的，好像他不在，算了，我還約了公董局的幾位董事去聽演奏會，就不在這耽擱了，你們要是有什麼事，就去隔壁的演奏廳找我。」

「沒事沒事，都是誤會，您老請，請請。」

刀疤男點頭哈腰地把端木衡送出舞廳，看著他走遠了，立刻埋怨同伴。

「你倒是看清楚了再動手啊，那人我們可惹不起。」

「沈玉書買票進門時兄弟們就盯上了，絕對不會有錯的，誰知道他們半路換人了，你看這事辦的。」

「趕緊去通知馬旅長，沈玉書跟端木衡有交情，要是這事端木衡也插一手的話，那事情就麻煩了。」

「好好好，我這就去。」

先前拿槍的那個人匆匆跑出舞廳，一邊跑一邊回想剛才的場景，心裡不由得犯嘀咕——我盯得那麼緊，到底人是什麼時候對調的啊？

其實對調就在沈玉書剛進大世界的時候。

照事先安排的計劃，端木衡先穿著長袍馬褂進去，再去洗手間換上跟沈玉書相同的衣服，戴上墨鏡跟禮帽，躲到拐角處。

沈玉書稍後才買票進去，兩人在拐角的地方對調，由於對調的速度太快，周圍人又多，所以跟蹤者沒有發現，跟著端木衡一路進了舞廳。

就這樣，沈玉書順利甩掉跟蹤者，跑到建築物的最上層。

樓梯口拉著閒人勿進的警戒線，沈玉書視若無睹，直接跳過去，來到走廊上。

走廊很靜，空氣中瀰漫著灰塵味，看來這裡很久沒人來過了，地面堆積著塵土，可以清楚看到一些雜亂的腳印。

沈玉書順著腳印走過去，看到有門就推一推，在推到第二扇門時，對面傳來響聲，他回頭一看，竟是小松鼠花生。

花生醬居然沒被幹掉，沈玉書不知道是該讚歎牠的聰明，還是驚訝於牠的幸運。

小松鼠跑到他腳旁，仰頭看看他，又掉頭往前衝，沈玉書急忙跟上，發現牠在盡頭的小木板門前停下來，順著木板往上竄，竄到最上面的通氣孔，從通氣孔裡鑽了進去。

「喂，照顧一下身為人類的我啊！」

仰頭看著小松鼠消失在通氣孔裡，再看看鐵將軍把守的房門，沈玉書不由得嘆氣，松鼠有捷徑，他卻沒有，只好學蘇唯那招了。

還好他一早就有準備，從口袋裡掏出鐵絲，插進鎖孔裡搗鼓起來。

撬鎖這招也是以前蘇唯教他的，蘇唯的口號是做他們這行的要隨時面對任何意外狀況，所以基本招數不可以不會，技不壓人，說不定什麼時候就能用上。

雖然到現在沈玉書也不知道所謂的「做他們這行」指的是盜賊還是偵探，但不得不說會這招的確有用。

原來在不知覺中，他跟蘇唯學了這麼多奇奇怪怪的東西。

想起蘇唯手把手教他撬鎖的情景，沈玉書有些悵然，但很快他就被裡面的響聲拉回到現實中，收回心神，低頭認真撬鎖。

有蘇唯這位好老師的教導，沈玉書沒用多久就把鎖頭撬開了，他按住門把手，警惕地推開房門走進去。

已是晚間，屋裡很暗，沈玉書只能借助走廊上的微光觀察，屋裡堆放著各種雜物，東西很亂，卻不見長生的影子。

沈玉書又往裡走了幾步，輕聲叫道：「長生？長生你在嗎？」

「沈哥哥，我在這裡！」

隨著叫聲，長生從一堆舊物後面探出頭來，小松鼠踩在他的頭頂上一起往這邊看過來。確定是沈玉書後，長生撥開雜物，將手裡的東西一扔，跑到他面前，雙手抱住他的腰，抽搭抽搭著一副要哭出來的樣子。

眼睛逐漸適應了房間裡的暗度，沈玉書發現長生丟在地上的是一個小木凳，剛才假如他不先開口呼喚的話，說不定就會被來一下，想想這兩天接二連三挨的打，他有點心有餘悸了。

「沒事了、沒事了。」沈玉書拍著長生的肩膀安慰他，又問：「你們有沒有為難你？」

「沒有。」

長生經歷過多次變故，心理承受能力比普通小孩要強得多，他對沈玉書很崇拜，看到他來了，也不怎麼怕了，放開手，搖搖頭，「以前爺爺說如果萬一被綁架的話，一定不要反抗，綁匪通常是為了錢，只要他們拿到錢，就不會撕票的，所以我沒有反抗他們。」

沈玉書猜想長生說的爺爺是他真正的爺爺，有錢人家的小公子會被這麼叮囑是很正常的，不過剛出那木凳是做什麼用的？這小孩不會是想砸暈進來的人，趁機逃跑吧？

光是想想，沈玉書就覺得這行為實在太危險了，他檢查著長生身上，問：「他們沒綁你？」

「綁了，還堵了我的嘴巴，讓我老實點，是花生醬幫我咬開的，牠很厲害吧？」

沈玉書看看蹲在長生頭上的小松鼠，心想很厲害，他也是第一次知道松鼠的牙這麼萬能。

雖說找到了人，但這裡不可久留，確定長生沒有受傷後，沈玉書拉著他的手跑出去，道：「我們馬上離開。」

兩人往樓下跑的時候，沈玉書問：「是誰把你綁來的？」

「不知道，我去洗手間，剛出來就被人用手帕捂住了嘴巴，手帕上應該浸了乙醚，蘇醬以前教過我乙醚的用法，等我醒來時，已經在車上了，手被綁住，他們還塞住了我的嘴。」

「花生醬是什麼時候跟過來的？」

「不知道，我也覺得奇怪啊，那些綁架我的人都很凶，一看就是壞人，我還擔心牠跟來的話，會被幹掉呢！後來我被帶到這裡，過了一會兒，牠才出現的，牠真的很聰明，沈哥哥你說是不是？」

沈玉書不知道，他只是覺得奇怪，小松鼠是最早發現長生被綁架的，牠一開始還很激動地吵鬧，為什麼後來反而安靜了，還懂得偷偷跟蹤了？

百思不得其解，沈玉書看看小松鼠，花生兩邊的嘴巴塞得滿滿的，也不知道牠是從哪兒弄來的糧食。

發現沈玉書的注視，小松鼠立刻跳去長生的另一邊肩膀上，像是怕食物被搶走似的。

沈玉書心一動，隱約想到了什麼，但還沒等他靜心思索，走廊上傳來吵嚷聲跟腳步聲——綁匪發現人被帶走了，追了上來。

他們已經快到一樓，但長生人小腿短，無法跑快，眼看著追兵越來越近，沈玉書將長生背起來，穿過人群向前跑去。

一樓客人很多，他相信那些人不敢在大庭廣眾之下開槍，所以專門揀著熱鬧的地方跑，雙方前面跑後面追，沒多久就跑到正在進行鋼琴演奏會的舞臺前。

舞臺上方拉著好幾幅長條標語，上面寫著特別邀請國際著名鋼琴演奏家來此表演，當中還標了演奏家的名字，沈玉書卻沒時間細看，見舞臺下坐的不是洋人就是衣著光鮮的達官貴人，在這種場合下歹徒更不敢放肆，所以他直接衝進座位當中。

等兩旁維護秩序的保安反應過來，沈玉書已經跑進去了，那些追蹤他們的人也想跟進，被保安們攔住，他們只好指著沈玉書說是要追債，讓保安去把沈玉書揪出來，可是這時候沈玉書已經衝上舞臺。

準備現場表演的洋人正站在鋼琴旁向底下的觀眾致意，就見眼前一花，一個高大男人出現在他面前，男人背後還背了個小孩，小孩腦袋上還頂了一隻看不出是什麼品種的松鼠。

洋人呆住了，用他不是很熟練的中文說：「中國……雜耍……」

「No, he is a pianist.」

「oh……」

就在洋人發傻的時候，沈玉書把長生放到地上，問道：「阿衡說你會彈鋼琴，敢不敢在這裡彈？」

長生轉頭看看臺下，用力點點頭。

「嗯！」

「好，那你就在這裡跟這位洋人先生切磋，我把人引開。」

沈玉書說完就跑，長生慌忙叫道：「可是很危險啊。」

「沒關係，我有辦法。」

沈玉書打手勢讓長生開始演奏，自己穿過舞臺跑去後面。

那幫追他的人看到了，立刻兵分兩路，一部分繞去後面攔截他，餘下幾個跑上舞臺想抓長生，被站在邊上的幾名士兵攔住了，指指觀眾，示意他們不要打擾大家聽演奏會。

這幫人沒把觀眾看在眼裡，但他們看到坐在最前排的端木衡，不由得同時在心裡想——怎麼又是你？

端木衡正在跟鄰座的洋人董事交談，看到他們，微笑著舉手打招呼，他們只好當看不到，為了抓人，硬是推開士兵想要上舞臺。

不說他們著急，臺上的洋人更著急，皺眉看著眼前這個莫名其妙冒出來的小不點兒。

長生本來穿得很得體，但遭遇綁架後又被塞在舊物倉庫裡，搞得臉上頭上都是灰塵，衣服就更不用說了，再加上頭上還頂了隻松鼠，一整個的小乞兒形象。

第一次在大世界舉辦鋼琴演奏會就遇到這種情況，洋人很不高興，指著後臺的人讓他們趕緊把孩子拖走，不過他一著急，說的都是英語，那些人聽不懂，眼睛都盯著翻譯官，等待他的翻譯。

洋人氣急了，只好責罵長生，嘰裡呱啦一頓英文說下來，半路被長生打斷了，用英語對他說：「先生，亂發脾氣是無能的表現。」

洋人震驚了，來上海這麼久，他還沒見到英語說得這麼地道的當地小孩，瞪著他，忘了下面該說什麼。

長生趁機跳到演奏椅上，不等洋人再囉嗦，手指在鋼琴鍵上一滑，一串音符便流淌了出來，他接著飛快地彈動鋼琴鍵，進入演奏狀態，卻是膾炙人口的第五交響曲。

第五交響曲並非鋼琴曲，是經由理查克萊德門改編的曲子，所以聽在洋人耳中，這種彈奏曲調跟手法分外奇妙，他忘了推擠長生，站在他身旁，瞪大眼睛看他演奏。

後臺維持秩序的人聽了翻譯的話後，總算弄懂演奏者的意思，跑上來想拖走長生，洋人演奏家立刻向他們揮手，一副很不耐煩的樣子，他們又弄不懂這傢伙的意圖了，只好再跑回後臺請教翻譯官。

就在他們折騰的時候，綁架長生的人也推開保安，跳到臺上，但長生已經開始彈奏，臺上臺下的觀眾都聽得入迷，看到他們搗亂，立刻有人發出斥責聲，公董局的幾位董事也站了起來，不滿的態度溢於言表。

被群起圍攻了，那幾個人不敢再胡亂行動，生怕壞了上頭的正事，相互看看，都覺得他們抓這孩子，無非是為了引沈玉書出現，現在沈玉書既然已經是甕中之鱉，再捉這孩子也沒意義，便在眾人的斥責聲中灰溜溜地跑下舞臺。

長生此刻完全沉浸在演奏狀態中，完全沒覺察到剛才發生的狀況，端木衡在下面隨著樂曲聲輕輕打著拍子，旁邊的董事問他：「我記得你曾帶這孩子去公董局玩過，他彈得這麼熟練，是專業鋼琴家吧？」

「我不知道是不是專業，我只知道他彈得很好聽。」

「那剛才是即興插曲了？你們中國人可真會玩氣氛。」

「是啊，您不知道，大戲還在後頭呢。」

說著話，端木衡向舞臺一側看去，洛逍遙站在那裡，向他打了個 OK 的手勢，這也是蘇唯教的，這讓他發現那個人教了他們好多有用又有趣的手勢。

「以後都見不到你了，我會寂寞的。」

端木衡的嘟囔聲被掩蓋在鋼琴曲下，他調整好情緒，開始用心欣賞長生的演奏。

【第五章】

老狐狸的底牌

良久，房間裡傳來拍掌聲，徐廣源讚道：「說得挺全的，我不明白的只有一點，既然你知道蘇唯是被陷害的，那為什麼還要雪上加霜，否認陳楓打過電話給他，還毀掉了他給你的留言，誣陷他入獄？」

「當然是找機會讓他離開，因為你要對付的是我，我不想連累我的朋友。」頓了頓，沈玉書又說：「你無法理解，大概是對你來說，所謂的朋友都是用來出賣的。」

不說演奏會這邊發生的插曲，只說沈玉書的情況，他被流氓綁匪追蹤，穿過攢動的人群匆忙向前跑，在拐過一個牆柱時，斜裡突然竄出一個人來，跟他撞了個滿懷。

沈玉書被撞了個趔趄，沒等他站穩，那人已經衝入人群中不見了，他轉頭看到歹徒追了上來，正要繼續跑，忽然發覺手裡多了個東西，攤開手掌一看，卻是一張折成四方形的紙條。

想起剛才的相撞，沈玉書馬上明白紙條是那個人趁機塞給他的，他躲避著追趕，找機會打開紙條，就見上面歪歪扭扭地寫著——二樓右拐第二個門。

是跟告知長生去向的紙條相同的字體，眼看著身後的追兵越來越近，沈玉書沒時間多想，順著樓梯悶頭衝了上去。

二樓同樣很熱鬧，纏綿悠揚的樂曲聲不知道從哪裡傳來，客人們都沉醉在這紙醉金迷之地，只有沈玉書急於奔命，把迎面走過來的客人推開，女客的驚叫聲中，他找到紙條上寫的房間，按住門把撞了進去。

沈玉書很幸運，房門沒有上鎖，在他的撞擊下向裡彈去，沈玉書反而被晃了一跟頭，等他站穩，發現裡面是個頗為寬敞的客廳，房間裡飄蕩著清雅的蘭花香氣，對面坐著一男一女兩個人，門兩旁還站了數名打手。

有人突然闖入，那些打手立刻做出防備的架式，掏槍指向沈玉書，沈玉書的反應也很迅速，在他們掏槍的同時，他也從腰間拔出手槍，指向對面的男人，並向他逼近。

這時追擊沈玉書的幾個人才先後跟上，看到這場面，也要掏槍，沈玉書衝那男人厲聲喝道：「讓你的手下都別動，否則我跟你們同歸於盡！」

被一把槍指著腦袋，男人沒有表現驚慌，他揮手讓人將門帶上，站起來，看著沈玉書，平靜地說：「已經好久沒被人指著頭了，跟我同歸於盡？你差點死在我手上，真是好大的口氣。」

這個人不是別人，正是沈玉書一直在找尋的馬澤貴。

兩天前，就是馬澤貴命人將他綁在船艙裡，沈玉書想要不是後來發生了諸多變故，他大概早被沉江了。

冷眼看著這個男人，沈玉書確信他絕對會那樣做的，有些人殺人殺紅了眼，早已忘記了生命的尊嚴。

「不知道這樣，馬先生是不是還會說我好大的口氣。」

沈玉書一手持槍，一手拉開外衣，看到了他衣服下綁滿的炸藥，房間裡同時傳來抽氣聲。

「我一條命換這間屋子裡所有人的命，也算值得了。」

沈玉書玩味地說著，環視周圍的人，又提醒道：「我的手連著炸藥連線，如果有人想開槍打我的頭的話，我的手會本能地發出抽搐，到時仍然會引爆炸藥。」

馬澤貴上下打量沈玉書，最後目光掃過他左手緊握的拉線，他笑了。

「有點膽量嘛，我倒是小看了你。」

他向手下擺擺手，讓他們放下槍，重新坐了下來，無視沈玉書指著自己的槍口，拿起桌上的雪茄。

見他要抽菸，坐在對面的女人掏出打火機，幫他打著火。

沈玉書冷眼旁觀，就見女人一頭大波浪捲髮，五官柔和精緻，身穿一件藏藍色短袖旗袍，手腕上跟脖頸上都戴了純金首飾，正是藍月亮舞廳的老闆馬藍。

馬澤貴就著火吸了口菸，靠在沙發上吐出一個菸圈，才對沈玉書說：「你也算有點本事，這麼快就找到這裡，我本來還打算讓人聯絡你交貨呢。」

這還要感謝有人給他送情報，讓他可以及時反被動為主動啊。

沈玉書問：「交什麼貨？」

「還能有什麼？當然是你上次提到的『東西』，對了，不是地圖，我想要的是更有價值的東西。」

沈玉書心中一動，他終於明白馬澤貴上次誤會了他的話，他當時說的是地圖，馬澤貴卻以為是虎符令。

他說：「孩子已經脫離危險了，我為什麼要交貨給你？」

「那個小兔崽子是沒用了，可是你現在不還在我們手裡嗎？」馬澤貴抽著菸，衝他冷笑道：「你先把槍放下，老舉著槍不累嗎？」

沈玉書活動了一下手腕。

「還好。」

「一、兩分鐘還好，你能一直堅持下去嗎？你是個聰明人，不到萬不得已，也不想死吧，不如我們做個雙贏的選擇。」

「我不認為兩天前還想殺我的人會有心跟我合作，多半等我揭了底牌後，就會被滅口了。」

「之前是不瞭解你的底細，現在不會。」

「喔，這也是徐廣源說的？」

沈玉書一邊跟馬澤貴扯東扯西，一邊觀察房間。

房間當中是沙發桌椅，牆壁上掛著裱糊精緻的水墨畫，另一邊是屏風，屏風共四扇，分別畫著四季花鳥，看擺設這裡應該是為有錢人設置的雅室，由於屏風的遮擋，看不到隔壁的情景。

不過直覺告訴他那邊有人，心裡便有底了。

馬澤貴問：「這事兒跟徐廣源有關係嗎？你怎麼會想到他？」

「有很大的關係，長生不就是他的親信劫持的嗎？」

沈玉書打量完房間後，目光落在馬澤貴身上。

馬澤貴跟端木衡同為軍人出身，但他們的氣場卻截然不同，端木衡更像是儒士，而馬澤貴身上更多的是軍人的痞氣，他的智商跟反應力也沒有端木衡高，他們唯一相似的地方大概只有一個，那就是——殺人不眨眼。

面對沈玉書的問話，馬澤貴的反應是挑挑眉，卻不說話。

沈玉書便直接揭了底牌。

「抓長生的是閻東山，他在法租界做巡捕多年，對各巡捕房的情況瞭若指掌，要混進去並且帶走一個孩子，對他來說是件很容易的事。」

所以剛才沈玉書特別留意了房間裡的打手，可惜閻東山並不在其中。

馬澤貴聽完後，哼了一聲，看向馬藍。

馬藍也點著了一根菸，抽著菸，懶散地說：「閻東山？不認識這個人，不知道你在說什麼。」

「妳如果不知道，就沒人會知道了，青花小姐。」

聽了這話，馬藍臉色一變，馬澤貴霍地站起來，但在看到沈玉書手裡的槍後，他又悻悻地坐下了。

他們的反應證實了沈玉書的猜測，見女人沉默不語，他微笑道：「青花小姐，我認為底牌被揭穿後，爽快承認才是聰明人的作為，我說話不會無的放矢，所以拚死抵賴只會讓自己顯得更愚蠢。」

「你不用這樣激我，沈玉書，你說得都對，我只是好奇你是怎麼發現的？」

身分被戳穿了，青花沒再隱瞞，她掐滅了香菸，伸手將大波浪捲髮取下來，露出裡面盤起的黑髮，再用手絹擦掉唇上濃豔的口紅，整個人的氣質馬上就變了。

看著她改變妝容，沈玉書說：「因為我搭檔經常說女人化妝就像喬裝，要變成完全不同的一個人完全不是難事，妳的服裝店跟舞廳都不需要一直待在那裡，再加上一個是白天、一個是晚上，很容易錯開時間。」

「可是我同時經營服裝店跟舞廳多年，都沒人注意到這一點。」

「那很正常，畢竟像我智商這麼高的人也不是很多。」

角落裡傳來悶哼聲，有個流氓被沈玉書的大言不慚逗樂了，但馬上就在馬澤貴的瞪眼下忍住了。

青花也笑了，說：「你還真是高抬自己啊，我比較好奇你是什麼時候發現的？要知道青花被關押的那期間馬藍還時常出現在舞廳裡。」

「這一點單憑妳一個人當然是做不到的，但是就在妳被關押後，情況就不一樣了，別忘了葵叔才是妳的父親，也就是真正的葉王爺，他的行動是自由的，我不知道是他先去拜託徐廣源幫忙，還是徐廣源主動提出幫忙，但結果都一樣，你們跟徐廣源從敵對的關係轉為合作關係，因為你們的目的是一樣的，只有合作，才能獲取最大的利益。」

沈玉書笑道：「有了徐廣源幫忙，一切就好辦了，先讓一個長相類似妳的女人在舞廳上演爭風吃醋動刀子的戲碼，讓大家不會把馬藍跟葉青花聯想到一起，接著又用去鄉下避難的藉口隱身，中間再讓人扮作妳的模樣在舞廳間斷著出現就可以了，這些對徐廣源來說，都是輕而易舉的事，這也是青花在逃走後，不管巡捕怎麼搜索都搜索不到的原因，誰會想到她根本沒躲藏，而是換了個身分整天泡在大世界呢。」

「如果徐廣源真像你說的那麼厲害，他為什麼不在一開始就救我出去？」

「一開始各方為了追蹤地宮的祕密，都在盯著你們，他那時候幫忙太顯眼了，而且就算可以馬上幫忙，他也不會動手，以防你們過河拆橋，直到你們被逼到死巷，不得不死心塌地跟他合作後，他才派閻東山出手相助。」

聽著沈玉書的解釋，青花臉上露出悻悻之色，以她的聰明，不可能想不到徐廣源的意圖，但是被當眾指出來，她還是很不舒服，沈玉書的意思根本就是在說——什麼王爺、格格？他們只不過是人家棋盤上隨意撥弄的棋子罷了。

看到青花的反應，馬澤貴立刻斥責沈玉書：「你不要在這裡胡說八道！」

「喔對了，還有你。」說完了青花，沈玉書把目光轉向馬澤貴，道：「我查到的消息說你偶爾會私下來上海跟馬藍見面，大家都以為你們是情人關係，但其實你們都是為了打探定東陵的祕密吧？」

「哼，你的消息還挺靈通的。」

「過獎過獎，你跟葉家父女合作到一半，發現跟徐廣源合作更有利，所以在青花被關押的那段期間，你改為跟徐廣源私下見面，你這步棋下得也挺不錯的。」

老底被陸續揭穿，馬澤貴火了，一拍沙發，喝道：「住嘴！」

「說完了我自然會閉嘴，不過我比較好奇，你跟徐廣源合作，除了偷運槍枝外，還運了什麼？」

馬澤貴不說話了，眼睛死死地盯住沈玉書，要不是沈玉書手中握著炸藥引線，他一定早命令手下開槍了。

沈玉書微微一笑。

「因為你們做得太招搖了，突然間埠頭跟車站等交通要道接連發生鬥毆事件，這不正常，上海灘雖說治安不怎麼好，但黑道也有黑道的規矩，三天兩頭地出事，你讓老大們都怎麼過？」

「你小子有點小聰明。」

馬澤貴將抽到一半的雪茄掐滅了，哼道：「我聽手下說今天要運的東西被巡捕房的人卡住了，是你通風報信的？」

「我這也是以彼之道還施彼身——我搭檔常常這樣說。」

「不過好奇的人通常都短命，即使這樣，你還是想知道嗎？」

「想，畢竟不好奇，我也未必會長命。」

「其實也沒什麼，只不過為了以防萬一，我弄了些更容易進入陵墓的東西而已。」

——更容易進陵墓的東西？

沈玉書微微皺眉，馬上想到了是炸藥。

見他疑惑，馬澤貴又道：「你一定奇怪那種東西在河北就能搞到了，為什麼要特別從上海調度？這你就不懂了，那些東西本地的怎麼可能有洋鬼子做的好用？」

除了這個原因之外，沈玉書還想到另一個更大的原因——馬澤貴想獨吞陪葬品，他擔心在當地操作的話，會被孫殿英等其他官兵發現，他想神不知鬼不覺地將陵墓炸開，甚至不惜賠上無數士兵的性命！

握住槍把的手不由自主地攥緊了，沈玉書見慣了死亡，但他無法容忍有人可以如此蔑視生命，目的只是為了那些身外之物。

——一定要阻止他們，不惜一切代價！

努力讓自己保持冷靜，沈玉書冷冷道：「原來這就是你們的目的。」

「但還有一個很大的問題，據說地宮內另設有機關，要進入必須虎符令合璧才行，可是我們想盡了辦法，都沒有找到那半枚虎符令。」

也就是說另外半枚他們已經弄到手了。

沈玉書不動聲色地說：「所以當你聽到我說東西藏在偵探社後，就以為我說的是虎符令，卻沒想到空歡喜一場。」

「難道擁有另一半虎符令的人不是你嗎？」

「真是說笑了，我一個普通醫官之子，怎麼可能有虎符令，我說的是地圖，那是去年我在辦理一件軍閥被殺案時無意中得到的。」
「那東西我們早就有了，不稀罕。」
「那就沒辦法了，看來這筆生意我們做不成了，不如……」
「不如幹掉你，」馬澤貴把話接過來，冷冷道：「反正你已經沒有利用價值了。」
沈玉書看看綁在身上的炸藥，青花冷笑道：「我們不動你，只是想問出你知道多少，並不是真的怕你。」
「你們當然不怕我，你們不介意跟我一起被炸成灰燼的話，大可以一試，可能炸藥威力不如你們調度的那些厲害，但是要掀了這個屋子還是綽綽有餘的，你們不怕死，就不知道徐廣源是否也這樣認為？」
聽了他的話，青花跟馬澤貴的臉色同時一變，沈玉書衝著屏風那邊大聲問：「是不是，徐老闆？」
幾秒鐘的寂靜後，腳步聲從對面傳來，身穿長袍的徐廣源出現在沈玉書面前，他手裡拿著個白玉鼻煙壺，身後還跟了幾名手下。
徐廣源踱到沙發前坐下，問：「你是怎麼猜到我在隔壁的？」
「這麼大的事，他們一個是外地人，一個是婦道人家，沒有你坐鎮，怎麼敢輕舉妄動？喔，閻頭也在，省得我再另外找人了。」
沈玉書的目光在那幾個手下之間轉了一圈，閻東山站在當中，許久不見，他把鬍子蓄了起來，頭髮也留得頗長，如果不多加注意，很難發現他是誰。

沈玉書特意提到了閻東山的名字，徐廣源有點感興趣，問：「是不是沒想到被通緝的人敢明目張膽地出現在你面前？」

「並不，你們這樣做只有兩個可能性——邀請我入夥，或是幹掉我，總之你們不擔心我會走漏風聲。」

「那你會選擇哪一個？」

「選擇哪個暫且放一邊，我想先問清一件事。」

「什麼事？」

「我答應過金狼，要幫他洗清冤屈，我想知道殺害冒牌柳長春的是不是閻東山？」

沈玉書突然提到柳長春，閻東山著了急，想要開口辯解，看看徐廣源，只好又把話嚥了回去。

徐廣源道：「你這樣問，就是確定凶手是閻東山了？」

「是的。」

「為什麼？我的手下這麼多，為什麼你只鎖定他一人？」

「雖然你有很多手下，但熟悉巡捕辦案的，並可以做出偽造現場的大概只有做巡捕多年的閻東山了，然後，我還看到他手背上的劃痕，是被柳長春傷的吧？」

閻東山的左手手背上的確有道很淺的傷痕，聽了沈玉書的解釋，他急忙用右手掩住。

「柳長春的功夫應該不錯，所以你派了閻東山，但閻東山還是輕敵了，導致柳長春逃進棋室裡，你們會殺柳長春，是因為他找到那半枚虎符令，至於你們怎麼會知道這件事的，當然是因為有同黨出賣，就是那個柳二。」

閻東山的喉結動了動，不忿的表情證明沈玉書都說中了。

「柳二還活著嗎？還是被你們滅口了？」

「對於有用的人才，我都會善加利用，柳二現在已經在趕去河北的路上了，他有其他事要辦。」

「所謂其他的事，無非是當陣前小卒，隨時都會送命的。」

「為了今後的榮華富貴，一點點冒險也是值得的。」

沈玉書不知道柳二是不是真的這樣認為，但至少對於徐廣源的做法和想法，他是極端厭惡的。

「你一直都是這樣嗎？為了一己私欲，不惜他人的生命，甚至操縱他人的命運？柳二是這樣，葉王爺父女是這樣，還有金狼，甚至邱月生一家人的性命！」

「你在說什麼？我聽不懂。」

沈玉書冷笑，「根據我跟罪犯打交道的經驗，每當有人說這句話的時候，他心裡都懂得不能再懂了。」

「哼。」

手舉的時間太長，沈玉書有些吃不消了，他放棄自虐，把槍放下了，順便用兩隻手抓住炸藥的引線，用這個動作暗示所有人別輕舉妄動，他隨時都可以拔線。

「也許論城府謀略，我不如徐老闆，但一點點推理判斷，我還是駕馭有餘的，柳長春的案子發生後，有件事我一直感到奇怪，為什麼凶手要特意冒用金狼的名字？生逢亂世，殺人案件層出不窮，其中十之八九都是無頭公案，幕後者根本不需要這麼麻煩地借金狼的名字殺人，所以我想他這樣做一定有他的目的。」

沈玉書看一眼現場眾人，「後來我翻閱了金狼這幾年犯下的案子，尤其是最後一案，被害人邱月生一家死於他的手上，這不符合金狼一貫的犯案手法，驗屍報告也證明除了邱月生以外，其他人都應該不是金狼所殺，那些人是死於何人之手？又為何陷害金狼？幕後者機關算盡，卻漏算了一招，他沒想到邱家還有一位倖存者崔婆婆，也可能他知道卻沒放在心上，反正案子已經鐵板釘釘了，倖存者又是個風燭殘年的老人家，沒人會信她的話，總之，出於各種原因，她僥倖活了下來。」

沈玉書停頓一下，繼續說：「我今天找到了她，她把血案前後發生的事都告訴我，原來殺害邱家全家的不是金狼，而是邱月生自己，那晚的飯菜裡被下了很重的安眠藥，其他所有人都在飯後開始昏昏欲睡，讓邱月生可以輕鬆地動手殺掉他們。崔婆婆那晚身體不適，沒吃晚飯，逃過一劫，她一直沒有說出真相，是因為她知道邱月生死了，金狼被抓了，她懷疑是自己老眼昏花看錯了，但聯想到血案之前的事，她又確信是邱月生下的手，所以這一年中她一直在疑心跟害怕中度過。她告訴我，邱月生入贅邱家後過得並不好，他是外鄉人，在本地沒有根基，邱家的人對他的態度就跟對下人一樣，所以邱月生在殺害邱太太跟她父母的時候，出手很重，裡面充滿了怨恨。此外，崔婆婆還提供一個很重要的情報，邱月生在案發前的幾個月跟一位舞女來往密切，邱太太為此跟他爭吵不休，可是出事後，沒人再看到那位舞女，我懷疑是舞女挑撥邱月生讓他借刀殺人，如果邱家所有人都死了，那邱家的家產就都是邱月生的了，他鬼迷心竅，竟然真的聽信了舞女的話，為了戲演得逼真，他不僅殺了所有人，連自己的親生女兒也不放過。」

沈玉書嘆了口氣，「邱月生會這樣破釜沉舟，大概是舞女騙他有孕，為了新的家庭，他不惜毀滅舊的，可是他沒想到這一切都是別人布好的局，那些人從一開始就把他的命運安排好了，因為只有這樣，才可以嫁禍金狼，讓金狼再沒有退路。」

說到這裡，沈玉書稍微停下，徐廣源擺弄著手裡的鼻煙壺，慢悠悠地道：「邱家的事我略有耳聞，金狼這個人我也聽說過，不過我還是不大明白你為什麼要特意跟我說這番話？」

「因為設計這局棋的人就是你。」

「我？我為什麼要陷害一個江湖殺手？」

「因為你野心勃勃，在許多事情上需要殺手為自己賣命，我猜你一定找過金狼，希望他為你做事，但金狼接活有他的準則，而且他習慣了獨來獨往，拒絕了你，所以最好的辦法就是把他逼上絕境，讓他不得不依附於你。」
「就算是這樣，這件事跟邱月生又有什麼關係？」
「有很大的關係，沒人知道邱月生的出身，也沒人知道金狼的家鄉，但金狼可以進邱家，跟他對飲，足見他們的關係深厚，他們應該是同鄉，並且金狼的買賣都是通過邱月生這個仲介，邱月生在茶館做帳房，有接觸不同階層的人的機會，他又能說會道，適合仲介的生意，如果邱月生死了，而金狼又背負了殺人罪名，他就等於失去了手臂，到時只要你們稍加調教，就可以讓他乖乖聽從你的擺布，這也是金狼被判死刑，卻沒立刻執行，而是一直關在大牢裡的原因吧。」
青花跟馬澤貴對望一眼，徐廣源則不置可否，只是擺弄著鼻煙壺，彷彿聽說書聽入了迷。
沈玉書忍不住問：「以你做事的風格，那個舞女是不是已經不在了？」
「哈，這種小事誰知道呢。」
這樣說就等於是承認了沈玉書的推理，徐廣源漫不經心的態度讓沈玉書感到了氣憤，他臉色沉下來，冷冷道：「你原本的打算是先把金狼關在牢裡，等用到他時再放他出來，一是磨平他的戾氣，利於被你操控，二來也是一直沒找到合適的目標讓他動手，你沒想到正是因為你的這個判斷，導致之後的計劃都被打亂了。」
「怎麼說？」

「在棋館一案裡，你利用陳楓來試探我，陳楓只是個普通的富家子弟，如果沒有你教唆的話，他是萬萬想不到用金狼這個噱頭去嚇唬茶館老闆的，那時候你就做好了讓金狼越獄的打算，你從一開始就打算好了要除掉陳楓，所以你讓陳楓打電話給我，讓我去別墅赴約，卻另外在茶水裡下毒，毒死陳楓，再趁機陷害我。可是你們沒想到去別墅赴約的是蘇唯，已進行到中途，無法臨時更改，只能照計劃走下去，導致蘇唯被誣陷入獄，這點跟你陷害金狼的手法同出一轍，所以我在查閱金狼的案卷時就不由自主想到你。」

「小夥子，我很佩服你的想像力，可是誰能證明我跟陳楓認識？並且還熟到讓他幫我做事的程度。」

「我就知道你會這樣說，要證明你們認識很簡單，你可能不知道，陳楓出事那天曾在巡捕房跟蘇唯見過，更不巧的是陳楓的一些隨身物品被蘇唯拿走了，事後我在陳楓的名片夾上找到你的指紋，你們如果不是非常熟悉，那請告訴我為什麼他的名片夾上會出現你的指紋？」

徐廣源不說話了，眉頭微皺，似乎不知道該怎麼圓謊，或是無法理解沈玉書怎麼會分辨出他的指紋。

沈玉書作了解釋。

「您大概是貴人多忘事了，在象棋大賽中連續出了兩次殺人事件，當時所有在場的客人都有提供指紋，當然也包括你的。基本上以上就是我查到的所有真相，你還有什麼需要補充的嗎？」

良久，房間裡傳來拍掌聲，徐廣源讚道：「說得挺全的，我不明白的只有一點，既然你知道蘇唯是被陷害的，那為什麼還要雪上加霜，否認陳楓打過電話給他，還毀掉了他給你的留言，誣陷他入獄？」

「當然是找機會讓他離開，因為你要對付的是我，我不想連累我的朋友。」頓了頓，沈玉書又說：「你無法理解，大概是對你來說，所謂的朋友都是用來出賣的。」

「那也未必，朋友也可以用來合作，合則雙贏，沈玉書，我很欣賞你的才華跟能力，要跟我合作嗎？今後富貴榮華，享受不盡。」

「如果富貴榮華是指陵墓裡的那些陪葬品的話，那還是算了，我對死人感興趣，但是對死人的東西沒興趣，所以我現在更想把你們這些凶手捉拿歸案。」

青花笑了，馬澤貴也放聲大笑，因為沈玉書的話實在太好笑，他現在是甕中之鱉，能不能逃得出去還是未知數，卻在這裡大言不慚地說要抓人。

徐廣源也連連搖頭，嘆道：「小夥子，我挺喜歡你的，可惜你要跟我作對，否則我會給你一個更好的前程。」

「不需要，我的人生我會自己創造。」

「真是跟你父親一模一樣，說好聽點是耿直，說難聽點就是愚忠，所以落得個早早就嗝屁的下場。」

聽他提到自己的父親，沈玉書的臉色變了，冷冷道：「請不要對過世之人不敬！」

「不敬又怎樣？他活著要向我三拜九叩，死了就更不敢違抗我，沈玉書，你很想知道你父親的生平跟身分吧？那就把虎符令交出來，我考慮告訴你。」

這個提議對沈玉書來說的確充滿了誘惑，他沒有馬上回應。

看出了他的猶豫，徐廣源頗為得意，道：「要想在亂世之中存活，除了能力跟才華外，還要懂得審時度勢，依附我對你來說有百利而無一害，要不要再重新考慮一下？」

「……不……」稍作沉默後，沈玉書做出了回應。

他將槍口重新抬起，對準徐廣源，冷冷道：「我是很想知道以往的事，但是要用它換你們逃脫制裁，我想若我父親在天有靈，也絕對不會答應！」

「制裁我？」徐廣源一巴掌拍在了沙發上，冷笑道：「就算你抓了我，試問在上海灘，有誰敢審判我？」

「敢與不敢，那要等上了法庭再說！」

徐廣源氣勢威赫，沈玉書也毫無怯意，兩人四目相對，誰都不肯退讓半分，青花跟馬澤貴也不敢多話，站在一旁冷眼旁觀。

最後是徐廣源收回眼神，微笑問道：「既然沒有跟我們合作的打算，那你在這裡說了大半天，只是為了表現你這個偵探做得有多麼合格嗎？」

「不，我是要讓金狼知道，害得他這麼慘的幕後黑手究竟是誰。」

沈玉書說完，大聲叫道：「金狼你在嗎？剛才我們的對話你都聽到了，冤有頭債有主，還不快跟你的債主討債去！」

他忽然放大聲量，大家都嚇了一跳，那些手下有心要制住他，又忌諱他身上的炸藥，只好看向馬澤貴跟徐廣源，還有一部分人瞭解金狼的底細，都驚慌地左右查看，生怕他突然跳出來大開殺戒。

然而數秒過後，房間裡並沒有任何變化，金狼不在，至少他沒有在沈玉書的召喚後馬上出現。

大家頓時鬆了口氣，馬澤貴冷笑道：「看來大偵探你失策了，金狼好像並沒有那麼神奇啊！」

沈玉書沉下臉色，覺察到他們的殺意，他握緊槍柄，警惕地看向四周。

「我警告你們，如果不想跟我同歸於盡的話，就不要輕舉妄動！」

「哈，你不敢拉引線的，聰明人都是怕死的，你不敢選擇先死。」

「不信的話你試試？」

在場的眾人當然都不信沈玉書真會拉炸藥引線，但他們也不敢強硬逼迫，以免沈玉書下意識地扯到引線，所以屋子裡出現了短暫的僵持。

看到這一幕，徐廣源眼眸微微瞇起，抬起拿鼻煙壺的手。

沈玉書不知道他這個動作代表了什麼意義，但直覺告訴他這是一種暗示，他在命令手下動手。

沈玉書首先想到了閻東山，不過還沒等雙方有所動作，旁邊忽然響起咯咯的笑聲，笑聲異常古怪，像是什麼機器齒輪摩擦發出來的，讓人聽著發毛。

這個奇怪的聲音將大家的注意力都引了過去，閻東山不知道是什麼狀況，也暫時沒動手，看向對面。

他們其中一名手下手裡拿著一管筆，筆帽上豎著一個類似海盜模樣的頭像，隨著咯咯的笑聲，海盜的腦袋不時地左轉右轉，說好笑也好笑，說詭異也詭異，但就是沒人叫得出這是什麼東西。

見大家的目光都落在自己身上，手下咧嘴一笑。

「不好意思，聽故事聽得太入迷，不小心按到按鈕了，失禮失禮。」

他一邊說著一邊在筆管上又按了一下，笑聲消失了，海盜的腦袋也停止了轉動。

馬澤貴皺眉瞪他，突然厲聲喝道：「你不是我帶的兵，你是誰？」

手下挖了挖耳朵，道：「別動不動就發脾氣好吧，很容易血壓升高的。」

「你到底是誰？是怎麼混進來的？」

馬澤貴再次喝道，又衝其他人一擺手，於是屋裡一半以上的人都將槍口指向了他。

男人沒在意，伸手，先是打落了頭上的禮帽，又在臉頰上來回揉了揉，一張奇怪的臉皮面具便隨著他的搓揉扯了下來，露出裡面俊秀的臉龐。

「蘇唯！」沈玉書第一個大叫出聲。

雖然已經猜到他是蘇唯了，但是親眼看到他站在自己面前，沈玉書還是按捺不住心裡的激動，要不是情況不允許，他肯定跑過去給蘇唯來個大擁抱。

面對沈玉書表現出的激動，蘇唯有些驚訝，他把手伸到嘴邊，做了個噓的手勢，然後在眾人的注視下，踱著散漫的步伐走到沈玉書身旁，指指他說：「你們別想趁機衝我開槍啊，我中槍，他肯定會拔線的，要死大家一起死。」

沈玉書的目光一直跟著他的動作而動，問：「你沒去廣州？」

蘇唯不爽地瞪他，「我為什麼要去廣州？」

「阿衡說是他的手下送你上船的，還看著船離港。」

「難道我不會再游泳回來？我的水性又不像某人那麼差。」

想到自己淹水差點死掉的經歷，沈玉書用手背蹭蹭鼻尖，但馬上又將槍口指向徐廣源，問：「是從廣州游回來的？」

「從廣州游回來，你當我是魚啊，當然是船一出港就游回來了。」

「那你最近都藏在哪裡？」

蘇唯不說話了，斜眼冷笑，那表情像是在說——我為什麼要告訴你？

他們聊得熱切，馬澤貴卻越聽越不爽，指著蘇唯喝道：「你到底是誰派來的？敢跑到這裡來威脅我！」

「嘖嘖，連我大名鼎鼎的蘇十六都不知道，你哪個道上混的啊？」

筆管在蘇唯手中很靈活地轉了兩圈，他的目光依次從青花、馬澤貴，還有徐廣源身上看過去，接著又反方向迴圈了一圈，問：「沒看到葉老爺子，他還活著吧？」

「託您的福，家父一切安康。」

「那就好，我也希望他能多活幾年，這樣將來被關監獄才有點意義啊。」

「聽你的意思，好像我們被拘捕跟被判刑都是鐵板釘釘的事了，你是從哪兒來的這份自信啊？」

「從這裡。」

蘇唯轉了下他手中的筆管，又按了另外一個按鈕，裡面竟然傳出沈玉書跟馬澤貴以及徐廣源剛才的對話，一字不差，並且非常清楚。

馬澤貴聽得呆住了，眨眨眼，盯住那枝筆不放，一副看到了怪物的表情。

徐廣源也很震驚，他站起，指著筆管叫道：「這、這是什麼？」

「這叫錄音筆，簡單來說，就是一種可以把你們說過的話都記憶下來的工具，也就是說，剛才你們的話都被複製下來了，將來到了法庭，它便可以作為呈堂證供，指證你們的罪行。」

「這個洋玩意兒是從哪裡來的？」

「這不是洋玩意兒，是我發明的。」

確切地說，是蘇唯請專業人員為他特別設計的。

在穿越到上海後，可能是錄音筆受到了震盪，一度無法使用，這段時間他藏在小旅館裡無所事事，反正閒著也是閒著，他就把錄音筆拿出來重新做了修整，讓它復活並且在緊急關頭派上用場。

對自己的先見之明非常滿意，蘇唯伸出大拇指摸摸鼻尖，又比量著筆管，拉開姿勢，大聲說：「上海愛迪生，不服來戰！」

房間陷入短暫的寂靜，每個人都像是被點了穴，定在那裡一動不動。

蘇唯比劃完畢，沒收到應有的效果，他看看沈玉書，問：「他們還好吧？」

沈玉書笑了，分別的時間並不長，但是看著蘇唯搞怪，他卻有種久別重逢的恍惚感，他很喜歡聽蘇唯說話，儘管很多時候他都聽不懂。

「嗯，他們挺好的，我覺得不好的是我們。」

「靠，不好你笑什麼？」

沈玉書也不知道自己在笑什麼，總之就是覺得很有趣，儘管身處險境，但是因為有了蘇唯的存在，他完全不覺得危險。

配合著蘇唯，沈玉書一抖袖口，事先藏在袖子裡的照片彈出來，但他又要拿槍又要拽拉繩，沒辦法拿照片，蘇唯看不過眼，只好幫忙拿住，亮到徐廣源等人面前。

這張照片是沈玉書在公館被襲擊後，雲飛揚搶拍的，雖然是夜間，但還是可以看出裡面的人是誰。

「這張照片拍得很清楚，這個人就是你吧……」

沈玉書對比著照片依次看向四周的打手，很快找到了那個人，打手急忙把頭避開，這個動作欲蓋彌彰，更證明了那晚襲擊沈玉書的人中有他。

「你的手或腿好了嗎？」

沈玉書好心地問，打手不回答，繼續往同伴身後躲。

沈玉書只好直接對馬澤貴說：「他是你的手下，在前晚去端木公子的公館攻擊我們，這張照片就是最好的證據，不知道這條證據能不能將你送上法庭？」

看到馬澤貴的臉一陣紅一陣白，蘇唯在一旁捧場笑出了聲，不過房間裡除了他以外，沒有人感到好笑，徐廣源低聲喝道：「搶了他們的東西，還有，幹掉他們！」

「哇，說幹掉就幹掉，不怕他身上的炸藥了？」

蘇唯用手肘拐拐沈玉書，提醒大家他們身上還有最大的籌碼，馬澤貴還沒回應，徐廣源一拍桌子，厲聲喝道：「有本事你就拉繩，我陪你一起升天！」

沈玉書陰沉著臉，手往下一動，蘇唯眼疾手快，立刻按住——沈玉書要求仁得仁是沈玉書的事，他可不想死啊，他不想稀裡糊塗穿越到九十年前的上海灘，就這麼掛了啊！

「別衝動、別衝動，有事好商量。」他安撫道。

沈玉書看向他，臉上終於露出了一絲笑意。

「怎麼商量？」

蘇唯還沒回應，那些打手已在馬澤貴的命令下一齊衝上來，將他們圍住。

俗話說好漢架不住一群狼，蘇唯可不想跟這群惡狼硬拚，還是喚幫手吧。

他高聲叫道：「金狼！金狼！趕緊來救駕！」

話音未落，對面窗前就傳來砰的響聲，玻璃窗被撞開了，隨著玻璃碎屑四處飛濺，一個人影從外面飛進來，站在眾人當中。

男人高大魁梧，表情僵硬冷漠，右手拿著一柄峨嵋刺，正是金狼。

這個房間離地面說高不高，說低也不低，他就這麼輕鬆闖了進來，讓人不得不對他的身手刮目相看。

沈玉書大喜，「你出現得真夠及時的，是不是在外面埋伏很久了？我們剛才的話你都聽到了？」

金狼點點頭，將攥在手裡的麻繩丟去一邊，看向徐廣源，冷冷道：「我會有今天，都是拜你所賜！」

閻東山跟其他幾名隨從立即站到徐廣源身旁，以防金狼突然攻擊。

徐廣源本人倒是表現平靜，淡淡地說：「身為殺手，你早該明白會有今天這個下場。」

金狼的眼皮微微垂下，低聲道：「我跟邱月生是同鄉，認識很多年了，家鄉混不下去，我們一起跑出來闖蕩江湖，剛來上海的時候我們發過誓，將來有福同享有難同當，可是最後……」

說到這裡，他話聲轉為嚴厲，抬起手裡的峨嵋刺，向徐廣源叫道：「都是你的錯，是你利誘他的！」

「是他禁不起利誘，你看沈玉書跟蘇唯，我也是以利相求，他們還不是不動心？所以在他心中，你這位朋友遠不如名利地位重要，是你瞎了眼，認賊為友。」

「你、混蛋！」

徐廣源的話刺傷了金狼，他木然的表情中難得出現了波動，大喝一聲，揮起峨嵋刺衝了過去。

閻東山一看不好，急忙跟其他同伴阻攔，以防他傷到徐廣源。

這邊的打手也開始向沈玉書跟蘇唯圍攻，他們看出沈玉書不敢拉炸藥拉繩，所以把槍換成匕首，近距離攻擊。

他們人多，而且功夫都不差，沈玉書不方便開槍，只能徒手跟他們搏鬥，蘇唯不擅長鬥毆，直接躲到沈玉書身後，叫道：「金狼，這邊！這邊！」

金狼聽到了，向他們靠近，旁邊一名打手想要阻攔，被他握住手腕向外一擰，骨頭裂開的聲音傳來，那人疼得連聲音都叫不出來，彎腰縮到了地上。

接著金狼又把另一個打手的小腿骨踢斷了，有人從他背後揮刀攻擊，被他用手肘撞斷了肋骨，卻不施殺手，把人打傷後就直接放過去了。

蘇唯在沈玉書身後拍手叫好，看到那些人受傷後又忍痛繼續攻擊金狼，他提醒道：

「他們要殺你啊，快幹掉他們！」

「我只為錢殺人，你要付錢嗎？」

聽了金狼這冷冷的一句話，蘇唯額頭上掛出了黑線，他摸摸口袋，然後看沈玉書，喝道：「掏錢！」

「你沒錢嗎？」

「我游泳回來的，你說我有沒有錢？」

「你瞪我幹什麼？我也沒錢啊。」

「家裡的保險櫃呢？我走的時候裡面還有不少錢的！」

「用光了。」

「用光了？好幾百大洋啊，你每天吃金子嗎？」

「食用黃金會致死的，因為純金……」

沈玉書沒來得及說下去，因為打手把匕首揮到了他面前，那氣勢洶洶的模樣像是在說——打架還不忘聊天，你當我們是死的啊！

沈玉書被打了個措手不及，也沒餘暇跟蘇唯吵嘴了，邊打邊往後退，準備找機會跑出房間。

就在這時，金狼衝到他們面前，沈玉書正想鬆口氣，誰知就看到金光閃過，金狼手中的峨嵋刺竟然向他刺來，他沒防備，胸前衣服被劃破了，還好躲避及時，否則劃破的就不止是衣服了。

金狼這一出手，不僅沈玉書愣了，那幫打手也同時定住了。

沈玉書問蘇唯：「怎麼回事？」

蘇唯摸摸頭，嘟囔著：「畫風轉太快，我也不懂。」

「你不懂誰懂？他是你雇來殺我的！」

「你衝我吼什麼？你誣陷我入獄的帳我還沒跟你算呢！」

想到那件事的確是自己理虧，沈玉書放低聲音，道：「對不起。」

「得得得，現在一致對外，咱們的恩怨回頭再理論。」

蘇唯大度地擺擺手，又叫金狼住手，但金狼的動作太快了，向沈玉書揮舞峨嵋刺，招招斃命，對他的阻止不聞不問。

沈玉書更狼狽了，匆忙中叫道：「你的雇主讓你停手，你快停啊！」

「我一旦接了單，就絕不再收回，連雇主也不行。」

「可是我們還約定了三天呢，現在三天還沒到。」

「到了，就是今晚，所以今晚你一定要死。」

沈玉書翻白眼了，蘇唯也跟他一起翻白眼——凡事不會靈活應對的人簡直就是豬隊友啊！

眼看著沈玉書被打得節節敗退，連拔槍的機會都沒有，蘇唯只好使出了絕招，將錄音筆當武器丟向金狼。

金狼看到有個物體飛過來，本能地伸手接住，蘇唯立刻指著他，衝大家叫道：「錄音筆在他那裡！」

那些打手一看，轉去圍攻金狼，蘇唯趁機拉著沈玉書衝出房門，跑了出去。

「捉住他們！快捉住他們！」

後面傳來馬澤貴氣急敗壞的叫聲，但蘇唯跑路的速度太快，衝到走廊上，很快就混進人群中不見了蹤影。

【第六章】

殺人嫌疑

蘇唯剛嘟囔完，金狼就向他冷聲發問：「你從一開始就在利用我？」

「沒那回事，我那時的確想殺他。」

「可怎麼看你都不是想要殺他。」

「現在氣消了嘛，那就另當別論了。」

「我記得在牢裡你曾說過——你蘇十六沒有朋友。」

聽了這話，沈玉書不悅地看向蘇唯。

蘇唯笑嘻嘻地說：「我是說過我沒有朋友，但沒說我沒有搭檔啊。」

外面有很多客人，打手們也不敢明目張膽地拿著刀追擊，只好藏起武器，在後面緊緊追趕。

就這樣，雙方一前一後順著大世界的各種遊樂設施奔跑，沒多久蘇唯就跑到死胡同，看到眼前只有一段樓梯，他順著樓梯跑下去，對面是一扇對門，他掏出鑰匙迅速開了鎖，跑了進去。

沈玉書跟在後面，從裡面將門栓扣上，環顧四周，問：「這是什麼地方？」

「我怎麼知道？我是路癡你又不是不知道。」

蘇唯沒好氣地說著，左右看看，沒找到燈繩，他只好摸黑往前走，沈玉書急忙跟上，問：「是你寫紙條報信說我被綁架的？」

「報信救你？你覺得我會那麼好心嗎？」

「蘇唯，我覺得你不需要這麼傲嬌。」

「我說過很多次了，不要學我說話！」蘇唯轉過身，揪起沈玉書的衣領衝他吼道。

黑暗中四目相對，數秒後，沈玉書問：「你能先放開手嗎？」

蘇唯把手放開了。

沈玉書又問：「真的不是你？」

「不是我！這不是傲嬌，是——反正不是我！」

「好吧，不是，那今天報信的是你嗎？還有我在大世界被追趕時，偷偷塞紙條的也是你？」

又有數秒的沉默，蘇唯點頭。

「這兩次是我，不過我先聲明，我不是要救你，我是為了長生。」

「聽著還是很傲嬌……」

「什麼？」

「沒有，我的意思是——難怪花生醬一開始表現得很激動，後來卻沒有攻擊綁架長生的人，是因為你在身邊吧。」

「那當然，我是誰？是大名鼎鼎的蘇十六，你們一幫人看不住一個小孩子，真是太沒用了。」

「你的確很厲害，不過我覺得應該先把字練練了。」

「哈？」

「我是說你的字太爛了，像是狗爬……」

「哥屋恩。」

「啊？」

「滾！」

蘇唯翻白眼了，現代流行語跟老古董溝通不了，他直接爆粗口。

沈玉書沒滾，因為對面傳來響聲，好像有人在撥門栓。

大敵當前，兩人暫時停止鬥嘴，沈玉書拉著蘇唯往後躲，小聲問：「錄音筆你真的給金狼了？」

「當然沒有，那是假的。」

「那就好，有了那個筆，就可以起訴徐廣源他們了。」

「比起這個，還是先想想怎麼逃出去吧。」

「你猜這是哪裡？」

「不知道，不過挺臭的，像是豬圈。」

視力適應了黑暗，沈玉書發現這裡的空間很大，靠牆擺放著很多大箱子，箱子外用布蓋著，他扯扯布，發現那是很厚的帆布，低聲說：「這裡不會是藏了軍火吧？」

「太好了，那我穿回去的時候要多帶點。」

「你說什麼？」

蘇唯不說話了，反正說了沈玉書也聽不懂。

沈玉書不知道他在想什麼，只好說：「蘇唯，事到如今，我覺得我們應該坦誠布公地聊一下。」

「哼，跟一個出賣我的人有什麼好聊的？」

「是，我是出賣你了，但原因剛才我也講過了，我那樣做也是情非得已，我不想你被連累到。」

「講過就完了？情非得已我就要感恩戴德啊？我最討厭你這種聖母了……」

「等等，你說的聖母是指瑪利亞嗎？」

「不要打岔，沈玉書！」

「是。」

蘇唯在發飆，沈玉書不敢直接對抗，低下聲音，解釋道：「我知道那件事我是做得不大妥當，可是當初因為我的失誤，你給人下跪，我不想相同的事再重演，我告訴自己，以後不可以再犯這樣的錯誤……」

想起當日的情景，蘇唯的嘴角翹了起來，卻哼道：「神經病。」

「我的神經很正常的。」

「好吧，應該說你精神上有問題。」

「隨你怎麼說，但事實上你也派殺手來殺我了，我好幾次差點被他幹掉，你不覺得這樣對你的搭檔很過分嗎？」

——這傢伙到底是在道歉還是在秋後算帳？

蘇唯冷笑道：「出賣我的人也好意思說自己是搭檔，再說我那樣做，也是相信以你的智商可以讓他殺不了你的。」

「萬一我沒有那個智商呢？」

「沒有的話，就證明你智商下限太低，不適合跟我搭檔，那我管你死活啊，一個神探還對付不了一個殺手，那趁早關門大吉好了。」

「所以算起來我的處境比你危險多了是不是？我是為了幫你逃脫，才把你關進監獄的，還讓阿衡想辦法救你……」

「狗屁，你當我不知道，你是故意折騰我，來報復我不跟你說實話。」

「好吧，你說對了，真開心你進去幾天後智商大增，所以我現在後悔了，那你要不要留下來繼續幫我呢？」

蘇唯的暴力神經成功地被觸發了，一拳頭揮了過去。

「去死吧！」

沈玉書應聲倒地，蘇唯還要追過去繼續打，沈玉書叫道：「臉剛消腫，別打臉。」

蘇唯臨時收拳，改為用腳踹，一邊踹一邊吼他：「我要過什麼樣的生活，做什麼樣的選擇，只有我自己可以決定，你憑什麼自作主張，擅自決定我的人生？你經過我的允許了嗎？你覺得那樣是對我好，你怎麼知道我就覺得好？沈萬能你拍拍良心問自己，什麼時候我自作主張幫你做決定了？哪一次我不是跟你站在統一戰線上？可是你呢？你卻在大家都誣陷我是凶手時，站在他們那一邊，我不該生氣嗎？我告訴你，你這種做法就是——你不僅侮辱了我的人格，還侮辱了我的智商！」

「對不起。」

「你沒吃飯啊，我聽不到！」

「我說——對、不、起！」

「你這麼大聲幹什麼？你這是道歉的態度嗎？」

「對不起，是我不對，我以後不會再自作聰明了，你也知道我大部分時間都在跟死屍打交道，死屍比較簡單。」

蘇唯踢夠了本，氣也差不多消了，看到沈玉書現在的樣子，突然有些好笑。

沈玉書的用心其實他都明白，但明白不等於可以接受，還好他聰明，可以反敗為勝，抬腳踩在沈玉書身上，說：「看在你這麼有誠意的份上，你幫我做三件事，我就原諒你。」

「是哪三件？」

蘇唯突然之間也想不到有什麼事是需要沈玉書做的，想了想，道：「等我想到再說，總之將來我要你的錢、要你的命、要你的老婆，你都得答應。」

「可是我沒老婆。」

「我打個比方不行啊？你智商是不是該充值了？」

沈玉書又聽不懂蘇唯在說什麼了，但有一點他很懂，那就是當你的搭檔正處於暴走狀態時，千萬不要跟他對著幹。

「行行行。」

蘇唯滿意了，把手伸過去，沈玉書握住他的手，正要借力站起來，屋子裡傳來啪的一聲，燈泡亮了起來，兩人轉頭一看，門口那邊站了七八個人，個個手持傢伙，虎視眈眈地盯著他們。

「欸！」蘇唯嚇了一跳，問：「你們什麼時候進來的？」

「在你們說到沒老婆的時候。」

「怎麼找到這兒的？」

「因為你的聲音太響亮了，蘇唯。」他的搭檔揉著被踢痛的腰，嘶著氣提醒道。

「你知道怎麼不早點提醒我？」

「因為你踢得太凶殘了，我決定還是先過了你這關再說。」

「那你現在還能打嗎？」看著歹徒向他們逼近，蘇唯做出防禦的架式，問道。

——應該不會有人比你更可怕了。

想到剛才被踢的遭遇，沈玉書就心有餘悸，相比之下，打架真的不算什麼。

他亮出拳頭，衝著那些人道：「有本事一起上啊。」

如他所願，那些人揮動武器一起衝了上來。

他們是馬澤貴帶的士兵，在打架方面要比那些流氓厲害得多，但是跟閻東山等人還是相差很遠，閻東山等前清侍衛沒出現，不知道是不是藉機送徐廣源等人離開了。

敵眾我寡，再加上對方手裡有武器，蘇唯跟沈玉書兩個沒多久就感覺吃力了，混亂中一名歹徒的刀尖劃在帆布上，蘇唯為了躲避攻擊，向後趔趄，急忙抓住帆布。

刺啦刺啦的響聲中，帆布被撕開了一個大口子，露出了裡面的鐵籠，聽到從鐵籠裡傳來響聲，蘇唯好奇地回頭一看，嚇得差點彈起來——假如在他屁股上加個彈簧的話。

蘇唯走南闖北，也算是經過大風浪了，但即使這樣，他還是失去了冷靜——沒辦法，誰讓現在在他面前的不是人、不是物體，而是一隻斑額吊睛猛虎呢。

攻擊蘇唯的那個人也嚇到了，匕首掉到地上，他也向後直退，蘇唯揉揉眼睛，猜測那是不是玩具老虎，但很快就發現不是玩具，是真的。

動物園蘇唯去過，但如此近距離地接觸動物他還是頭一次，首先想到的就是老虎會不會跳出來傷人？其次是確認鐵柵欄夠不夠粗？但老虎並不像他想的那麼凶狠，而是懶洋洋的。

牠趴在籠子的柵欄附近打盹兒，聽到動靜，抬了抬眼皮看看他們，又起身換了個姿勢繼續睡。

難怪這裡發臭了，原來是養了動物啊。

蘇唯馬上明白了，見歹徒想要撿刀，他一腳踹到對方的膝蓋上，把歹徒踹倒，趁機奪過刀，用刀將其他帆布也劃開，果然就看到裡面裝的是大大小小的動物。

不遠處隱約傳來歡快的樂曲聲跟觀眾的叫嚷聲，蘇唯突然想起門口好像貼了海報，說今天有馬戲團表演，看來這裡是馬戲團放置動物的地方，為了防止天熱牠們暴躁，給牠們服了一些類似鎮定劑的藥物。

牆角地上堆放著藥箱，蘇唯跑過去打開藥箱，一股濃郁的藥味傳出來，裡面的藥品還真不少，除了中藥外，還有一些西藥跟兩個針管。

蘇唯把針管拿起來，針管裡居然還有藥劑，看英文寫的是鎮定劑，大概是猛獸躁狂，馬戲團的人就抽了藥液給野獸打針。

這個時代的西藥還是很貴的，那些人不捨得全部用完，就將針管放在藥箱裡繼續保存，卻不知道這樣做既不衛生，藥品也會失效。

不過……也許可以在它不失效之前讓它物盡其用。

腦後風聲傳來，歹徒衝上來攻擊他，蘇唯側頭閃開，轉身，將針頭戳進了對方的胳膊上，再往裡一推。

突然間看到一個不合時宜的東西，那人有點傻，蘇唯把針頭拔了出來，微笑問：「知道這是什麼嗎？」

歹徒傻愣愣地搖頭。

蘇唯也搖了搖頭。

「我也不知道。」

話音剛落，那人就兩眼翻白，撲通摔倒在地。

蘇唯看看手裡的針管，不由得咋舌。

「沒想到九十年前的藥物效果這麼厲害！」

順利搞定一個，蘇唯心裡有底了，又在藥箱裡翻了翻，找到相同的兩管藥劑，他敲破藥劑的封口，跑去找沈玉書。

沈玉書已被那幫人逼到牆角，仗著手裡有槍，讓那些人不敢緊逼。

蘇唯趁他們不留意，將針頭插到了一個人的身上，再接著如法炮製，沒多久就有一半人被他撂倒了。

剩下的那幾個看到同伴紛紛倒地，不知道發生了什麼事，趁著他們自亂陣腳，沈玉書衝過去攻擊他們的頸部要害，將他們揍暈了。

蘇唯不放心，蹲下來給他們打藥劑，沈玉書奇怪地問：「這是什麼？」

「鎮定劑，給動物用。」

「人可以用嗎？」

「減少劑量的話，應該沒事，這東西這麼珍貴，我也不捨得多用。」

說著話，蘇唯抬頭看看沈玉書身上綁著的炸藥包，說：「不要告訴我它是真的。」

「是真的。」

「啊！」

「別激動，我是說——它是真的仿製品，方探長為了在恐怖活動發生時可以即時做出對應，做了仿製品用於演習，我就借了一個道具來用。」

沈玉書把拉繩往下一拉，卻是一段很短的繩頭，隨著他的扯動落到地上。

「呼，被你嚇死了。」

蘇唯鬆了口氣，他給最後一個人打完針，站起來，把針管丟掉，拍拍手，滿意地說：

「搞定，我們兵不血刃了。」

「並沒有，那兒還有一個。」

沈玉書一指牆角，蘇唯順著看過去，就見一個男人靠著牆角站著，手裡握著峨嵋刺，兵器泛著金光，殺氣在當中遊走。

蘇唯小聲問沈玉書：「他什麼時候來的？」

「來了有一陣子了，還幫我料理了幾個打手，否則我一個人怎麼打得過這麼多。」

「他幫你了？那就好辦了。」

蘇唯剛嘟囔完，金狼就向他冷聲發問：「你從一開始就在利用我？」

「沒那回事，我那時的確想殺他。」

「可怎麼看你都不是想要殺他。」

「現在氣消了嘛，那就另當別論了。」

「我記得在牢裡你曾說過——你蘇十六沒有朋友。」

聽了這話，沈玉書不悅地看向蘇唯。

蘇唯笑嘻嘻地說：「我是說過我沒有朋友，但沒說我沒有搭檔啊。」

「你說的搭檔就是他？」

金狼看向沈玉書，蘇唯點點頭。

「不錯，你知道搭檔這種生物很難找的，所以如果遇到了，就要好好對待，你聽不懂？聽不懂也沒關係，總之你的任務完成了，回頭我把餘下的錢款給你，這次合作愉快，下次有機會再聯絡。」

蘇唯說完，拉著沈玉書就要走，金狼幾步踏到大門前方，擋住了他們的路。

「我接了活兒，他就一定得死。」

「沒關係，我付你尾款，你就可以打卡收工了，少做一份工，有沒有很開心？」

無視了蘇唯的嘻笑，金狼冷著臉道：「與尾款無關，我接了任務，如果沒完成，會影響到我的聲譽。」

「不是你沒完成，是我改變主意了，這樣成不？」

「不成，任務一接，概不解約。」

「那我另外花錢讓你解約。」

「不行，我沒定過這規矩。」

「我說你這人怎麼這麼死心眼呢？你要再堅持，我就不付尾款了。」

「不付的話，是你違約，我會殺了你。」

殺氣逼來，蘇唯皺皺眉，然後迅速從沈玉書身上摸到槍，指向金狼。

「那只能用這最後一個辦法了，幹掉你。」

「那你也要有這個本事才行。」

蘇唯有點躊躇，殺人對他來說好像有點困難，畢竟他是神偷，不是殺手，轉頭看沈玉書。

「你呢？」

「我喜歡屍體，但不喜歡把人變成屍體。」

「那就……」

金狼又往他們面前踏近兩步，沈玉書立刻伸手攔住。

「等等！」

金狼不耐煩了，皺眉道：「我最討厭讀書人，乖乖受死不行嗎？怎麼這麼多廢話。」

——如果有人要殺你，你會乖乖受死嗎？

沈玉書冷笑道：「別忘了你的冤情是讀書人幫你洗清的。」

大概覺得他說得有理，金狼沒有回應。

沈玉書又問蘇唯：「你拜託他殺我的時候，有提時限嗎？」

「怎麼？怕死啊？」

「怕不怕死是一回事，可我也不想要這種死法。」

「嘿嘿，我這麼聰明的人，當然不會讓自己的搭檔死得不明不白的。」

「所以……」

「所以！」

蘇唯笑了，把沈玉書戲弄夠了，他揭了底牌，對金狼道：「既然身為殺手的規矩不可破，那你殺他也是可以的，但是！」他加了個但書，接著道：「我又沒說殺他的時限，一天是殺，一輩子也是殺，你慢慢等唄，反正又不違反你的職業操守。」

「可是不殺他我就拿不到尾款。」

「殺了他你也拿不到。」

「拿不到我會殺你。」

「可是沒有人請你殺我啊，你自己也說了你只為錢殺人，我不付錢是我違約，但你殺我就是你違背原則，我不怕違約，那你怕不怕違背原則，失去信譽？作為一名職業殺手，你怎麼可以這麼沒有職業道德呢？」

金狼石化了，僵在那裡一動不動，顯然他的大腦邏輯思維跟不上蘇唯的辯論速度。

沈玉書在一旁看著，都有點可憐他了，低聲問蘇唯：「你一定要這樣欺負人家嗎？」

「喔？我不過是在實話實說。」

看看火候差不多了，沈玉書打斷了蘇唯的「實話實說」，對金狼正色道：「說真的，經歷了這麼多，你還要繼續做殺手嗎？」

金狼微微皺眉，像是不理解他的話，沉默地想了一下，才反問：「不當殺手，我又能做什麼？」

「我不知道，你的人生只能由你自己來選擇。」

金狼低頭看向手裡的峨嵋刺，沒有說話。

沈玉書問：「其實邱家血案裡，你一直保持沉默，除了無法理解當時的狀況外，還有就是知道即使自己辯解，也不會有人相信對吧？」

金狼緩慢地點點頭。

「邱月生低估了你的體質跟警覺心，所以把你放在最後才殺，你殺他算是正當防衛，不需要負法律責任的。」

「我聽不懂。」

蘇唯把沈玉書推開了，解釋道：「簡單來說，就是有人要殺你，你當然要反抗，就算誤殺了他也是正常的，最多算防衛過當，但是不需被判刑，你以前犯的那些案子內情如何我們不知道，但至少在邱家案子跟柳長春一案中你是無罪的。」

這次金狼聽懂了，皺眉回想邱月生殺他時的情景，卻發現記憶竟然模糊不清，他恍惚說：「我記不得了，或許不是誤殺，是有意殺的，因為他要殺我，反擊是我的本能。」

「記不清楚也是正常的，科學研究證明人類大腦有自我修復記憶的功能，所以記憶力本身的可信度就不高，你不必為此在意。」

看金狼一臉懵懂，蘇唯再次把沈玉書推開，說：「簡而概之，過去的事就讓它過去，咱們還是朝前走吧！」

「我是逃犯，你們不抓我嗎？」

蘇唯跟沈玉書相互對望一眼，同時一攤手。

沈玉書說：「我們不是員警，無權逮捕別人。」

外面傳來警笛聲，猜測是巡捕房的人趕來了，蘇唯催促道：「你還不快走？等巡捕來了，想走就走不了了。」

「可是……」

「那我們先走了，回頭見……啊不，是江湖再見。」

蘇唯雙手抱拳拱了拱，做了個江湖中人常有的再會手勢，他不等金狼回應，拉著沈玉書就走。

金狼是殺手，雖然被他的理論繞暈了，不會馬上對他們動手，但難保不再變卦，這種人還是躲得越遠越好，至於抓捕他的事，還是留給方醒笙探長去煩惱吧。

抱著這個想法，蘇唯大步流星跑出房間，沈玉書跟在他身後，在出門時，他也向金狼抱了下拳。

不管怎麼說，這次可以順利脫險，並將馬澤貴跟徐廣源等人的罪行公布於眾，金狼幫了他們很大的忙，但是有一件事他想自己永遠都不會跟金狼說——其實從頭至尾，蘇唯都在利用他。

蘇唯是沈玉書見過最聰明的人，反應也最敏捷，從棋館一案中金狼的名字被提起時，他應該就發現了金狼這個人的重要性，進而猜想到徐廣源的陰謀，所以他才會搶在徐廣源之前雇傭金狼。

金狼做事一根筋，他先接了蘇唯的任務，就不會再去接徐廣源的，因為他不可能同時接兩票生意去殺同一個人，也就是說徐廣源算計了這麼久、這麼多，卻被蘇唯搶了先機，白白將棋子拱手讓人。

徐廣源在下令幹掉柳長春的時候，特意利用金狼的名字，除了想迷惑巡捕的判斷外，還有一個最大的原因是他把金狼接出監獄，金狼卻不為他做事。

徐廣源無法容忍棋子不服管教，所以他想毀掉這步棋。

但他沒想到毀掉的是他所有的計劃，這也是沒辦法的事，誰讓他的對手這麼強大呢？

喔，這樣說不是在誇讚自己，他是在誇蘇唯。

想到這裡，沈玉書追上蘇唯，低聲道：「我決定了，這輩子都跟你搭檔。」

蘇唯跑回剛才的雅間，徐廣源跟馬澤貴等人都不見了，裡面只留下因為打鬥而歪倒的桌椅，聽了沈玉書的話，他白了沈玉書一眼，回覆了三個字：「哥、屋、恩。」

「你直接說滾不就好了？」

「真是的，文明人怎麼能說髒話呢。」

——文明人還不打人呢，可是我現在大腿、後背還有腰都痛得厲害。

沈玉書在心裡想，回頭得跟姨丈要點跌打酒用才行啊。

蘇唯問：「你說徐廣源他們是不是都逃跑了？」

沈玉書道：「跑得了和尚跑不了廟，再說大世界裡都是逍遙跟他的夥計，要逃大概也沒那麼容易。」

「下去看看。」

兩人跑到一樓，金狼可能把他們的話聽進去了，沒有跟上來，周圍客人很多，蘇唯探頭向後看，沒找到金狼，問：「你說他會不會就此收手？」

「我不是他，不知道，不過看他的品性不是完全的惡人，希望他回頭是岸，改惡從善吧。」

「比起這個，我想知道這裡出了什麼事？」

一樓許多地方都站滿了人，比他們來的時候更擁擠了，大家圍在一起吵嚷個不停，看上去像是出了什麼事。

擔心是徐廣源的手下傷了人，沈玉書撥開圍觀的人群跑進去，很快就看到麥蘭巡捕房的幾名巡捕，洛逍遙也在，正扠著腰在跟夥計們交代事情。

沈玉書沒打擾他，等巡捕走開，他才過去，問：「出了什麼事？」

洛逍遙沒有馬上回答他，而是盯著蘇唯看，最後揉揉眼睛，問：「我沒看錯吧？」

「沒，在下行不改名坐不改姓，蘇唯是也。」

沈玉書瞥了他一眼。

「你可以正常說話嗎？」

「咳咳，我是蘇唯沒錯，雖然端木幫助我去廣州，可我不想背著個殺人的罪名離開，所以半路又回來了。」

「從廣州泅水回來的？」

這次換蘇唯瞥沈玉書，心想在刷智商下限這方面，你們表兄弟還挺像的嘛。

「這些事回頭再說，這裡到底出了什麼事？」

「別提了，剛才表演大廳裡一幫貴婦少奶奶在不斷叫救命，我們還以為出了人命案，結果跑過去一看，卻是馬戲團的猴子驚了，表演的時候跳到觀眾席上亂跑，把茶水瓜子都打翻了，為了捉那幾隻猴子，兄弟們就差用上吃奶的勁兒了。」

「那馬澤貴跟徐廣源他們呢？」

被蘇唯問道，洛逍遙露出心虛的表情，摸摸腦袋，小聲說：「等我發現不對頭轉回去，他們已經不見了，欸哥，你說奇不奇怪？我們明明都守住了前後門，但就是沒看到他們出去啊。」

「雅間裡還有窗戶，而且我們會喬裝打扮，他們也會，你們都忙著對付猴子了，他們趁亂離開是輕而易舉的事。」

「所以猴子受驚發狂是他們搞的鬼？」

「只有這個解釋了。」

「那怎麼辦啊，這個計劃我們本來都設計得天衣無縫的。」

計劃雖然完美，但架不住他們的敵人也是一群老狐狸，所以對於這個失敗，沈玉書並不太意外，環視四周，問：「阿衡呢？」

「他正帶著手下搜查徐廣源他們的下落，剛才還看到他呢，可能去樓上了吧。」

「長生沒事？」

「沒事，剛才出亂子後，大尾巴狼就讓手下特別保護他，還有雲飛揚……」

說曹操曹操就到，雲飛揚抱著他的照相機，從人群中擠進來。

他一臉驚慌，正要報告情況，先看到了蘇唯，立刻張大嘴巴，差點叫出聲來。

沈玉書做了個噓的手勢，雖然殺害陳楓的凶手不是蘇唯，但畢竟還沒翻案，為了避免不必要的麻煩，他直接道：「蘇唯的事過後再聊，你先說你的發現。」

「喔喔喔好！」

雲飛揚用力點頭，想到剛才遇到的事情，急忙指著對面，對三人道：「那邊出事了，你們快跟我來。」

他說完轉身就跑，三人跟著他，一路跑到藍月亮舞廳。

舞廳裡也是一片混亂的狀態，歌女跟鋼琴家站在角落裡不知所措，舞曲也停了下來，舞客們三三兩兩地站在舞池當中，有幾名客人想離開，被巡捕攔住不放，雙方爭執不休，誰也不肯讓步。

洛逍遙感到了頭痛，拍著額頭呻吟。

「今天到底是什麼日子？怎麼去哪裡都是一團亂。」

「你們進來就知道是怎麼回事了。」

雲飛揚帶著他們跑到舞廳後臺，後臺是休息室跟老闆專用房間，一名巡捕站在房間門前，看到洛逍遙，招手讓他們進去。

為了不引人注目，蘇唯跟著沈玉書進去的時候，順手牽羊將他口袋裡的墨鏡跟口罩掏出來戴上。

等看到他變裝，沈玉書才覺察到自己的東西被偷了，他張嘴想指責，蘇唯早有先見之明，將手指比在唇上，做出噓的動作。

還好巡捕只顧著跟洛逍遙說話，沒注意到蘇唯，帶他們進去，道：「洛頭，你趕緊幫忙解決啊，小的真是不知道該怎麼辦了。」

洛逍遙很想責備他身為巡捕，怎麼這麼膽小怕事，但是在看到房間裡的狀況後，他打住了。

不能怪夥計這種反應，任誰看到前不久還活蹦亂跳的人現在成了一具屍體，並且這個人還是軍閥身分的話，都不想被牽扯進去的。

沈玉書倒是很平靜，觀察死者的死狀跟死因，說：「這好像是馬澤貴。」

「如果我們的記憶沒出錯的話，他的確是馬澤貴。」

至少在半個小時前馬澤貴還在他們面前耀武揚威，誰也沒想到才這麼一會兒工夫，他就被殺了。

馬澤貴仰身靠在沙發上，表情很平靜，眼睛微睜，胸前放了一個抱枕，抱枕當中破開了洞，露出的鵝毛上沾了血跡，沙發一角落了一枝勃朗寧，是很多軍官都喜歡用的槍枝之一。

沈玉書掏出手絹，隔著手絹將抱枕移開，就見馬澤貴胸前有兩處槍眼，一發射在心臟部位，一發射在肺葉稍微靠上的地方，兩發都是致命傷。

雲飛揚說：「我剛才在外面忙著拍照，聽到這裡有叫喊聲，就跑進來看，原來是一名女服務生發現有人被殺，我讓她去叫巡捕過來幫忙，還順便拍了照片，等巡捕來看守住現場後，我才跑去叫你們的，神探，我的處理方式還算妥當吧？」

「做得很好，那名服務生有沒有看到凶手？」

「我問了，她說沒看到。」

雲飛揚說完又去看那名巡捕，巡捕連連搖頭。

「我也問過了，大家都說沒留意誰進來，這裡燈光本來就暗，客人們進進出出的，誰也不會在意，也沒人聽到槍聲。」

那是肯定的，因為凶手特意在開槍時用了抱枕，除了不讓血點濺到身上外，還能壓低槍聲，再加上外面的音樂聲嘈雜，輕易就掩飾了槍聲。

「凶手是個冷靜狡猾的傢伙，並且跟馬澤貴是認識的。」

「神探，為什麼這麼說？」

「馬澤貴戎馬出身，警戒心很高，假如那個人是對手的話，他不會連基本的反抗都沒有，而且其他人都逃掉了，為什麼他沒逃，反而來這裡？」

「因為有人跟他約好了，」蘇唯打了個響指，「看得出他是信任那個人的，深信自己留下來也不會有事，卻沒想到對方卻殺了他。」

洛逍遙立刻問：「會不會是徐廣源做的？他們窩裡鬥狗咬狗？」

「徐廣源的話，不需要特意約他來這裡，也可能是青花……」

但似乎又不像，青花沒有一定要在這裡殺掉馬澤貴的動機。

沈玉書皺眉思索，又問：「聯絡方探長了嗎？」

「聯絡了，出了這麼大的事，怎麼敢耽擱啊。」

像是配合巡捕的話，外面傳來腳步聲，方醒笙帶著支援的人馬衝了進來，連聲叫道：「不許動！不許動！大家都不許動！」

沈玉書看到手槍旁邊還滾落了一個東西，他彎腰正要去撿，方醒笙衝到他面前，叫道：「你也不許動！」

聲音太響亮，沈玉書呈彎腰的姿勢定在了那裡，一名男服務生跟在方醒笙身旁，看到沈玉書，立刻指著他大叫：「凶手就是他！」

聽到這話，房間裡的其他人也一起定住了，洛逍遙首先反應過來，吼道：「他是大偵探，你不要胡說！」

「我沒胡說，剛才我就是看到他從這裡出去的，他發現我注意到他，還特意壓低帽簷！」服務生信誓旦旦。

「那你肯定認錯人了。」

「不會認錯，我們好幾個人都看到了！」

「剛才不是還說沒人看到凶手嗎？」

洛逍遙轉頭看那名看守現場的巡捕，巡捕直搖頭，詫異的表情證明他也不明白這是怎麼回事。

方醒笙衝手下一揮手，喝道：「銬起來！」

洛逍遙一聽就急了，上前阻擋。

「頭兒，我哥是清白的，你不能聽信一面之詞就把他當凶手！」

「你們沒聽到人家說好幾個人都看到他出入過這裡嗎？還有這個，他一定是想趁機銷毀證據。」

方醒笙走到沙發前，用手帕墊著，彎腰撿起了剛才沈玉書注意到的東西，卻是一管黑色鋼筆，這管鋼筆洛逍遙記得，前不久沈玉書在巡捕房寫檔時還用過的，他傻眼了，看向沈玉書。

沈玉書摸摸口袋，鋼筆果然不見了，面對方醒笙的指責，他說：「是有人偷了我的東西，誣陷我的。」

「那為什麼大世界這麼多人，不誣陷張三李四，偏偏誣陷你呢？你說你沒殺人，那剛才你去哪兒了，有時間證人嗎？」

洛逍遙跟雲飛揚一齊看向蘇唯，沈玉書踏前一步，不留痕跡地擋住蘇唯——他不僅有時間證人，而且還有兩個，但兩個都是在逃犯，不能幫他說話。

「沒有。」

「那還說什麼，帶走帶走帶走。」

方醒笙讓屬下把沈玉書帶出去，洛逍遙還要上前阻攔，方醒笙道：「到底你是總探長還是我是總探長，現在有人證物證指證他，不帶他回去審問怎麼行？如果他是清白的，就該配合我們。」

「可是……」

沈玉書抬起手，制止了洛逍遙的辯解，平靜地說：「沒問題，我會配合的。」

巡捕沒有馬上把沈玉書帶去巡捕房，因為大世界裡連著出了幾起突發事件，關動物的房間還有一堆昏迷不醒的人，為了方便查案，方醒笙拜託大世界的負責人騰出一個房間，作為臨時審問室。

方醒笙讓巡捕把沈玉書帶進去，自己也跟著進去，洛逍遙想跟隨，被他一把推出去，讓他去調查其他的事情。

從被戴上手銬到被帶進審訊室，沈玉書都沒再去看蘇唯，以免他被注意到，他知道蘇唯是個聰明人，在這種情況下他明白該怎麼應對。

進了房間，巡捕將他按在椅子上，方醒笙讓巡捕出去，順手鎖了門，拿著菸斗踱回來，坐到桌子的另一邊。

兩個人四目相對，方醒笙砸吧砸吧菸斗嘴，問：「你有什麼想說的嗎？」

沈玉書很想說蘇唯常說的那句話——你有權保持沉默，但你所說的每句話都將成為呈堂證供。

這句話他也常常引用，但相同的事情發生在自己身上，說起來就不那麼輕鬆了，所以最後他說的是：「人不是我殺的。」

「我知道，如果凶手是你的話，你會做得更漂亮。」

「那你為什麼……」沈玉書晃了晃腕子上的手銬。

方醒笙沒有馬上回答，盯著沈玉書看了一會兒，突然說：「你是個好人。」

沈玉書沒聽懂，皺皺眉。

「但是在這個亂世當中，是不需要好人的，我記得有句老話說得好，木秀於林，風必摧之。」

方醒笙站起來，在桌旁踱步，說：「我在法租界幹了十幾年，什麼奇事怪事沒見過，我辦案子或許沒有你厲害，但是非黑白還是分辨得清的。」

聽著他的話，沈玉書有點明白方醒笙可以在魚龍混雜的法租界穩坐總探長的位子這麼久，不是沒道理的。

「我來時就聽說了，有人已經將這裡發生的事通知警務處那邊，裴劍鋒大概很快就會到了，哈，從馬澤貴被殺到有人報警，到公董局警務處的人被驚動，前後三十分鐘不到，我在麥蘭做探長這麼久，第一次見到這麼快的應對力。」

「我也第一次遇到，這是我的榮幸。」

「菸癮犯了，我出去一會兒，小老弟，好自為之。」

方醒笙走到沈玉書身旁，拍拍他的肩膀，順手將一柄鑰匙放在桌子一角。

沈玉書很驚訝，「方探長。」

方醒笙擺擺手，「沒菸絲了，我得到大門口那邊找去，後面人少，想找個菸絲都不容易啊！」

方醒笙出去了，沈玉書聽到他在外面大聲交代：「我馬上就回來，你們好好在這兒看著，我回來之前，誰來也不許開門。」

「是！」

腳步聲走遠了，方醒笙的暗示很明顯——關係到軍閥被殺，這個案子只怕他也罩不住，索性便賣個人情給自己。

沈玉書拿起鑰匙開了手銬，對面是窗戶，他走過去打開窗，探頭看去。

這裡是一樓，後窗連著小巷，一個人都沒有，簡直是逃跑的最佳場所，看來方醒笙一開始就打定主意要放水，才會選擇這個房間當審訊室。

沈玉書躍過窗戶，輕輕跳出去，順著小巷跑到前面的街道上，就見大世界門口站滿了巡捕，戒備森嚴。

他觀察著周圍的環境，正思忖著要如何逃跑，一輛黑色轎車駛過來，在他身邊停下，後車門打開，蘇唯探出身，做了個快上車的手勢。

沈玉書跳到車上，他剛關上門，車就重新開動起來，司機是雲飛揚，副駕駛座上還坐著長生。

還沒等他細看，頭已被蘇唯按住用力往下壓。

沈玉書的額頭撞到了靠背上，他無奈地說：「我知道你是好意，但能不能把你的好意溫柔地表現出來？」

「溫柔的話你就等著被抓吧，你知道這裡有多少巡捕嗎？」

「那你還敢正大光明地坐車？」

「因為人家對付的是你啊，又不是我這個人間蒸發的人。」

雲飛揚沒聽懂，轉頭想問，長生代為解釋說：「就是說蘇哥哥已經消失了，大家都看不到他，當然也不會抓他。」

【第七章】

分離

「你那麼想回去嗎？」

沈玉書問得很認真，被他注視著，蘇唯有些迷惘，思來想去，不由得心潮起伏，他說：「最初我非常想回去，但後來在這裡住久了，就發現這裡有這裡的好……但如果不弄清楚懷錶的祕密，我會一直都記掛著，所以定東陵我是一定要去一次的，不管那會是個怎樣的結果。」

「好，我陪你！」

「啊？」

「啊什麼，別忘了我們是搭檔。」

一陣風馳電掣後，車開到了偏僻的路上，沈玉書這才得以抬頭，他揉著痠痛的脖子，嘆道：「我這幾天可真夠倒楣的。」

「哈，真是十年河東十年河西，你誣陷我的時候，沒想到有一天會報應到自己身上吧，也讓你嘗嘗被冤枉的滋味。」

聽著蘇唯幸災樂禍的笑聲，沈玉書也笑了。

「挺好的。」

「啊？」

「這叫好兄弟要有福同享有難同當，你們來得這麼及時，是方探長透露的消息？」

「是啊，探長說你幫了他很多忙，這次算他回報你的，金狼的案子他也會申請重新調查，不過上頭會不會審理那就另當別論了。」

「不管怎樣，都要謝謝他，飛揚，下次見到他，麻煩替我轉告。」

「咦？神探你不親自跟他道謝嗎？放心吧，等案子破了就沒事了，你這麼厲害，一定可以抓到凶手的。」

聽了雲飛揚樂觀的發言，沈玉書跟蘇唯對望一眼，都知道事情沒那麼簡單。

這個案子最複雜的不是抓凶手，而是背後牽扯到的各種關係，有人要陷害沈玉書，就不會讓他有出聲的機會，甚至讓他無法再在上海待下去。

蘇唯的手指在膝蓋上輕敲著，輕聲嘆道：「如果這個時代有監視器的話，一切就都好辦了。」

「監……什麼器？」

「監視器，」長生說：「就是一種電子眼，通常設置在房間的角落裡，用來……」

說到一半，他發現自己好像說多了，急忙用力搖頭，表示自己也不知道，又裝作沒事人似的，抓住小松鼠的前腿跟牠玩。

沈玉書看了蘇唯一眼，沒有再追問，說：「我們現在去哪裡？」

「去我家，大家不用擔心，那其實是我家在另一處的公館，平時很少用到，我跟端木先生不同，一個小跑腿的，不會有人注意到我這裡，所以應該比較安全。」

正如雲飛揚所說的，他帶大家去的公館位置較偏，公館的外觀是西洋建築風格，帶了個院子，附近相鄰的房子也不多，再加上時間尚早，街道上看不到一個人。

雲飛揚把車直接開進院子裡停好，取出房門鑰匙，跳下車，跑過去開門。

已是清晨，長生撐不住睡著了，沈玉書把他抱下車，小松鼠想吵他，被蘇唯揪著尾巴拽過去，他提前準備了松子，在食物的誘惑下，松鼠沒有反抗。

大家進了公館，裡面長時間沒住人，帶著淡淡的濕氣跟霉味，雲飛揚把周圍幾扇窗戶打開，為了掩人耳目，他拉上窗簾，說：「樓上樓下都有臥室，你們隨便找喜歡的房間休息就好，我出去買點必需品，再去跟逍遙他們打聽下情況。」

「有水嗎？我想先洗個澡。」蘇唯嗅著衣服問。

折騰了一晚上，摸爬滾打都來了一遍，身上全是臭汗，這種狀況簡直比他窩在小旅館的時候更糟糕。

「有水，不過不是熱水。」

「謝天謝地，只要有水就行了。」

「那邊有電話，萬一有事，我會打電話給你們的。」

「好。」

雲飛揚走後，沈玉書在一樓轉了一圈。

一樓有三間臥室，他找了間最大的，把長生放下，對蘇唯說：「你先去洗澡，回頭換我，臥室選隔壁，以免萬一有情況，我們無法及時照應。」

蘇唯答應了，他去浴室隨便沖了一下，還好是夏季，用涼水沖沒有太糟糕。

等沈玉書也洗完了，蘇唯去了隔壁臥室休息，一夜未眠，現在總算可以躺下睡一覺，他躺到床上，三秒內就進入夢鄉。

睡得正香時，胸口感到有些重，悶悶地喘不上氣，蘇唯翻了個身，那重量又轉移到他的腰部，蘇唯睡得迷迷糊糊，隨手一撥，一個毛茸茸的東西隨著他的撥弄掉去了一邊，但很快又跳到他身上。

蘇唯終於被折騰醒了，睜開眼，抬頭看向打擾自己睡覺的某隻罪魁禍首。

「花生醬，如果你不想變成真正的花生醬，就馬上從我眼前消失。」

大概感應到了來自蘇唯身上的殺氣，小松鼠一甩尾巴，從床上跳下去，跑出房間。

但蘇唯也被牠鬧得睡不著了，打著哈欠坐起來，掏出懷錶一看，現在還不到十點。

他跳下床，看看那身髒衣服，不想穿，隨手抽過浴巾圍在腰上走出去。

隔壁臥室門開著，長生還在睡覺，小孩子累到了，睡得正香，松鼠花生在他床上蹦躂，他一點反應都沒有。

蘇唯不說話，給小松鼠做了個 Go 的手勢，小松鼠乖乖跳下床，跟隨他來到客廳。

客廳傳來早餐的香氣，沈玉書坐在餐桌前看報紙，桌上擺放著熱氣騰騰的牛奶、麵包還有烤香腸。

沈玉書換下髒衣服，穿了一身青色長衫，衣裝髮型都很整齊，看報紙的狀態還特別悠閒自得，蘇唯不由得揉揉額頭，開始懷疑昨晚他被通緝的事是不是在做夢了。

「起來了？」

看到蘇唯出來，沈玉書說。

蘇唯一邊懷疑自己是不是時空錯亂了，一邊問：「早點哪兒來的？」

「飛揚半路回來了一趟，這些都是他買來的，他還幫我們準備了換洗的衣服，不過他怕有人懷疑到自己，說等傍晚再過來，餓了吧，先吃飯。」

蘇唯摸摸肚子。

睡了一覺，是有點餓了，問題是眼下這種情況，居然有人如此享受。

「大少爺，你好像忘了自己還是通緝犯。」

「沒忘啊，不過被通緝也不能不吃飯，」沈玉書上下打量蘇唯，「至少不會比你現在的形象更糟糕了。」

蘇唯挺挺胸膛，自豪地問：「有沒有覺得我的身材很棒？」

「喔。」

「喔？你這個反應是在表示嫉妒嗎？」

「不，我只是覺得這張報紙更有趣，你來看。」

什麼報紙可以比他的吸引力更大？

好奇心被勾了起來，蘇唯走過去接過報紙，就見頭版頭條上印著大世界昨晚發生命案的加粗黑體字的標題。

再看下面的報導，內容基本跟昨晚發生的事件一樣，唯一有區別的是凶手確定是沈玉書，報導裡還寫著警方正在全力緝拿凶手，並懸賞重金，請知情者提供消息，旁邊還登著沈玉書的大頭照片。

「蘇唯你是不是覺得這張照片把我拍得很醜？」

「新聞照片都是這樣的，當初我上頭條時，拍得比這更醜，沒辦法，畢竟這個時代的修圖技術不行。」

「什麼？」

「喔，沒什麼，我的意思是昨晚發生的事，今早就上報了，證明陷害你的人是有預謀的。」

「是的，問題是陷害我的人是誰？」

沈玉書看向蘇唯，蘇唯呵呵了兩聲。

「你不會是懷疑我吧？」

「不，我只是想說——你不該回來的，你忘了，象不可以過河，象的作用是防守，而不是進攻。」

「不，你說錯了，象最大的作用是保護自己的帥，所以必要時他不在乎過河冒險。」

「蘇唯……」

「喂，你不需要用這麼感動的眼神看著我，我這樣做只是為自己，回來後隱藏身分跟蹤你也是為了我自己。」

「隱藏身分？」

「哈，你沒注意到嗎？醫院的清潔工啊，拉黃包車的啊，還有巡捕房端茶的啊，不好意思，都是區區在下扮的，所以你的一舉一動都在我的掌握之中，怎麼樣？福爾摩斯粉先生，被人跟蹤了這麼久都沒發現，你是不是有一點點的挫敗感？」

回想這幾天的經歷，沈玉書啞然失笑。

「你還真會偽裝啊。」

「也不看看我是誰。」

「那你說的回來是為了自己是指……」

蘇唯正要回答，客廳門口傳來腳步聲，長生醒了，聽到這邊的說話聲，他赤腳跑了過來。

蘇唯站起來，拿起換洗的衣服，說：「我先帶長生去洗一下，這件事慢慢再說。」

「你不是想藉口拖延吧？」

「不是，我想到了現在，已經沒必要再隱瞞你了。」

他的身分、他的來歷，還有他來這之前的遭遇，都到了告知對方的時候了，至於沈玉書會不會選擇相信，他卻不知道。

自從跟著沈玉書和蘇唯開始混以後，雲飛揚做事細心多了，他幫長生準備了衣服跟洗漱用品，長生洗完澡，蘇唯帶他回到客廳。

沈玉書已經吃完飯，還在翻報紙，蘇唯拿起一個麵包塞進嘴裡，說：「你先說你的，我的部分等吃完飯再聊。」

沈玉書看看長生，蘇唯說：「沒事，這孩子智商刷上限的，他聽得懂我們說什麼，而且他十有八九跟我是老鄉，要走我得帶著他一起走，所以讓他提前知道也好。」

「好吧。」沈玉書在他們對面坐下，從口袋裡掏出一塊絹帕，他把絹帕打開，露出裡面的物品。

小松鼠原本在餐桌一角啃榛果，看到有趣的東西，牠竄過來用爪子撥拉，沈玉書推了牠半天都沒推開。

看著眼前的鬧劇，蘇唯表情平靜地拿起一顆榛果丟去牆角，小松鼠立刻放棄眼前的東西，追著榛果跑走了。

「還是你有辦法，你不知道，自從你走後，花生醬動不動就來騷擾我，牠太吵了。」

「跟牠相比，你就知道我有多溫柔了。」

「為什麼你要跟一隻松鼠比較？」

「你這樣說有歧視動物之嫌。」

蘇唯邊說著，邊將絹帕裡的物品拿起來看，很快，他散漫的表情消失了，皺眉看向沈玉書。

「這好像是虎符令的其中一半？」

「是的，這是我在父親的棋盤裡發現的，為了不被有心人盜走，我把它藏在你幫我設計的特殊鞋跟裡。」

「我X，這個掌控天下兵權的東西，你竟然把它踩在腳下！」

「這也是沒辦法的事，除了隨身攜帶外，任何地方都是不安全的。」

沈玉書將自己發現虎符令的經過說了一遍，蘇唯越聽越驚訝，修長的眉頭挑起，長生也好奇地湊過來看，問：「這就是傳說中的兵符嗎？」

「我猜是的，可是我不知道為什麼我父親會有它？」

「所以你才會去調查徐廣源等人，想知道這個祕密？」

「是的，但很可惜，我什麼都沒查到。」

「很正常，因為你沒有搭檔嘛，當初要不是你把我逼走，讓我來查的話，說不定早就查出個水落石出了。」

——怎麼說來說去，話題又轉回來了？

沈玉書說：「我當初也是發現偵探社房子裡的祕密太多，才不想讓你牽扯進去，因為不管是地宮圖也好，虎符令也好，都跟你毫無關係。」

「那也未必。」

蘇唯吃完了飯，把盤子推開，正色說：「或許徐廣源真正想要的並非地圖或兵符，而是這個。」

他取下頸上的懷錶，放到桌上，推給沈玉書。

沈玉書拿起來打開看了一下，又看向蘇唯。

「這只懷錶我記得，我們剛認識的時候你就戴在身上。」

「是的，當時你還說看著這懷錶眼熟，我猜你幼年的時候很可能見過它，因為它原本就是從宮裡傳出來的。」

「這種懷錶宮裡沒有一千也有八百，有什麼特殊意義嗎？」

「有，也許用對了，它的價值可能比兵符更大。」

沈玉書沒聽懂，眉頭微微皺起。

「兵符的確可以調動千軍萬馬，所以徐廣源跟青花等人對它汲汲於求，但是清朝已經滅亡了，現在進入民國，各地軍閥割據，為了金錢跟權力爭戰不休，所以能調動軍隊的不是兵符，是大筆的金錢，也就是地宮裡的陪葬品，兵符只是他們進入定東陵的藉口，充其量不過是把鑰匙，青花的目的我不瞭解，但至少徐廣源想要的是這塊懷錶。」

因為徐廣源也擁有著相同的懷錶，蘇唯想那隻老狐狸機關算盡，卻沒想到在利用陳楓將他弄暈的時候，懷錶就在他身上。

徐廣源沒有想到這個可能性，事後自然也不會去詢問，所以懷錶在蘇唯被關押後作為證物扣留下來了，後來端木衡救他出來，便將懷錶跟其他私人物品都還給了他。

由此可見，端木衡也不知道懷錶的祕密。

蘇唯說完，嘆道：「還好大家都不知道，否則我就麻煩了。」

「等等，你怎麼知道定東陵的祕密的？是不是偷聽了我們的對話？」

「當然不是，其實有關定東陵的祕密，早在勾魂玉那個案子的時候我就知道了，我知道今年夏天在河北馬蘭峪會發生什麼事情；是誰率兵闖入慈禧地宮席捲裡面的陪葬品；甚至知道這些人之後的下場，我不知道的只有徐廣源跟青花等人的命運，因為歷史上沒有記載。」

「歷史沒有記載？」沈玉書的眉頭皺得更緊了，問：「你可以說得再簡單一點嗎？」

「簡單來說，我不是這個時代的人，還有長生，他應該也不是。」

蘇唯拍拍長生的頭，長生的臉上露出疑惑，歪歪頭表示不解。

蘇唯說：「你一直問我的家鄉在哪裡？我是從哪裡來的？我一直沒有說，並不是我想對你有所隱瞞，而是說了你也不會信，說不定還會把我關去精神病院，不過事到如今，也不得不說了，我是從二〇一六年穿越過來的……穿越的意思就是穿過時間跟空間的蟲洞，以一種奇特的方式一下子跳過來的……這樣說你能理解嗎？」

沈玉書點點頭。

「就像廣州到上海，如果坐船會花很久的時間，但如果是飛機的話，就會很快。」

「嗯……這個比喻稍微有點不同，不過大致是這個意思，只是我既不是乘船也不是乘飛機，而是利用這塊懷錶。我也不知道這塊懷錶有什麼神奇的力量，但我敢肯定我會來到這裡，一定是因為它的緣故。」

蘇唯開始講述自己的經歷，包括他在現代社會的身分跟職業，來到這裡之前的遭遇，以及他落到客輪上的原因，都一五一十地講了一遍。

沈玉書認真地聽著，偶爾稍微蹙眉，卻沒有打岔，一直聽蘇唯講完，他才點點頭，道：「難怪最初跟你認識時，總感覺你這個人很特立獨行，現在回想起來，原來如此。」

「咦，你不會覺得我說的事很奇怪嗎？」

「沒有啊，我沒發現有邏輯問題。」

「不是邏輯問題，是——你不懷疑我的大腦有問題？才會說出這種天方夜譚的話？」

「不，恰恰相反，我覺得只有這樣才能解釋為什麼你隨身帶了那麼多稀奇古怪的東西，還有你奇怪的髮色，還有這個……」

沈玉書取出一個東西放到他們面前，蘇唯跟長生同時叫出來。

「手機！」

「原來這個東西叫手機啊，挺有趣的，可以玩一些鍛煉手指的運動。」

那不叫鍛煉手指的運動，那叫電動遊戲……呃不，這不是重點，重點是手機的主要功能不是打遊戲，是打電話！

蘇唯忍住了吐槽的衝動，問：「它怎麼在你手裡？」

「長生睡覺翻身時，它從口袋裡滑出來的，我看長生平時一直玩它，有點好奇，就試著用了用。」

蘇唯看向長生，長生有點心虛，吐吐舌頭縮去了一邊。

「我想起之前你讓我幫忙做的那個把交流電變直流電的東西，應該是為了用在這個……手機上，它是叫手機對吧？這麼先進的東西在這個時代是不會有的，所以這就是最好的物證。」

沉默幾秒鐘後，蘇唯問：「所以你就根據這些物證，毫不懷疑地選擇全部相信？即使我說的話那麼的匪夷所思？」

「不行嗎？福爾摩斯說過，當你排除了所有的不可能，剩下的即使再不可能，那就是真相，也就是我們現在這種情況，所以我選擇相信。」

「oh My God！」

聽了沈玉書的發言，蘇唯手撫額頭，趴到了桌上。

要是知道沈玉書會是這樣的反應，他早就把真相說出來了，何苦拖這麼久？假如沈玉書瞭解他的來歷跟身分的話，說不定就不會利用冤獄逼他走了。

也就是說，他的牢獄之災根本就是他自找的！

「讓我死吧。」蘇唯自暴自棄地說。

長生聽不懂，小聲問沈玉書：「蘇醬這是怎麼了？」

「間歇性發瘋而已，很快就會好的，別擔心。」

「喔……」小孩子停了停，又盯著那塊懷錶看，問：「那是不是我也是幾十年後的人啊？」

「這個我不敢肯定，但是蘇唯的話只有你能聽懂，而且你們都會一些奇怪的用語，所以你們是同鄉的可能性很大。」

「很大，非常大。」

蘇唯的自我修復功能啟動，他恢復了正常狀態，抬起頭，對長生說：「所以我們要想辦法回去，長生你也想回去對吧？」

「嗯……我不知道。」

長生看看沈玉書，眼神裡流露出恐慌。

這是正常的，對一個失去記憶的孩子來說，這裡就是他的家，沈玉書、洛正夫婦、洛逍遙就是他的親人，現在讓他離開，回到原有的時空裡，他無法像蘇唯那麼開心。

沈玉書安慰道：「別害怕，我猜你會失憶，很大的可能是在時空轉換時腦部受到撞擊導致的，那個時代裡有你的親人，你回去的話，說不定就可以想起以前的事了。」

長生問道：「那回去後還能再回來嗎？我不想離開小姨跟洛叔，不想以後都見不到逍遙他們了。」

長生著了急，說到最後變成哭聲，小松鼠聽到了，立刻跑回來，跳到桌上衝沈玉書呲牙，顯然是認為沈玉書在欺負牠的小主人。

沈玉書不說話了，他承認在應付孩子跟動物方面，他遠不如解剖屍體那麼得心應手。

蘇唯給沈玉書使了個眼色，把手機拿過來，塞給長生，拍拍他的肩膀，「別急，咱們現在只是在隨便聊，到底能不能回去還是個未知數呢，再說了，如果真回去，我肯定在你身邊啊，放心吧，不會丟下你不管的。」

「真的嗎？」

「當然是真的，好了，去玩遊戲吧，我跟沈哥哥還有事要說。」

聽了蘇唯的話，長生總算放下了心，伸手把眼淚抹掉，拿著手機跑去對面的沙發上開始玩，小松鼠抓了桌上幾顆榛果，也跟著跑掉了。

蘇唯對沈玉書說：「所以現在就是這種情況了，我見過徐廣源拿著相同的懷錶，為了回到現代社會，我一定要去追蹤他們。」

「你確定這塊懷錶有扭轉乾坤的能力？」

「我不敢百分之百地肯定，但除此之外，我找不到其他的可能性，所以只能賭一把，我知道徐廣源會去哪裡，時間緊迫，我要儘快去找他們，免得到時候地宮塌陷，懷錶也失蹤了，那我可能永遠都回不去了。」

「你那麼想回去嗎？」

沈玉書問得很認真，被他注視著，蘇唯有些迷惘，回想自己來到上海後的種種遭遇，他跟沈玉書從不打不相識到後來的聯手合作，其中有危險也有樂趣，但更多的還是這份交情。

思來想去，不由得心潮起伏，他說：「最初我非常想回去，但後來在這裡住久了，就發現這裡有這裡的好，想回去的心思也就慢慢淡了，我不是一定要回去，但如果不弄清楚懷錶的祕密，我會一直都記掛著，所以定東陵我是一定要去一次的，不管那會是個怎樣的結果。」

「好，我陪你！」

「啊？」

「啊什麼，別忘了我們是搭檔。」

「可是太危險了。」

「不，這樣做不單純是為了你，我也有想解開的祕密，徐廣源認識我父親，我想知道當年究竟發生了什麼事？再說現在這種情況，我在上海也待不下去了，跟你一起的話，萬一徐廣源玩花樣，我們也應付得來。」

蘇唯一手支下巴，一隻手在桌上彈鋼琴，覺得沈玉書說得不無道理。

見他不說話，沈玉書又道：「對了，我還有個疑問一直想問你。」

「什麼？」

「沈傲是誰？」

「咳……」

蘇唯手一滑，身體差點撲到桌上，他咳嗽著看沈玉書。

沈傲這個名字他只在最初跟沈玉書相遇時提到過，他沒想到過了這麼久，沈玉書居然還記得。

此刻被提到，蘇唯發現他竟然不是很記得沈傲的樣子了，原來人的記憶跟習慣一樣，是那麼容易隨波逐流的一件事。

「這個……好像不是很重要……」

「不，對我來說，這很重要，既然我們決定了同生共死，那就不該相互有隱瞞。」

沈玉書注視著蘇唯，眼神無比地鄭重，眼瞳深處寫滿了迫切想知道的色彩。

這讓蘇唯突然想起一句名言——人的眼睛和舌頭所說的話一樣多，不需要字典，卻能從眼睛的語言中瞭解整個世界。

他理解沈玉書的心情，想到接下來要隻身探皇陵，吉凶難卜，那句同生共死說得倒也恰當，但這件事他很難跟沈玉書解釋，難道說他是被沈玉書的曾孫一路追趕，才會掉到這裡來的嗎？

比起這個，他更想知道的是，沈玉書將來到底是跟誰結婚？假如他真的順利回到現代，那這個祕密大概他永遠都沒機會知道了。

想到這裡，蘇唯覺得有點遺憾，他抬起眼簾看向沈玉書。

沈玉書還目不轉睛地注視著他，這讓蘇唯壞心突起，站起來，微笑道：「這個……

將來有機會，我再告訴你。」

「蘇唯！」

「放心，假如我會走，那在我走之前，我一定會告訴你，到時你記得把這件事寫到書信裡，讓你的後人留給我，我想知道將來跟你共結連理的是誰。」

蘇唯說完，反背雙手悠悠然地走出客廳，沈玉書被他說得莫名其妙，一個人坐在椅子上，想了半天，還是不解其惑。

「共結連理？成親？他為什麼想知道這種事？」

雲飛揚的保密工作做得很好，三個人在公館裡平靜地度過一天，快到傍晚了，雲飛揚才回來，手裡拎著大包小包，裡面放的都是吃的。

看著他把餐點一樣樣地拿出來，蘇唯嘟囔道：「我有了種跟花生醬是同類的錯覺。」

「這都是儲備糧，以防我被絆住來不了，你們也不至於餓肚子，你們不知道，全城戒嚴了，車站、碼頭還有一些要道都是警務處巡捕房的人，就是防著你們逃跑，所以你們有什麼需要的，都跟我說，千萬不要出去。」

聽了這話，蘇唯跟沈玉書對望一眼，蘇唯問：「這麼說想坐車、乘船都不可能了？」

雲飛揚點點頭，「是啊，都在抽檢，說起來金狼挺幸運的，出了昨晚的事，現在根本沒有人去管他了，啊……」

說到這裡，雲飛揚總算反應了過來，眼神在他們兩人之間打轉。

「你們什麼意思？難道還真想逃跑？」

「不是逃跑，是徐廣源跟青花他們很可能去了定東陵，所以我們也要去……阻止他們盜墓。」

蘇唯臨時隱藏了他跟沈玉書追蹤徐廣源的真正目的，因為穿越時空這個原因太超脫現實，要解釋又要花很多時間，假如他說了半天對方還不信的話，那就太悲劇了。

雲飛揚沒懷疑蘇唯的理由，撓撓頭，說：「要走大概不那麼容易，但有端木先生在，他一定有辦法的。」

「說到那塊木頭，今天一天都沒見到他，他去哪兒了？」

「他還在公董局打聽情況，大家都知道他跟神探是竹馬，他也不敢馬上過來，今晚應該會來，到時再聽聽他的想法。」

端木衡跟洛逍遙是半夜才來的，兩人一前一後相差了不到幾分鐘。

長生已經睡著了，三個大人坐在一盞小檯燈前，看報紙的看報紙，寫文章的寫文章，蘇唯還把兩張桌子拉近，躺在當中懸空練功。

他第一個聽到聲音，從桌子上跳下，就見洛逍遙氣沖沖地走進來，沒多一會兒，端木衡慢悠悠地跟在後面進了客廳。

雲飛揚去倒了水，分別遞給他們，問：「有什麼進展沒？」

「進展就是巡捕房上上下下沒人聽我的解釋，總探長下了死命令，限期三天破案。」說到這裡，洛逍遙看看沈玉書，忽然笑道：「哥，如果我現在捉你回去，可以拿到五千大洋的懸賞呢。」

「哇，好值錢！」蘇唯聽得直鼓掌，讚道：「比我那時值錢多了，你們都閃開，捉人這事讓我來！」

「別鬧。」

沈玉書把蘇唯拉開，看向端木衡，問：「你那邊的情況呢？」

「一樣的，玉書，看來徐廣源是鐵了心要對付你，現在所有警力都放在搜查你，連我的行動都被監視了，要不也不需要拖到現在才過來。」

「徐廣源那邊呢？」

「不清楚，我找了個藉口去徐家打探，根本沒見到人，管家說他不在，喔對了，法醫證實馬澤貴是被落在現場的那把槍所殺的，上面的指紋被抹掉了，但鋼筆上有你的指紋，所以上頭就認為你是凶手。」

蘇唯聳聳肩，「得，冤案就是這樣來的。」

「不過別擔心，我會想辦法周旋的，實在不行，還是用老辦法，送你去廣州。」

「這辦法不錯。」

「哥，你不會真要離開吧？你是神探啊，你可以自己查這個案子。」

「並不是所有疑案都可以偵破，因為案子的凶手從一開始就設定好了，我是想要離開上海，不過不是去廣州，而是河北，阿衡，你能想辦法送我們上火車嗎？」

「你們？」端木衡驚訝道。

蘇唯用大拇指指指沈玉書，又指指自己，再指指在對面沙發上睡覺的長生。

端木衡明白了過來，問：「你懷疑徐廣源他們去了定東陵，要阻止他們盜墓？」

「差不多是這樣，所謂解鈴還須繫鈴人，想要破案，就要先找到真正的凶手。」

「那我跟你們一起去。」

一聽端木衡這樣說，洛逍遙立刻舉手，「我也要去。」

「小表弟你不要胡鬧，你是巡捕，怎麼能擅離職守？」

「你還在公董局做事呢，為什麼你就可以擅離職守？」

「因為我是閒差啊，可以巧立名目。」

「那我也去！」聽了大家的對話，雲飛揚也不甘寂寞，毛遂自薦。

沈玉書制止了他。

「大家一起走太招搖，所以人越少越好，而且這一行很危險，飛揚你不會武功，你去了，我們反而要分心照顧你。」

「那為什麼長生可以去？」

「因為長生是蘇唯的老鄉，他們得一起走，逍遙你也留下，我們都走了，小姨跟姨丈怎麼辦？」

聽沈玉書提到父母，洛逍遙沒話說了，垂頭喪氣地坐到椅子上。

端木衡說：「那這件事就交給我來辦好了，不過我的行蹤也被盯上了，不方便自己操作，我找人幫忙。」

「你找的人沒問題吧？五千大洋啊，人家會不會一轉頭就把我哥賣了？」

聽了洛逍遙的擔憂，端木衡微微一笑。

「放心吧，五千而已，我想他還沒放在眼裡。」

端木衡說做就做，第二天中午就找機會來到公館，告訴沈玉書說已經訂好車票了，還是個包廂，明天一早就可以上路，他還順便把四個人路上需要的物品都置備齊了。

一聽說可以順利啟程，蘇唯很開心，跑過去跟長生對手掌，沈玉書卻反應平淡，端木衡問：「是不是我有什麼遺漏了？」

「沒有，不過阿衡，我還想請你幫個忙。」

「我們兄弟之間還需要這個請字嗎？你有話直說。」

「我想回家裡一趟，見見小姨跟姨丈。」

自從在大世界出事後，沈玉書跟蘇唯就一直躲在公館裡，所有消息他們都是從報紙上看到的，沈玉書幾次跟洛逍遙問起小姨跟姨丈，洛逍遙都安慰他說父母沒事，知道他們現在都很安全，並沒有太擔心。

但沈玉書知道兩位老人家是在意的，只是為了不給他們增添負擔，不表露出來罷了。

這次河北一行生死未卜，就算一切平安解決，他身上還背負了命案，只怕短時間內也很難再回上海，所以臨行前他想給兩位老人家請個安，讓他們可以放下心來。

聽了沈玉書的請求，端木衡沉吟不語。

長生停下跟蘇唯嘻笑，跑過來說：「我也想見小姨跟洛叔，我要跟沈哥哥一起回去，端木哥哥你幫幫忙啦！」

「洛家也被監視了，你們回去太危險，不如這樣，我想個辦法把監視的人引開，讓手下帶伯父和伯母過來，不過時間不能太久，免得被人懷疑，影響到明天的行程。」

「多謝。」

沈玉書向端木衡拱手道謝，蘇唯看看他，也急忙拱拱手，端木衡笑著按下了他們的手，道：「等我的好消息。」

有端木衡從中周旋，雲飛揚負責開車，傍晚時分謝文芳跟洛正夫婦順利來到公館。日頭已經落山了，客廳裡有些昏暗，聽到他們的腳步聲，沈玉書急忙迎上前去。

謝文芳手裡拿了個小包裹，跟洛正一起走進來，看到沈玉書，她還沒說話，眼圈先紅了。

他們這兩天沒休息好，眼神中的焦慮透露了他們的不安，沈玉書想起自父母去世後，小姨跟姨丈對自己的照顧，不由得心潮起伏，一時間竟說不出話來，撩起前襟向他們跪下，連磕三個響頭。

謝文芳嚇到了，慌忙上前拉他，叫道：「唉喲，好好的，你這是幹什麼啊，快起來！快起來！」

沈玉書沒有起來，正色道：「自從回到上海，我不僅沒幫到小姨跟姨丈的忙，還接連給你們帶來麻煩，連累你們擔驚害怕，是我不孝，這幾個頭是我該磕的。」

說完，他還要再磕頭，被洛正攔住了。

「你的事，我們都聽阿衡說了，你父親過世後，我跟你小姨就把你當親生兒子來看，莫再說這種連累不連累的話。」

「姨丈……」

「我們都知道了，你想去定東陵，想找出你父親生前的祕密，你想做什麼就去做吧，我們不攔你，我們夫妻沒見過什麼世面，也不懂宮裡那些事，但我們相信你父親的為人，也相信你的抱負，玉書，你不是池中物，不該埋沒在這裡，去闖蕩一番也好，男人便該當成就一番大事業。」

一番話堂堂正正地說下來，端木衡不由得看向洛正，頭一次，他對這個不擅言詞的男人多了一份敬重。

沈玉書聽得心頭發熱，哽咽道：「姨丈，當年我提出留洋時，你也是這樣說的，我一直想著回來後可以有一番作為，好好報答你跟小姨，卻沒想到……」

「不，我們從沒想要你的回報，你是，逍遙也是，對父母來說，只要你們小輩過得好，就什麼都值了。」

沈玉書還要再說，被洛正硬是拉了起來，拍拍他的肩膀，教訓道：「記住，男兒膝下有黃金，今後不要亂跪。」

「是。」

謝文芳在旁邊聽著他們的對話，忍不住抹淚，她將手裡的包裹塞給沈玉書，道：「這裡面是幾件衣服跟盤纏，留著路上用，還有這平安符，是我去廟裡幫你們求的，你們都戴在身上，一定會平平安安的。」

她將平安符分別給了沈玉書跟蘇唯還有端木衡，又把長生拉到懷裡，把長生的那個也給了他。

長生抽抽搭搭地哭著，說：「我不要走了，我要在家裡陪小姨跟洛叔。」

「別說傻話，我聽說了，蘇唯查到了你的身世，你跟著他，才有機會找到你的家人，你要是念著我們，等跟你的家人團聚了，再回來找我們，到時你想住多久都行。」她說完，看向蘇唯。

蘇唯心裡難過，卻努力克制住了，衝她咧嘴笑笑，問：「小姨，妳是不是沒想到我還在上海啊？」

「是沒想到，不過看到你，倒沒很驚訝，你跟玉書在一起久了，焦不離孟，沒有你，萬能偵探社都不能叫偵探社了。」

蘇唯聽了，得意地用手肘拐拐沈玉書，意思是——你看，小姨都知道我有多重要。旁邊傳來嗚嗚的哭聲，大家轉頭一看，卻是雲飛揚，他眼窩淺，反而是所有人當中哭得最厲害的一個，沈玉書原本很難過，看到他這個樣子，又不由得好笑。

蘇唯也笑了，正想開口嘲笑他幾句，忽然看到謝文芳手裡還有個平安符，他好奇地問：「小姨，這符是給誰的？」

「這……給自家人用的。」

謝文芳把平安符塞進了口袋，又幫長生抹掉眼淚，她很疼愛這個孩子，想到分離在即，不由得又紅了眼圈，掏出手帕擦淚。

眼看著氣氛低沉，端木衡適時地道：「伯父、伯母，我們只是出門辦事，很快就會回來的，你們不用這麼擔心。」

蘇唯也配合著道：「是啊是啊，小姨，妳不要再哭了，把眼睛哭腫了，就不漂亮了，來來來，吃飯吃飯，我做了幾道小姨跟洛叔喜歡的菜，你們來嘗嘗。」

晚飯早已置辦好了，食材是雲飛揚負責買的，由蘇唯親自掌勺烹調，時間倉促，他只做了幾道簡單的菜餚，請洛正夫婦坐到上座，其他人依次坐下開飯。

為了不引起懷疑，洛正夫婦不敢在公館久留，匆匆吃了晚飯，便要離開，雲飛揚突然說：「今晚難得大家都聚在一起，拍張照吧。」

這是個好提議，客廳剛好有個長沙發，蘇唯讓洛正夫婦坐到沙發上，長生帶著小松鼠坐在兩人的中間，他們幾個小輩分別站在沙發後，雲飛揚把照相機在對面架好，對好時間，匆匆跑回他們當中。

很快的，前方傳來快門按動的聲音，雲飛揚得意地說：「搞定了，這是我父親請朋友從外面帶回來的洋貨，比我以前用的那個厲害多了。」

「等等，再來一張。」

在大家準備散開之前，蘇唯拿出他的蘋果手機跑到對面，把手機放在照相機的前方，定好時間，也學著雲飛揚的樣子跑回來，叫道：「大家不要動，看前方，說茄子。」

斷斷續續的「茄子」聲音響起，手機拍下了這一瞬間，蘇唯又迅速跑過去，在大家還沒看清楚之前，將手機塞進了口袋裡。

雲飛揚疑惑地看他。

「蘇唯，你拿的那是什麼？」

「也是洋玩意兒了，呵呵。」

「到底是什麼？給我看看。」

「啊時間不早了，飛揚，你快點送小姨跟洛叔回去，早去早回，我們還等著你接送呢。」蘇唯幾句話就把雲飛揚打發走了。

倒是端木衡盯著蘇唯的口袋看個不停，他不知道蘇唯拿的是什麼，但知道蘇唯身上有許多他沒見過的東西，那些東西很有用並且很有趣。

不過比起東西，他更對蘇唯這個人感興趣。

也許有他相隨，接下來這一路才會不虛此行。

【第八章】

定東陵的祕密

洞口下方是一段陡梯，僅容一人經過，眾人依次進入，沈玉書走在最後，進去後，他還在考慮要不要將洞口關閉，就聽一陣生澀的響聲傳來，頭頂上方的石板自動移回原處。

沈玉書試著用手推推，石板紋絲不動，蘇唯看到了，咋舌道：「這是在告訴我們必須背水一戰嗎？」

「那就戰唄，以我們的智商，不怕有敵人，就怕敵人少了太寂寞。」

雲飛揚將洛正夫婦送回家後，又找機會把車開回公館。第二天清晨，大家做了簡單的喬裝，坐上雲飛揚的車，直奔車站。

時間尚早，車站裡外卻人潮擁擠，周圍還有不少巡捕在把守，檢查進出的行人，有些甚至還翻查行李。

雲飛揚把車停在附近，看到這一幕，他咋舌道：「都過了好幾天了，怎麼還這麼嚴？」

「是上頭有人在施加壓力，他們想要的不是玉書，而是他拿的東西。」

「還好我們早有防備，跟大神探玩智商，他們還差得遠了。」

雲飛揚拿起禮帽戴上，他今天穿的衣服跟沈玉書的一模一樣，再戴上禮帽，除了身高有點差距外，幾乎可以以假亂真了。

雲飛揚跳下車，洛逍遙也要跟著下車，沈玉書叫住他，將錄音筆跟雲飛揚那晚抓拍的照片交給他。

錄音筆的功能太神奇，在這個時代裡，大概就算上了法庭，也未必有人會相信這是物證，所以沈玉書曾一度猶豫要不要交出去，但是在最後一刻，他決定還是交給洛逍遙。

「這是那天在大世界蘇唯錄下的對話，還有照片，這些東西也許不能定徐廣源的罪，但至少是證據，你轉給方探長，需不需要用上，由他自己來判斷。」

洛逍遙一愣，張張嘴想說什麼，但最後還是忍住了，接過錄音筆跟照片，放進口袋裡。

雲飛揚往前走了兩步，又轉回來，目光在沈玉書跟蘇唯的身上轉了轉，眼圈紅了，如果不是周圍人太多，他大概又要大哭起來。

相處了這麼久，現在突然要分開，蘇唯也有些傷感。

做為國際神偷，蘇唯以前獨來獨往慣了，來到上海後，他才開始跟大家一起搭檔做事，平時不覺得，現在真要分離時，忽然覺得那些相處的小日常每一件都難得的珍貴。

他下了車，拍拍雲飛揚的肩膀，故作輕鬆地說：「別這樣，俗話說，千里搭帳篷，沒有不散的席，況且說不定我們很快就能再見了呢，記得這段時間好好寫你的稿子，別忘了我們都是你最忠實的讀者。」

「我會記得的，你們也要小心啊。」

雲飛揚忍住了眼淚，說完，給洛逍遙擺擺頭，兩人一前一後走進車站。

等他們走出一段距離後，其他四人才開始往前走，快到關卡時，洛逍遙突然指著雲飛揚，大叫：「那個是逃犯，快抓住他！」

聽到他的叫聲，雲飛揚用手按住帽簷，轉身就跑，洛逍遙在後面緊追，又叫道：「上頭懸賞五千大洋抓他呢，兄弟們，快來幫忙啊！」

一聽是懸賞重金的通緝犯，那些巡捕們也不顧得搜查了，一個個都跟著洛逍遙跑去抓人，生怕賞錢被別人搶了去。

站口沒有巡捕把守，四人加緊腳步匆匆進了車站，拿著端木衡事先準備好的車票通過檢票口，一路暢通無阻地來到月臺上。

列車已經停在站上，列車員站在車門旁，例行公事地檢查每一個上車的人，端木衡給沈玉書使了個眼色，端木衡負責打頭陣，主動將車票亮給列車員。

列車員沒細看，擺了下手就讓他過了，接著是蘇唯，輪到沈玉書時，他攔住打量。沈玉書穿著洗得發白的長衫，頭上包著頭巾，下巴跟唇上還貼了鬍子，他背著長生，偷偷捏了長生的腿一下，長生大聲咳嗽起來，還喘個不停，一副肺癆的樣子。

列車員立刻捂著口鼻退開，嫌棄似地向他們揮手，沈玉書趁機上了車，跟在端木衡身後一路來到車尾的包廂。

大家都進去後，端木衡把門關上，向長生豎起大拇指，誇讚他裝得像。

長生紅了臉，玩著小松鼠的尾巴，說：「都是沈哥哥的劇本寫得好。」

「總算是有驚無險，希望飛揚跟逍遙他們沒事。」

「放心吧，我在車站附近安排了手下接應，不會有事的。」

列車即將啟程，四個人都鬆了口氣，蘇唯把偽裝的小鬍子撕下來，又掏出手絹，準備擦去臉上的灰漬，就在這時，走廊上傳來說話聲，卻是列車員在挨個搜查車廂，說是為了保護旅客的安全。

才剛剛緩和下來的氣氛馬上又緊張起來，蘇唯迅速將小鬍子貼回臉上，嘟囔道：「什麼保護安全，根本就是想藉著緝拿逃犯進行訛詐。」

「如果真是訛詐還好，就怕……」

端木衡摸摸腰間，這次出行大家都帶了傢伙，他在暗示先禮後兵，但這是下下策，真要在車上動了手，不僅沒辦法順利乘車離開，還會打草驚蛇。

蘇唯看看錶，不由得發急，還有二十分鐘才開車，這麼長的時間，足夠列車員把車廂都搜個遍了。

沈玉書給他們做了個稍安勿躁的手勢，繼續側耳傾聽，就聽腳步聲跟說話聲越來越近，很快就要搜到他們這裡。

大家都屏住了呼吸，連小松鼠都感覺到氣氛的緊張，難得地縮在長生的口袋裡，跟他們一樣，保持一動不動的狀態。

腳步聲終於走到他們的包廂門前，門把手被按住，就在這時，走廊上有人跑過來叫住列車員，說這間包廂不用查，沒多久又有人走過來，先前那人向他連聲道歉後，帶著列車員離開了。

門把手再次被按住了，應該是後面來的那個人，大家猜不到會是誰，都目不轉睛地看著門口。

包廂的門被推開，一個身材高大的洋人站在他們面前。

一瞬間，沈玉書明白了列車員態度如此恭敬的原因。

「雅克！」蘇唯叫出了聲。

眼前這位洋人不是別人，正是虎符令事件中的受害者雅克，他是法國貴族，曾在客輪上跟蘇唯跟沈玉書有過過節，但後來陰差陽錯，反而成了朋友。

雅克生性風流，各種風流韻事層出不窮，這半年多來，蘇唯沒再跟他見過面，但有關他的花邊新聞聽得不算少，沒想到會在這裡跟他再見。

「你好像發福了。」打量著雅克，蘇唯驚訝地說。

要不是跟他們有交往的洋人不多，這乍然看去，蘇唯還真沒自信能認出他來。半年不見，雅克胖了一圈，再加上蓄著小鬍子，更有中年發福的感覺，還好他長得算不錯，彌補了肥胖的遺憾。

雅克很誇張地聳聳肩。

「沒辦法，誰讓這裡的飯菜如此美味呢，回國後，我會想念這裡的，當然，也會想念你們。」

想到雅克或許在吃一隻烤鴨或臭豆腐時聯想到他們，蘇唯有點接受不能。

沈玉書看向端木衡，端木衡平靜的反應讓他明白了一切，微笑說：「原來他就是你說的可以幫忙的人。」

「是的，我相信雅克的為人，他還是很講義氣的，而且他平時跟我們沒有來往，他包包廂也不會引人注意，不過我沒想到他會親自來送行。」

「因為我也要走了，難得來上海後認識你們，所以來跟你們打個招呼。」

「去哪裡？」

「回法國，家母來了數封電報催我回去，我想偶爾也該盡盡孝道，所以送走你們後，我也要離開上海了。」

「這麼快？」

「是啊，當今局勢動盪，還是早做打算比較好，不過上海是個好地方，在這裡住了這麼久，認識了很多人，也經歷了很多事，現在要走了，倒有些捨不得。」

想到來到上海後的種種遭遇，雅克不無感慨地說：「用你們的話來說，我們也算是不打不相識了。」

蘇唯笑道：「那就也祝你一路順風，將來有緣再見了。」

「大概我們要說後會無期，所以就各自珍重吧。」

在上海住了這麼久，雅克的漢語說得越來越好了，跟他們道了別，離開時又轉回頭，提醒道：「我叔叔並沒有回國，我聽到消息，他好像跟徐廣源那夥人混在一起，應該也去了河北，你們要小心。」

「謝謝。」

雅克離開沒多久，車外傳來列車即將出發的廣播，而後汽笛響起，列車開始緩緩前行，大家相視一笑，一直懸著的心終於放下了。

車速越來越快，蘇唯放鬆地坐下來，拿出兩顆榛果逗弄小松鼠，笑道：「總算是有驚無險啊。」

沈玉書正要回應，外面突然傳來急匆匆的腳步聲，接著包廂的門咣噹一聲被推開，洛逍遙氣喘吁吁地衝了進來。

「還好趕得及，你們不知道那幫夥計多難纏，我好不容易才脫身，水，有水嗎？渴死了！」

在四個人驚訝地注視下，洛逍遙走到桌前，拿起水壺就要喝，被端木衡按住，喝問：「你怎麼在車上？」

「我買票上車的啊，花雙倍的價錢才弄到票，簡直太黑了。」

「我問的是為什麼你要跟來？你知不知道這次行動很危險？」

「就是因為危險我才要跟來啊，你這麼緊張幹什麼？快鬆開你的爪子，痛死了！」

發覺自己的失態，端木衡急忙鬆開了手，洛逍遙揉著被抓痛的胳膊，仰頭咕嘟咕嘟地灌水。

看著他這副模樣，沈玉書直接說：「下一站你下車。」

「不。」

「逍遙！」

「勸我的話你們就不要說了，我既然上了車，就沒打算下去，還有，別拿我爹娘來壓我，這次可是他們逼著我跟來的，當然，我本來自己也想跟。」

「你說小姨跟姨丈知道？」

「是的，我娘說我運氣好，皮又厚，比你們這些文人抗揍，要是有危險，讓我一定要衝在最前面，她沒跟你講，就是知道你一定會反對的。」

沈玉書想起了昨晚小姨手中那個沒送出的平安符，原來那是給逍遙的，想到二老對自己的關懷，不由得心潮翻湧，他們明知此行凶險無比，還把獨子派出來幫忙，這份恩情他真不知道該怎麼報答才是。

洛逍遙推推沈玉書。

「你不用這麼一副感恩戴德的樣子，我娘就是看我成天在家裡待著，嫌我煩，找點事讓我做，順便啊，我還要盯著某隻大尾……狼，免得他使壞。」

洛逍遙斜眼瞥端木衡，故意不把話說清楚，長生捂著嘴吃吃地笑，端木衡也笑了，道：「小表弟你想多了，我可是好人呢。」

「哼，是不是好人，自個心裡明鏡兒似的。」

「那飛揚呢？他那邊沒事？」

「沒事，大家追上他，一看不是，差點揍他，還好大尾……狼的手下及時出來幫忙，人家見他是有錢人家的大少爺，就沒為難他，我把那管筆跟照片給了他，讓他幫忙轉交給探長，順便幫我請假。」

端木衡皺眉問：「你要出來的事沒跟方探長說？」

「當然沒有，雖說頭兒幫過哥，但這次事關重大，我誰都沒敢提。」

「你這一走要很多天，再加上你跟玉書的關係，到時恐怕方探長也保不住你了。」

「保不住就保不住，我這不還有藥鋪嘛，大不了回去幫我爹。」

端木衡眉頭挑挑，像是想說什麼，但最終沒有說出來，把眼神瞥開，看向窗外的風景。

就這樣，洛逍遙順利留了下來，有他在，路上都不怕寂寞了，端木衡很喜歡逗他，每每把他氣得說不出話來，蘇唯跟沈玉書樂得在旁邊看熱鬧，一路上很平靜，眼看著離上海越來越遠，大家最初緊繃的神經也慢慢放鬆了。

過了徐州，吃了晚飯，沈玉書獨自站在車尾，蘇唯從包廂裡出來，走到他身邊。

「在想什麼呢？」

「沒，就是看看風景。」

蘇唯看向窗外，說：「有什麼好看的？到哪兒不都一樣？」

「你剛來上海時，還不是跟劉姥姥進大觀園一樣，看到什麼都覺得稀奇。」

說到這裡，兩人都笑了，蘇唯歎道：「住久了，現在看什麼都很平常了，大概能讓我感動的只有慈禧地宮了。」

「那等順利進去後，你一次看個夠。」

蘇唯斜靠在扶手上，探頭看看旁邊的車廂，小聲問沈玉書：「你有沒有覺得端木對逍遙的態度有點奇怪？」

「嗯，他應該不希望逍遙來。」

「哇唔，看不出來嘛，他這麼關心小表弟啊。」

「不是關心，而是……」

對面傳來腳步聲，列車上的服務生來賣餐飲，沈玉書便打住了話題，蘇唯衝服務生擺擺手，表示不需要，讓他去別的車廂。

「那香菸要嗎？剛進的洋菸，勁可足了。」

服務生又彎腰去車筐裡拿菸，但取出來的卻是一枝手槍，他拿槍指著沈玉書，惡狠狠地道：「不許動，快把東西交出來！」

沈玉書定在那裡一動不動，蘇唯在旁邊好笑地問：「到底是讓動？還是不讓動？」

「少廢話，不想挨槍子兒，就趕緊交東西！」

「你想要什麼，也得先報出名字啊，否則我們怎麼給？」

蘇唯嘻皮笑臉地應付著，忽然手指一彈，將偷偷攥在掌心的兩顆榛果彈向對方。

歹徒握槍的手被榛果打到，疼得立刻握住手腕，沈玉書趁機衝過去將槍奪了下來，又一拳頭打中他的下巴，男人向後栽了出去。

武器被奪走了，歹徒失去鬥志，抓起車筐向沈玉書甩去。

放在裡面的雜貨一股腦地翻了出來，趁沈玉書跟蘇唯躲避，歹徒轉身就跑。

他剛跑兩步，車廂之間相連的門打開，洛逍遙牽著長生的手走進來，剛才長生去上廁所，洛逍遙陪他，沒想到一進來，迎面就有人衝向他們。

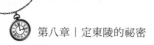

等洛逍遙反應過來，孩子已被歹徒抓住後領扯了過去，他手裡有了人質，底氣頓時壯了，掏出匕首壓在長生的脖子上，將他拖去過道。

過道比較寬，易於攻擊跟逃跑，歹徒站在另一節車廂的門口，向緊追過來的三個人喝道：「馬上把東西交出來，否則我殺了他！」

洛逍遙快氣死了，指著他叫道：「你還有沒有人性啊？有本事跟我們單挑，你欺負一個孩子算什麼本事？」

「哼，只要達到目的，可以不擇手段！」

為了給他們施加壓力，男人還故意用力勒長生的脖子，長生被他勒得無法順暢呼吸，眼睛紅了，卻忍著不哭。

端木衡聽到響聲，從包廂裡跑出來，看到這一幕，他立刻掏槍指向男人，喝問：「是誰派你來的？」

「少廢話，快交東西，還有你這個小白臉，趕緊把槍放下，別想耍花樣，看是你們的槍快，還是我的刀快。」

——居然敢當眾罵他小白臉！

歹徒的話觸動了端木衡的逆鱗，要不是長生在對方手裡，他早就一槍子嘣過去了，看看眼下的狀況，他忍住了，將槍收起來。

沈玉書道：「不要傷到孩子，你想要什麼，說明白點，我都給你。」

「一個金幣，對……很小的，長得像盾牌……」

歹徒詞不達意，但蘇唯跟沈玉書都聽懂了，他想要虎符令，沈玉書二話沒說，從口袋裡掏出虎符令，舉起來，對他說：「東西在這裡，我給你，你放了他。」

「嘿，你別想騙我，這麼個寶貝你捨得輕易拿出來？這是假的，我警告你，別想渾水摸魚，趕緊把真的交出來！」

「這是真的。」

「假的！」

蘇唯在旁邊聽著，白眼差點翻去後腦杓——這叫什麼？豬敵人？連東西的真假都分不清，還敢做這種喪心病狂的事。

他直接上前把虎符令奪下來，揣進口袋，道：「對，這是假的，現在我們重新做交易，你放了孩子，告訴我是誰雇你來的，我就給你真的，你先說雇主是誰？」

男人的目光在他們之間轉了兩轉，最後點了點頭。

「我不知道雇主是誰，來找我的是個打扮挺氣派的老傢伙，會功夫，還會打官腔。」

聽他的描述，雇主像是閻東山，閻東山是徐廣源的人，所以這件事是出於徐廣源的授意了。

蘇唯把手探進內衣口袋，摸出了虎符令，亮到空中，道：「真正的東西在這裡，你放了孩子，它就是你的了。」

其實虎符令就一枚，但是在蘇唯出神入化的手技下，歹徒根本沒發現他的把戲，叫道：「當我傻子啊，我把人放了，你們還肯給我嗎？先把東西丟過來！」

「那我們丟了，你不放人怎麼辦？」

「你們沒有選擇，快丟！」

這種窮凶極惡的歹徒蘇唯遇到過很多，他同樣不敢相信歹徒的保證，扯著他說了半天，無非是想找機會救人，但歹徒看似做慣了這行，絲毫不給他們偷襲的機會。

關係長生的安全，蘇唯不敢輕舉妄動，轉頭看沈玉書。

沈玉書微微點頭，蘇唯便將虎符令丟給歹徒。

歹徒接住，揣進口袋裡，卻沒放人，反而扣住長生的喉嚨，拖著他往另一節車廂挪動，喝道：「你們全都往後退！快退！」

見他出爾反爾，洛逍遙氣得握緊了拳頭，叫道：「東西已經給你了，還不放人！」

「呵呵，你們身上有刀有槍，我現在放了他，還不立刻被你們做掉啊，放心，等我到了安全的地方，自然會放了他，但現在得委屈他一下了。」

歹徒說著話，繼續往前挪，他勒得太緊，長生的小臉都憋紅了，幾個大人不敢抱僥倖心理，只能照他說的向後退。

眼看著歹徒即將挪出過道，進入前一節車廂，誰知有人站在門口，剛好擋住了路。

歹徒一開始沒留意，只當是普通乘客，衝他一擺頭，惡狠狠地道：「滾開！」

蘇唯這邊的四個人卻同時變了臉色，洛逍遙率先叫出來：「金狼！」

一聽金狼二字，歹徒臉色變了，重新看向那個男人。

金狼被捕時上了報紙頭條，就算他現在做了偽裝，仔細看的話，還是可以認出來，歹徒頓時慌了，叫道：「殺手金狼？你怎麼會來？是誰雇你的？」

「沒人雇我，但我生平最恨欺負婦孺之徒！」

「沒人雇，那就少管閒事，讓開！」

為了在氣勢上蓋過對方，歹徒叫得很大聲，還故意將刀用力往長生的脖子上壓。

長生畢竟還是個孩子，被他接連恐嚇，終於忍不住流淚了，但又哭不出來，一張臉憋得通紅，眼巴巴地看向金狼，做出求救的樣子。

看到他的模樣，金狼的臉色頓時大變，突然暴喝一聲：「放開我兒子！」

這一聲吼出來，不僅歹徒愣了，在場的其他幾個人也呆在了那裡，腦中同時浮出疑惑——啊，長生是金狼的兒子？這是什麼時候的事，我怎麼不知道？

無視他們的注視，金狼看向歹徒，眼中殺氣密布，歹徒再沒膽量跟他對峙，把孩子往他身上猛地一推，趁機從通道門口竄了過去，逃去了另一節車廂。

金狼抱住孩子，長生嚇到了，站在那裡怔怔的一言不發，見他沒事，金狼對沈玉書道：「照顧他，我去去就回。」

「金狼，你等等……」

沈玉書的話還沒說完，金狼已經跑走了，速度快得真像是一隻狼。

蘇唯跑到長生面前，蹲下來查看他的頸部。

孩子皮膚細嫩，被歹徒一陣折騰，頸部紅了一大片，還好沒出血，眼圈紅紅的，卻咬住嘴唇，忍著不哭。

想到他接二連三地受驚，蘇唯很擔心，安慰道：「不怕不怕，壞人被趕跑了。」

「我不怕，我知道你們會救我的，我就是喘不上氣來，難受，咳咳……」

長生的嗓子有點啞，話說到一半大聲咳嗽起來，沈玉書擔心他傷到了氣管，說：「先回包廂。」

大家回到包廂，剛進去，小松鼠就從對面竄過來，跳到長生身上，吱吱叫個不停。

剛才端木衡發現有變故，為了不出意外，特意將牠關在包廂裡，但屬於動物對危險的感知讓牠很驚恐，在長生身上跳來跳去，長生怎麼都按不住牠，最後還是蘇唯用榛果把牠引開了。

沈玉書讓長生坐下，幫他做了檢查，還好沒有傷到聲帶，洛逍遙又給他倒了水，在一旁逗他開心。

這種事遭遇過多次，長生表現得比普通小孩要堅強，反而是幾個大人被這突然變故弄得心神不定，端木衡道：「看來我們已經被盯上了，並且那些人知道玉書有虎符令……」

說到這裡，他看向沈玉書。

「沒想你居然找到了虎符令，還隨身攜帶。」

「這時候你就當沒看到好了，是你眼睛業障重，看錯了，」蘇唯笑嘻嘻地對他說：「你告訴自己——這是假的。」

端木衡聽不懂他又在胡言亂語什麼，問沈玉書：「真的是假的？」

「我也不知道是真是假，我又沒見過真正的虎符令。」

蘇唯聳聳肩，「不過現在糾結真假也沒什麼用了，東西都讓人搶走了。」

長生跟小松鼠玩，逐漸緩了過來。

洛逍遙走過來，小聲問：「剛才是怎麼回事？金狼為什麼會跟來？」

「你問倒我了。」

「難道金狼真是長生的……」洛逍遙偷眼看看長生，又壓低聲音問道：「真是長生的父親？」

「這件事也別問我，我真的什麼都不知道。」蘇唯搖搖頭。

洛逍遙看向沈玉書，沈玉書也搖頭表示不知。

端木衡說：「我倒是比較在意金狼的行為，他為什麼跟蹤我們？難道還想殺玉書？」

聽了這話，幾個人又變了臉色，洛逍遙道：「不是吧，他不是都已經離開了嗎？不怕不怕，我們四個人呢，還對付不了一個人？」

沈玉書心想，怎麼可能不怕呢，要知道這個攻防戰不是人多的問題。

自從大世界出了人命案後，金狼就消失了，這幾天他們都忙著躲避跟逃跑的事，早把這個人丟去了腦後，萬萬沒想到他會再次出現，更猜不到他的目的。

看金狼的行為，他一定是一路跟蹤到這裡來的，可是他們卻毫無覺察，單只這一點，他們就處於下風了，假如有人雇他來的話，那情況會更糟糕。

沈玉書看看大家，沒把心裡的擔憂說出來，道：「別想太多了，等他來了再說……假如他會再來的話。」

誰都沒接話。

金狼來的話，他們會擔心，但不來的話，那種如芒在背的感覺會更糟糕。

金狼回來得比他們想的要快，聽到腳步聲逐漸接近，洛逍遙伸手掏槍，被端木衡按住，衝他搖搖頭，示意他先不要急於動手。

門被推開了，金狼從外面大踏步走進來。

他的衣服很乾淨，但是全身都充滿殺氣，進來後手一揚，將東西丟給沈玉書，沈玉書接過來一看，卻是那枚虎符令，跟剛才不同的是，虎符令上沾了血漬。

他馬上問：「你從歹徒那裡奪回來的？」

「嗯。」

「為什麼要幫我們奪回來？」

「順便。」

除了「順便」，還做了什麼？蘇唯看看虎符令上的血漬，沒問下去。

金狼逕自走到長生面前，剛才他救過長生，大家便沒阻攔他。

小松鼠正在跟長生玩耍，感覺到殺氣，牠立即順著座椅跑去角落裡，金狼沒去管牠，在長生面前蹲下，問：「剛才有沒有嚇到？」

話聲出奇地柔和，四個大人差點掉下巴，要不是確定眼前這個男人就是殺手，他們會懷疑自己的耳朵是不是出問題了。

長生看著他，搖了搖頭。

金狼把手伸過去，半路又覺得太髒，在自己的衣服上搓了搓，這才去摸長生的臉頰，柔聲安慰道：「別怕，以後那個人不會再來欺負你了。」

這句話已經說得很明顯了。

那個歹徒的身手應該不差，可是金狼在這麼短的時間裡就解決掉了，可見這個人有多恐怖，總算他對長生的態度還不錯，這多多少少減低了他身上的殺氣。

長生不瞭解大人們的想法，他完全沒怕金狼，目不轉睛地看著他，問：「你真是我爸爸嗎？」

金狼臉上露出苦笑。

「不，我剛才看岔了，你是富貴人家的小少爺，我哪有福氣有你這樣的兒子。」

「可是你剛才說我是你兒子啊。」

「假如我兒子還活著的話，也有你這麼大了。」

「那我會不會是你失散的兒子呢？」長生急切地說：「我失憶了，可能是被壞人抓走的，你會不會以為我死了？」

「不，他被人殺了，當著我的面，所以我看到你被欺負，就感覺是我兒子被欺負，我忍不住不動手。」

——也忍不住不殺人。

金狼把目光瞥開了，讓自己儘量不去想過去的事。

長生很失望，但很快就緩過來了，反而拍拍金狼的肩頭，安慰道：「別這樣，一切都會好起來的。」

大家看他小大人似地安慰人，都覺得好笑。

蘇唯問金狼：「你為什麼跟著我們？」

金狼沒回答，站起來，走到沈玉書面前，「接下的任務我一定得完成，這是作為殺手的準則。」

「喂……」長生一聽就急了，跑過去，抓住金狼的手用力搖，叫道：「不要殺沈哥哥！

不要殺沈哥哥！」

金狼低頭看他，長生急得快哭了，他拍拍長生的頭，又接著道：「但既然雇主沒定下何時殺，那這個契約就永遠生效，所以我得跟著你們，直到契約完成的那一天。」

這句話的意思就是說除非他開口，否則金狼一輩子都不會再對沈玉書動手了。

蘇唯鬆了口氣，無奈地說：「其實你真的不用這麼遵守職業道德的。」

「我無處可去。」

——那也不用跟著我們啊，這天地之大，隨便哪裡不能容身？

蘇唯還想找藉口拒絕，端木衡道：「那就跟著吧，我們這次陵墓之行危險重重，又帶了孩子，有人幫忙也是好事。」

金狼看看長生，立刻道：「除非我死，否則一定會保護他周全！」

金狼對長生很在意，而且跟蹤他們不是出於別人的授意，沈玉書放下了心，現在等於白撿了個保鏢，局勢凶險，收留他總比把他推去敵營裡強。

想到這裡，沈玉書點點頭。

「你可以留下來，但你要答應我，除非有人先殺你，否則你不可以殺人。」

「放心，我只為錢殺人。」

聽了這話，長生立刻從口袋裡掏出一枚銀元，放到金狼手中，問：「那你可以為錢不殺人嗎？」

金狼一愣，但馬上將銀元握住了。

「成交！」

金狼的加入讓小隊伍的氣氛變得有些微妙，大家還不敢太信任他，但毫無疑問，他對長生很好，而且看起來也不像是在做戲。

說到做戲，這裡面除了洛逍遙以外，個個都是高手，不會看不出來。

至於金狼以往的經歷，他不說，大家也不問，身為殺手，金狼的疑心病比他們更重，他只有跟長生在一起的時候，才會表現得像正常人，所以長生跟他認識得最晚，關係卻最親近。

小松鼠最初對金狼也很排斥，但沒多久就適應了他的存在，開始主動接觸他。

等過了滄州，長生已經跟金狼混得很熟了，還主動認他做乾爹，金狼很驚訝，卻沒有拒絕，洛逍遙見他們走得太近，有些擔心，還想暗中提醒長生，被沈玉書阻止了。

他們判斷一個人的好壞會通過各方面去觀察，而孩子跟小動物則是靠著直覺跟本能，長生跟小松鼠可以輕易對金狼放下戒心，就證明他是可靠的，至少在去地宮的時候，他會保護長生。

至於解決了跟徐廣源的糾紛後該怎麼辦，等到時候再去想吧。

徐廣源派來的人被神不知鬼不覺地幹掉了，大概對方也發現了他們不好對付，在之後的旅程中，再沒有偷襲事件出現，大家平安到了唐山。

端木衡一早跟唐山的駐軍朋友打過招呼，對方幫忙提供了軍用車輛，又給他們一人一套軍裝，所幸現在各處軍營都在招兵買馬，不缺童軍軍裝，長生也拿到了一套。

端木衡開著軍車一路奔向遵化，這時已經是七月七日了。

其他人也許不知道，但蘇唯對這段歷史知之甚詳，一九二八年七月上旬，孫殿英開始實施洗劫清東陵的計劃，他們用炸彈炸開了地宮，將裡面的陪葬物品掠奪一空，所以現在這個時間，整個清東陵正處於浩劫當中。

也就是說，他們到達時，剛好是孫殿英要炸地宮的時間，歷史上沒有記載徐廣源等人的資料，可見這些人雖然早他們一步到達，卻沒有阻止孫殿英的盜墓。

或許，那些人從一開始，目的就不是陪葬品，而是更珍貴的東西。

正如蘇唯所料，就在他們開車去往清東陵的路上，沿途偶爾會遇到軍用卡車，卡車上站了幾個小兵，士兵的軍裝上滿是灰塵，軍帽歪戴，一看就是雜牌軍，肩上背著步槍，透著頹廢、貪婪還有囂張的氣息。

端木衡一巴掌拍在方向盤上，恨恨地說：「這樣的兵，又怎麼指望他們打贏仗！」

蘇唯沒有告訴他們，卡車上放的很可能就是陪葬品，一來他們寡不敵眾，二來重頭物品的押運不可能只用幾個小兵，跟他們衝突只會打亂今後的計劃。

等到了馬蘭峪，蘇唯發現狀況比想像中的還要慘不忍睹。

馬蘭峪是清東陵所有陵墓的聚集地，這裡坐落著清代五位皇帝跟十四位皇后的陵墓，可是原本莊嚴肅靜的地方此刻卻是慘狀一片。

陵園附近的樹木被砍伐過半，早已看不到綠營兵的駐紮地，關隘被封鎖，道道關卡都由士兵把守，這些士兵穿著破舊的軍裝，站在烈日下，臉色滿是疲憊，連基本的站姿都沒有。

來時端木衡就聽說孫殿英率兵在這裡進行軍事演習，看到這一幕，他不由得冷笑。

「連站都站不穩，這也算是兵嗎？」

「他們都是雜牌軍，就別苛求了，真要是正規軍，我們大概還不好混進去呢。」

蘇唯說得有道理，在關卡被攔住後，端木衡報了他們是馬旅長的手下，又遞了幾塊大洋過去，對方看他們都穿著軍裝，又氣場威嚴，連他們的士官證都沒看，直接就放進去了。

比想像中的要順利，但端木衡的臉色卻非常難看。

沈玉書瞭解他的抱負，知道他無法接受這些雜牌軍的所作所為，他想不出安慰之詞，便看向蘇唯，意有所指地說：「這樣的世道，將來不知會變成什麼樣子。」

蘇唯瞭解沈玉書的心思。

自從他將自己的出身跟經歷都說了之後，沈玉書從來沒問過他將來的事，這是第一次他親口提起，時逢亂世，大家會不在意是不可能的，除了擔憂外，還有對前途未卜的危機感。

但蘇唯不想多說之後的歷史，便道：「任何路，只要堅持走下去，就總會變好的，與其擔心將來，不如腳踏實地做好當下的事。」

端木衡透過後視鏡看向蘇唯。

「你好像一點都不擔心。」

「不，我只是習慣了隨波逐流。」

「隨波逐流又是怎麼知道孫殿英洗劫的主要陵墓是太后的地宮？」

為了搶在孫殿英的軍隊之前找到徐廣源，這一路上蘇唯利用他的歷史知識提供了不少線索，聽端木衡的口氣，他對自己起了疑心。

不過蘇唯早有對策，不慌不忙地說：「這很簡單，用推理的就知道了，雖然孫殿英的胃口是吃掉整個東陵，但皇陵不同於普通的墓穴，他的軍隊一直封鎖關卡，很容易引起外界懷疑，所以當然要從最容易的地方下手，換了你，你是去挖順治、康熙的墓，還是去挖才下葬二十年的陵墓？」

端木衡沒有馬上回答，像是接受了蘇唯的解釋，稍微沉默後，他又問：「看你對地形的瞭解，不像是第一次來？」

當然不是了，他曾經逛過很多次清東陵好不，當然，都是旅遊，許多地方不可以進，不像現在，可以直接開著車往裡衝。

蘇唯面不改色地說：「當然是第一次，全天下的人都知道清東陵裡埋葬了多少寶貝，我想來盜墓想很久了，只是苦於沒有機會跟人力，所以這次還是借你的光來圓夢。」

看端木衡的表情就知道他不信，還要再問，被洛逍遙推了一下，責怪道：「現在順利進來了，不是很好嗎？你嘮嘮叨叨這麼多幹什麼？」

話被打斷了，端木衡苦笑著放棄了追問。

這就是他不想洛逍遙參加冒險的主要原因，直覺告訴他，蘇唯跟沈玉書都另有目的，這兩個人都是屬狐狸的，要仔細應付才行，偏偏隊伍裡加進一個洛逍遙，簡直是一隻小綿羊混在了狼群中，隨時都會被幹掉。

幹掉他的話，今後的人生會寂寞吧，至少身邊少了個可以隨時利用的人，那實在是太不方便了。

所以不到萬不得已，他不希望與他們為敵。

軍車很快到達了定東陵的大殿前方。

定東陵是慈安跟慈禧兩人的陵寢，但是在規制上，慈禧的陵墓要豪華奢侈得多，不過正如清朝滅亡一樣，這座曾經恢弘的建築群也處於日薄西山的命運。

幾個人下了車，步行走進去，就見沿途的地磚都被挖過了，四周駐紮著匪兵，大殿的寶頂還有配殿外也都被破壞過，那些匪兵忙於尋寶，對他們的進入不聞不問。

蘇唯一馬當先，率領大家直奔明樓。

根據歷史記載，慈禧陵墓的地宮入口在明樓下方，那裡有一面金剛牆，孫殿英的部隊就是在金剛牆下安放了炸藥，炸開了地宮，但這是不得已而為之的辦法，因為其他可以進入地宮的通路都被封死了。

至少書上是這麼寫的，不過自從拿到機關圖後，蘇唯就不這樣想了。

為政者多疑，不管任何時候，他們都會為自己準備一條後路，機關圖之所以存在，是因為慈禧在駕崩時另有安排，那個將清朝四十多年的命運玩弄於股掌之中的女人，她哪怕是死了，也不甘心永居地下，她還有著更大的野心。

這就是機關圖跟虎符令會流於世間的原因。

那麼她的野心是什麼呢？

蘇唯的手下意識地撫過懷錶，心裡隱隱有了一個猜想，也是最有可能的猜想。

以徐廣源的立場來看，他絕不可能等孫殿英先炸開地宮，他一定會搶在孫殿英的前面進去，這樣才能實現他的計劃，所以他才會選擇放棄跟他們周旋，匆忙趕往定東陵。

那隻老狐狸大概是從眼線那裡得到了有關孫殿英行動的情報，一邊趕往定東陵，一邊派人偷襲他們，妄圖得到虎符令。

大家一路衝向明樓，路過之處，就見配殿中已被挖掘得不成模樣，明柱上金龍盤繞，四壁的彩繪也均為塗金，可是原本金碧輝煌的大殿，此刻卻是滿目蒼夷。

配殿有三三兩兩的士兵把守，看到他們，並無人阻攔，再進入明樓，順著古洞門走進樓下的過道。

過道頗窄，由於擠了不少人，頗為燥熱，遠遠的聽到盡頭有人在大聲叫罵，大致是在罵手下的人沒用，搞了這麼久，也沒把地宮的入口大門弄開。

罵聲響亮粗魯，蘇唯猜那個人大概就是孫殿英了，眼眸掃過過道上堆成一包包的炸藥，看來用不了多久，這些炸藥就派上用場了。

說起來馬澤貴也調集了槍枝炸藥，他跟徐廣源的計劃多半是一個搶先進入地宮，另一個利用軍力壓制孫殿英，準備半路截胡，卻不知道雙方之間發生什麼爭執，導致徐廣源暗殺了馬澤貴。

既然孫殿英的主力軍隊都在這裡，那徐廣源肯定是另闢新徑進入地宮，可惜他們只有一部分地圖，就算靠著地圖找到相應的位置，也不知道該如何進去。

沈玉書跟蘇唯抱著同樣的想法，道：「不知徐廣源他們是不是已經進去了？」

「那隻老狐狸肯定不會蠢得用炸藥炸自己的祖墳，他對我們的地圖沒興趣，就證明他已經有完整的了，不如去碰碰運氣。」

端木衡小聲說完，跟他們偏了下頭，示意他們跟上。

他返身折回過道的出口，幾人從樓裡出來，在明樓外尋找。

端木衡道：「我出發前研究過陵寢的設計構造，它們的結構大同小異，進入地宮的方法應該也相近，靠地圖所示來看，捷徑應該就在這附近才對。」

蘇唯探頭往後面看看，說：「後面是琉璃影壁，我聽說可以從影壁下方直接進入地宮，不如試一試。」

他率先向樓後走去，其他人跟上，金狼不是太懂，問：「那也要用炸藥吧？可是我們沒有啊。」

「就算有也不能用，那等於直接告訴人家說我們先進去了，所以還是要尋找機關。」

「希望那張機關圖派上用場。」

洛逍遙嘀咕道，但在場所有人都沒抱太大期待。

大家來到琉璃影壁前。

跟其他地方一樣，影壁附近也遭到大面積的挖掘，大半的地磚被揭開了，影壁上的祥雲浮雕也被砸得面目全非。

孫殿英帶的匪兵跟他一樣利慾薰心，妄圖撬到影壁上鑲嵌的寶石，在他們這種瘋狂的盜寶過程中，許多精緻的雕塑都毀為一旦，然而在這樣大規模的盜伐下，他們並沒有獲得想要的珍寶，才會直接把目標轉到地宮上。

看到這片狼藉的場面，沈玉書不由得嘆道：「當初為了建造這座陵墓，不知耗費了多少民脂民膏，結果才二十年，就變成這副模樣了。」

「神探，別在這發表感嘆了，快想個辦法進去啊。」蘇唯摩挲著影壁催促道。

以往做什麼事都習慣了直接上網查，所以蘇唯對東陵被盜事件的記憶並不深，只是隱約記得哪裡曾有過記載，說這附近有捷徑，至於是不是野史傳聞就不得而知了。

正說著，長生突然發出輕呼，小松鼠原本一直很老實地窩在他的口袋裡，卻不知被什麼驚到了，突然從口袋竄出來，順著影壁來回打轉。

蘇唯立刻打了個響指。

「OK，我相信動物的直覺，所以這裡一定有什麼。」

長生怕小松鼠跑遠，過去抓牠，可是小松鼠的動作太快，好幾次都被牠從手中溜掉，金狼也跑過去幫忙，蘇唯看在眼中，好想說——不要管一隻動物了，正事要緊。

可還沒等他開口，沈玉書突然問：「蘇唯，你有沒有覺得這牆壁像哪裡？」

「這不就是一堵牆嘛，全天下這樣的照壁成千上萬……」

蘇唯剛說完，胳膊就被攥住，沈玉書將他一推，推到了影壁上，另一隻手往他身旁一撐，問：「這樣的話，你是不是想起了什麼？」

想起了壁咚……ＸＸ的，好好的大男人，為什麼要跟他玩壁咚？

蘇唯正要推開沈玉書，手伸到一半停下了，他想起來了，虎符令案件中，他們在弗蘭克的別墅裡玩過這招，當時用的道具也是一棟很大的並且可以移動的影壁！

想到這裡，蘇唯把沈玉書推開，仰頭認真打量起眼前這座高大的琉璃影壁來。

影壁上的浮雕是龍鳳祥雲，弗蘭克別墅裡的則是類似放大的虎面，乍看完全不同，但浮雕被幾度撬砸後，雕紋有了變化，祥雲飛鳳的線條會讓人聯想到虎面紋絡，只可惜他們沒帶當時的照片，無法一一對比。

說到虎面圖，蘇唯眼睛一亮，伸手拐拐沈玉書，道：「權杖、權杖。」

沈玉書將虎符令取出遞給他。

端木衡也掏出複製的機關圖展開，對照著影壁跟虎符令一起查看。

此時夕陽餘光斜射，一點點金光散在壁上，端木衡仔細看著機關圖上面那層紋絡，紋絡之間標注了一些連線，連線沒有固定的排列，單看看不出什麼機密，但是跟影壁和虎符令對比觀察的話，就大不一樣了。

沈玉書讓端木衡將機關圖攤平，他拿出筆，把圖紙上的連線跟虎符令紋絡重疊的地方標起來，很快就排出了一列記號，再把記號對應到影壁上的各處，說：「這應該就是開門的鑰匙了。」

「還是密碼鎖，夠先進的。」

端木衡狐疑地看他們，「你們確定？」

「不確定，不過可以試試看。」

匪兵一番掠奪後，隨地丟棄了不少鐵錘鋤頭，這給他們的行動帶來便利。

沈玉書去拿了鐵錘，分別敲動對應的部位，敲了一遍沒反應，他又叫上端木衡，兩人加大力氣重新敲，蘇唯在旁邊看著，小聲嘟囔道：「我覺得我們有損毀文物之嫌。」

那邊長生已經捉住了他的小寵物，看他們的行動很有趣，也拉著金狼湊到近前來看，洛逍遙在旁邊負責觀察敵情，以防有人突然出現。

這一次不知道是兩人的力道掌握得準，還是敲對了數量跟方位，等他們敲完後，影壁下方幾塊看似鑲嵌牢固的地磚向旁邊移開，露出了一個方形洞口。

洞口不大，勉強可容一個成年人進入，看到有了轉機，幾個人都又驚又喜，蘇唯扠著腰往裡查看，道：「看來弗蘭克的祖輩早就知道這個祕密，所以才會在別墅留下那棟照壁，可惜弗蘭克是個蠢蛋，什麼都沒發現，平白便宜了我們。」

洞口裡面黑漆漆的，什麼都看不到，洛逍遙心急，要搶先下去，被沈玉書拉開了，蘇唯跟他配合默契，掏出一個東西，拉開，丟了進去。

面對大家奇怪的目光，蘇唯解釋道：「這種墓穴長年無人進入，很可能充斥了毒氣，還是小心為妙。」

端木衡問：「你丟進去的那個是什麼？」

「測試氧氣存量的，順便用來照亮，探路用的。」

「你怎麼什麼都有？」

「你這句話問倒我了，身為一名神偷，我不知道該怎麼解釋這個問題。」

蘇唯聳聳肩，又從背包裡取出面罩，一人一個分給大家。

面罩他原本就有兩個，這次北上途中，他又依樣畫葫蘆臨時做了幾個，當中塞了棉花跟棉布當過濾層，改良為防毒面具。

沈玉書也取了可以避毒的藥丸，讓大家含在嘴裡，輪到長生，他猶豫了一下，道：「底下會是什麼狀況沒人知道，你還是留在外面，讓金狼陪你吧。」

「不，我不怕的，我要跟你們共進退！」

「好樣的！」

蘇唯拍拍長生的肩膀，讚道，又看看小松鼠，拿出厚手帕把牠的口鼻包住。

這是特別為牠準備的，蘇唯看牠不舒服，不斷反抗，便掏出一包瓜子在牠面前晃了晃，又指指牆角，意思很明顯，要麼聽話有飯吃，要麼放養牠。

也不知道小松鼠是不是真的明白了蘇唯的暗示，放棄了掙扎，乖乖聽他的擺弄。

眾人含著藥丸，戴上面罩，相互看看，都覺得模樣奇怪，但是想到即將面對的狀況，誰也沒心情發笑。

大家整裝完畢，端木衡率先跳下洞口，蘇唯沒來得及拉住他，在後面小聲叫道：「可能毒氣還沒散開，你小心啊。」

「放心，我有數。」

洞口下方是一段陡梯，僅容一人經過，眾人依次進入。

沈玉書走在最後，進去後，他還在考慮要不要將洞口關閉，就聽一陣生澀的響聲傳來，頭頂上方的石板自動移回原處。

亮光隨著石板的關閉消失了，洞中陷入黑暗，蘇唯打開手電筒，仰頭向上看去，就見石板契合得嚴嚴實實，一點縫隙都看不到。

沈玉書試著用手推推，石板紋絲不動，蘇唯看到了，咋舌道：「這是在告訴我們必須背水一戰嗎？」

「那就戰唄，以我們的智商，不怕有敵人，就怕敵人少了太寂寞。」

聽了沈玉書老神在在的話，蘇唯腳下一絆，差點摔下去，端木衡的腳步也微微頓住，但馬上又往下走去。

階梯要比想像中的長，從傾斜度來看，幾乎可以跟普通的梯子相提並論了，最初大家需要彎腰前行，走到半途才可以直起腰，快到下方時，他們看到了蘇唯先前丟下來的東西。

那是個棒狀物體，前方還在發出火光，端木衡把它撿起來，拿在手裡看了看，交給蘇唯。

蘇唯取出上方的套管，將木棒插回去，說：「看起來氧氣還挺充足的。」

洛逍遙說：「因為才過了二十幾年嗎？」

「這也有一定的關係，不過最大的可能是這裡原本就有保證空氣流通，這樣才不至於等有人進來時，中墓毒死亡——能進來的肯定是知道內情的人，老佛爺怎麼捨得他們翹辮子呢。」

金狼道：「我以前聽盜墓人說過，越是深的墓穴，裡面的積水情況就越嚴重，而且那些長年堆在墓穴的地下水都是有毒的。」

「是啊，不過放心，有關這方面我都有準備，而且慈禧墓才建造了二十來年，積水現象應該不會很厲害，看，跟我這種神隊友合作，你們有沒有很感動啊？」

沒人理他，因為大部分的人聽不懂他在說什麼，唯一聽懂的那個懶得理。

沈玉書用手肘碰碰蘇唯，示意他少說話多做事，趕緊跟上隊伍。

【第九章】

真正的殺人凶手

沈玉書攀上洞口，彎腰把蘇唯拽上來，這時流沙已經快到腰部了，一番折騰下，蘇唯的身上都沾了細沙，他把面罩拉到頭上，啐了一口。

「我發誓，如果這次活著出去，我一定再也不幹盜墓的勾當。」

沈玉書笑了，拉著他的手彎腰從管道似的洞裡鑽出去，小聲說：「一定不會有下次的。」

又往下走了一段路，他們終於到了平地上，看階梯的高度，足有兩丈多深，但不知墓穴裡做了什麼處理，空氣並不渾濁，沈玉書最初擔心的墓毒現象也沒有，不過為了安全起見，大家都沒有摘面罩。

「我們現在應該就在陵墓當中了吧？」金狼問道。

蘇唯拍打著牆壁，「不，據我聽來的情報，慈禧地宮的深度還要再往下走兩倍多。」

「那麼深？」

「藏了那麼多稀世珍寶，怎麼能不挖得深一點呢。」

他們現在站的地方是一條細長甬道，甬道兩邊的牆壁異常堅固，伸手觸摸，竟然摸不到接縫，蘇唯懷疑這是整面石板砌成的，至於這塊大石板是如何放入地下這麼深的地方，他無法想像。

大家順著甬道往前走，到了盡頭後，變成一個T字路口，端木衡向左，蘇唯想往右，最後還是聽了端木衡的建議向左走，但沒多久路就封死了，一面灰色牆壁立在他們面前，幾個人在牆壁上拍打了很久，都沒發現機關。

他們只好折回去走另一邊，但很快就遇到相同的狀況，同樣被灰牆擋住了路。

而且這次更糟糕，他們在拍打中不知道觸到了什麼機關，弩箭從牆壁中射出來，還好數量不多，弩箭在射出幾發後就停下了，紛紛落到地上，沒有傷及到人。

不過經過了這場虛驚，大家的神經都繃得更緊，蘇唯戴上手套，撿起地上一枚箭羽打量，又瞅瞅對面射出箭羽的凹槽，說：「怎麼清朝也搞豆腐渣工程？這機關根本就沒設計好嘛。」

「設計好的話，我們現在就變刺蝟了。」沈玉書心有餘悸地說。

雖說他們來時都提前做了防範，但架不住墓穴機關設計精巧，令人防不勝防，沈玉書接過弩箭查看，發現箭尖明亮尖銳，不像是機關設計的問題，他不由得心生疑惑。

蘇唯不敢再靠近牆壁，在對面探頭打量，就見牆壁上安放箭羽的凹槽足有十幾處之多，還好這十幾處沒有同時發箭，否則後果真是不堪設想。

他嘖嘖舌，道：「我以為這種機關暗器啥的只有在武俠小說裡才能見到。」

端木衡看向他，「武俠小說？」

沈玉書把蘇唯拉到一邊，解釋道：「他是說俠義小說。」

「對對對，俠義小說，現在怎麼辦？兩邊都堵住了，我們變成了風匣子裡的……」

沈玉書跟端木衡一起伸出手，制止了蘇唯的話——不管怎樣，他們都不想被比喻為老鼠。

沈玉書問端木衡：「你還有其他的機關圖吧？」

端木衡笑了，「玉書，真是什麼事都瞞不過你啊。」

一聽這話，蘇唯不爽了，抄起袖子做出揍人的架式。

「有？有你為什麼不一早拿出來？等著我們都變刺蝟嗎？」

「我都背下來了，剛才走得太順，就忘記拿了。」

端木衡從上衣的內口袋裡又掏出兩張紙，展開，亮到大家面前。

圖紙的紙質跟畫線與沈玉書的那份相似，圖也是分上下兩層，下一層是山巒路線圖，上一層是機關分布圖，機關圖的部分畫了一些黑點，看來端木衡在來之前做了一番功課。

看到這幅圖，蘇唯發出冷笑，「你還留了一手啊。」

洛逍遙也很不高興，皺眉問端木衡：「你是不是還私藏了很多東西啊？有什麼趕緊都交出來，省得大家走冤枉路。」

「真的沒有了，只有這個。」

端木衡指著機關圖上的標示，跟他們說：「照我的理解，剛才那條路應該沒錯，但不知為什麼，會是死路。」

「我們現在這條才是死路，差點都變成箭豬，既然圖紙是這樣標的，那再回去吧。」

就這樣，大家又照著圖紙的標示返回到端木衡帶的那條路上，但機關圖沒有提示如何脫困，他們只能在狹長的甬道之間來回轉悠。

就在他們忙於尋找出口的時候，地面突然發出震盪，轟隆聲從遠處遙遙傳來，小松鼠嚇得從長生的口袋裡竄出，在甬道之間跑來跑去。

其他人也都站立不穩，長生差點摔倒，幸好被金狼拉住，洛逍遙慌忙扶住牆，左右觀望，叫道：「出了什麼事？是地震嗎？」

——比地震可怕多了，這是孫殿英讓人引發炸藥了吧？

蘇唯急忙讓大家集中到一起，以免爆炸引起坍方，他們無法相互救援。

轟響很快就停止了，蘇唯趴在牆上傾聽，隱約聽到上方傳來的雜音，但沒容他聽多久，地面又劇烈震動起來，牆壁簌簌發顫，地下石室各處發出響動。

顯然這裡的機關環環相連，炸藥不僅對地宮入口造成損害，還牽連到地下的設計。

蘇唯想起曾經在電視裡見過的地震海嘯，但是跟那些相比，被困在地下封閉場所無處逃生的處境更令人絕望，他背靠牆壁穩住下盤，又招呼大家小心，卻沒想到慌亂中手電筒落到地上，順著顫動的地面滾了出去。

長生就站在對面，看到手電筒，他彎腰去撿，卻因為晃蕩摔倒，這時地面突然開始傾斜，長生不由自主地往對面滑動。

幾個大人急忙去抓他，一番手忙腳亂中，不知是誰碰到了機關，地板從當中陷下，露出一個大洞，他們便像粽子串似地接二連三地摔了下去。

下方是個斜坡，還好不高，蘇唯由於職業關係，對應付這種突發狀況很有心得，他抱著頭滾下去，在確信到達平地後，才鬆開手，摸到滾去一邊的手電筒，問：「大家有沒有事？」

「撞到頭了，不過沒事。」

長生摸著額頭說，金狼看著心疼，幫他揉頭，其他人陸續爬起來，就聽到吱吱聲從頭頂響起。

沈玉書抬頭一看，不由得大驚，他們順著滑下來的那個斜坡竟然自動往上收回，原來斜坡是塊完整的石板，就像吊橋一樣，可以根據情況放開或者收納。

天井雖然不高，但是從石板契合的緊密度來看，想要再從這裡爬上去，絕對有難度。

沈玉書急忙跳起來，想壓住石板斜坡，但他一個人的力量難以跟機關相抗衡，堅持下去反而危險，只好跳回地上，小松鼠見狀，也從石板上跳下來，落到了他的肩膀上。

等其他人想要幫忙時，石板已經合上了，將他們困在封閉的密室裡。

房間不大，大家同處一室，感到了悶熱，洛逍遙拉拉面罩，很想摘下來，但是想到眼下的狀況，他只好忍住。

「你看看機關圖，看有沒有辦法出去。」他碰碰端木衡，問道。

端木衡伸開手，手裡只有一半地圖，另一部分在掙扎中撕開了，房間裡沒有，所以應該是遺留在上方的甬道裡。

「這不能怪我，剛才那種狀況，我能保留一半已經不錯了。」接收到大家鄙夷的目光，端木衡苦笑道。

沈玉書說：「還是想辦法看能不能找到出口出去吧。」

蘇唯隱約記得慈禧地宮的石門只有兩道，比其他皇帝陵墓容易進入，而且孫殿英用了炸藥，誰也不知道地宮裡的機關會不會被炸藥弄得失靈，要是這裡被搞得塌方了，那他真是死不瞑目。

他拍拍牆壁，發現那牆竟然是漢白玉所造，不由得為這位掌權者的窮奢極欲咋舌，再往上看，靠近天井的地方似乎有一些洞眼，但光線不足，看不清楚。

蘇唯踮起腳還要再觀察，洛逍遙突然在旁邊說：「你們有沒有聞到香氣？」

原來房間太悶熱，洛逍遙最後還是堅持不住，把面罩移開一條縫，可還沒等他多嗅聞，已被端木衡伸手捂住了，惡狠狠地道：「戴上口罩。」

端木衡的反應太激烈，洛逍遙有點害怕，沒敢像往常那樣頂撞他，乖乖地戴回口罩。

「好像是有香氣。」

沈玉書也學著洛逍遙的樣子掀開面罩，端木衡想阻止他，他擺擺手，道：「放心，這不是什麼藥香，是香水的香氣，嗯，前不久我還聞過的。」

聽他這麼說，蘇唯也把面罩移開，嗅了嗅，點頭道：「我好像也聞過，是……」

他看向沈玉書，沈玉書則仰頭看房間上方，大聲叫道：「馬藍……不，該叫青花小姐，如果妳在的話，就請吱一聲吧。」

他這麼一說，洛逍遙馬上明白過來了，小聲問蘇唯：「是青花用的香水？」

「是啊，在大世界她跟馬澤貴對付我們的時候，用的就是這種蘭花香，看來他們也在這裡待過，才會留下氣味。」

沒人回應他們，沈玉書又放大聲量，道：「妳在的話，徐廣源肯定也在了，既然大家現在都被困住，不如同舟共濟一下？」
這次總算有人回他了，青花冷冷的聲音傳來。
「聞過一次就記住了，你是狗鼻子嗎？」
「聞屍臭聞習慣了……」
沈玉書話沒說完，就被蘇唯跳過去，捂住了他的嘴巴，仰頭陪笑道：「這傢伙不大會說話，莫怪莫怪。」
「不會怪他的，反正你們也快死了。」
「怎麼說？」
「呵，看來你們的耳朵不如鼻子尖，沒聽到聲音嗎？」
聽了青花的話，眾人一起側耳傾聽，果然就聽到某種緩慢的聲響傳來，他們最初還以為是炸藥爆炸造成的，但很快就發現不對勁兒，那聲響是徐緩前進的，並且在逐漸向他們圍攏。
「是地下水！」金狼搶先叫道。
端木衡搖搖頭，「水的話，不可能這麼緩慢，是……」
「流沙！」
蘇唯大叫出聲的同時，流沙已經從牆壁洞眼中流了進來，他們沒防備，一齊向後跳。
細沙跟水流不同，水流湍急，會立刻將人逼上絕路，細沙則是慢慢地將殺機帶來，讓陷入囹圄的人一點點感受死亡的逼近。

轉眼間，流沙沖進了房間，在他們腳下匯成一灘，再不斷地堆積起來，看這趨勢，不用半個小時，就可以將他們都掩埋了。

金狼急忙將長生背到身上，蘇唯也不斷地跳腳，避開流沙的衝擊，叫道：「你們都走到門口了還不進去，不就是想要虎符令嗎？虎符令給你們，趕緊放我們出去。」

「何必這麼麻煩，等你們都死了，我們再進去拿虎符令不就行了，我們都等了這麼多年，還在乎多等一會兒嗎？」

「妳是不在乎等，但炸藥恐怕不等人。」沈玉書冷笑道：「剛才你們也聽到了，孫殿英開始用炸藥炸大門了，如果他先找到太后棺槨，你們就什麼都得不到了。」

「是啊是啊，時間不等人，你們是打算在流沙裡慢慢摸這麼個小權杖嗎？」

蘇唯特意把虎符令亮出來，在手裡搖了搖。

之後半晌都沒有回應，流沙漫過了腳踝，大家只能不斷地來回抬腿，但腿放下後，很快就又被流沙蓋住，眼看著即將到小腿了，蘇唯急道：「你到底想怎樣？合則雙贏，分則兩敗，你們是想要兩敗俱傷嗎？」

「看來你比我們急啊。」

一個蒼老的聲音響起，聲音低緩沉穩，卻是徐廣源。

蘇唯立刻明白了青花一直不說話的原因，看來還是這隻老狐狸沉得住氣，不管他最後會不會跟他們合作，都要先折騰他們一番，藉此打壓他們的氣焰。

沈玉書也猜出了徐廣源的用心，給蘇唯使了個眼色，道：「把虎符令扔掉。」

「真扔？」

「真扔。」

下一秒，蘇唯就要揚手扔出去，被端木衡拉住，對徐廣源道：「我們死了，對你也沒好處，你的目的無非是進入地宮，只要放了我們，我們帶你進去便是。」

「哼，你們殺了馬澤貴，害得我腹背受敵，我為什麼要救你們？」

徐廣源憤憤不平地說道，蘇唯跟沈玉書卻聽得一愣，蘇唯立刻叫道：「這是誤會，人不是我們殺的！」

「當時在大世界跟我們為敵只有你們兩個，除了你們還有誰？」

說話的工夫，流沙堆積得更多了，而且流動的速度也在加快，蘇唯弄不清徐廣源的心思，道：「你先救我們出去，馬澤貴的事，我們回頭慢慢跟你解釋。」

徐廣源沒有馬上說話，流沙還在繼續升高，蘇唯有點急了，照這個流動速度，細沙很快就會漫到腰部，到那時就算徐廣源改變想法，他們也不會那麼容易獲救。

危急時刻，他靈機一動，放棄了耐性拔河，撕開領口，取出繫在頸下的懷錶，大聲問：「你不是想要這個嗎？我數三個數，你要麼救我們出去，要麼就看著我砸碎這塊錶，哈，它可不是虎符令，砸碎可就真的沒了。」

徐廣源從沒提到過懷錶，所以對這個要脅，蘇唯沒有一點把握，不過很幸運，他賭贏了，看到懷錶，徐廣源沉不住氣了，大聲問：「這錶、這錶你是從哪兒弄來的？」

蘇唯暗中鬆了口氣，道：「你管我從哪兒弄來的，一句話，救還是不救？」

徐廣源沒再多問，但對面牆壁上方的某塊石板忽然被移開了，露出了可容一個人通過的洞穴。

蘇唯大喜，他揮手示意大家移動過去，先讓金狼帶著長生爬上去，接著是洛逍遙、端木衡，最後是沈玉書。

沈玉書攀上洞口，彎腰把蘇唯拽上來，這時流沙已經快到腰部了，一番折騰下，蘇唯的身上都沾了細沙，他把面罩拉到頭上，啐了一口。

「我發誓，如果這次活著出去，我一定再也不幹盜墓的勾當。」

沈玉書笑了，拉著蘇唯的手，彎腰從管道似的洞裡鑽出去，小聲說：「一定不會有下次的。」

他們兩個人走在最後，等他們從管道裡爬出來，跳到平地上，發現幾個同伴已被圍在當中，幾把槍對準他們。

柳二也在，看到蘇唯跟沈玉書，立刻將槍指過來，沈玉書從善如流，自動舉手投降。

蘇唯皺眉看他，「你這樣做很沒有英雄氣概。」

這句話換來沈玉書的一手肘，催促道：「快舉手，我不想在解剖臺上見到你。」

為了不淪落為沈玉書的解剖對象，蘇唯也舉起了雙手，看向對面。

房間裡人不少，當中是徐廣源，閻東山緊隨其後，青花跟葉王爺站在另一邊，此外還有弗蘭克，以及柳二跟一大幫手持槍枝的隨從。

這幫人都沒戴面罩，所以看到他們這奇怪的打扮，無不露出驚訝的表情，蘇唯覺察到同伴們投來的譴責目光，他有些心虛，將面罩摘了，心裡嘀咕——這叫有備無患嘛，這種事外行人是無法理解的。

看到弗蘭克，蘇唯想起雅克對他們的提醒，他在心裡琢磨著應對的辦法，舉手向大家晃了晃。

「嗨，好久不見，各位都還安康嗎？」

徐廣源一身暗黃色的馬甲長袍，雖然在地宮中一番折騰下，衣服上沾了不少灰塵，但是不減他的威嚴氣度，他無視蘇唯的打招呼，抬起手。

閻東山會意，走到蘇唯面前，去搶奪他手中的懷錶。

蘇唯往後退了一步，舉手做出投擲狀，喝道：「別硬來，否則我就砸爛它！」

閻東山不敢強迫，轉頭看徐廣源。

徐廣源冷哼一聲，「我這輩子最討厭被人威脅。」

「我也是，不過特別情況特別對待，對我來說，這塊懷錶是最後的保障，如果我給了你，你拿槍嘣了我們幾個怎麼辦？」

「你不給，我現在就嘣了他們！」

徐廣源話音一落，就有人將槍口指在洛逍遙等人的頭上，徐廣源的目光依次從他們幾個人身上劃過，問：「從哪個開始？」

金狼立刻把長生拉到自己身後，洛逍遙也直衝蘇唯搖頭，蘇唯微微一笑，對徐廣源說：「老爺子，你不用跟我玩這種心理戰術，你如果碰他們一下，我就馬上毀了這懷錶，咱們魚死網破，如果這是你的目的，那就來吧！」

徐廣源臉色微變，沈玉書見機行事，推了蘇唯一下，道：「徐先生是個聰明人，這種兩敗俱傷的事他是不會做的。」

說完，他又對徐廣源跟青花道：「你們想要財富跟權勢，我想知道有關我父親的祕密，蘇唯……他想增廣見聞，所以我們的利益不相衝突，不如合作，總比等孫殿英炸開大門闖進來亂翻得好，到了那時，不管你們想要什麼都沒有了。」

他們一個唱紅臉一個唱白臉，徐廣源暫時沒有回話，青花卻忍不住了，冷笑道：「你們殺了馬澤貴，就憑這點，就不足信了，快開槍，我就不信他真敢砸了錶！」

那些隨從不是她的人，所以沒人有所動作，青花氣不過，自己掏出槍來，卻被葉王爺攔住了，道：「大局為重。」

「什麼大局？難道馬澤貴就白白死了嗎？」

蘇唯道：「等等、等等，我說你們肯定是誤會了，馬澤貴真不是我們殺的，他是旅長，身邊都是兵，就算我們想殺他，也沒那個機會吧。」

「當時就你們在，除了你們還能有誰！」

虎符令一案中，青花一直都表現得沉穩得體，但她現在像是變了一個人，不僅衣著狼狽，情緒波動也很大。

蘇唯的目光在她跟弗蘭克之間轉了轉，很想知道他們兩人到底是什麼關係，怎麼看起來馬澤貴更像是她的情人。

就在雙方爭執不休的時候，端木衡咳嗽了兩聲，做仲裁，說道：「現在事出緊急，我們是不是先把那件事放一放，把當下的問題解決了再說？徐老闆，你看懷錶就在他那兒，這裡都是你們的人，就算他想跑也跑不掉，所以也等於說懷錶是你的囊中之物了，你還有什麼好擔心的？」

青花氣憤地說：「一塊錶而已，值得一條命嗎？」

沈玉書冷冷回道：「現在妳也知道生命的珍貴了，當初你們謀殺替代葉王爺的老人時，就沒想過那也是一條命嗎？」

青花語塞，徐廣源注視著沈玉書，問：「你的目的只是想知道你父親的事？」

「我想不是每個人都對這些陪葬品感興趣的。」

徐廣源嗤的一笑，打了個手勢，大家把槍放下了，由閻東山引路，順著唯一的一條甬道向前走去。

見徐廣源放過了蘇唯等人，青花氣憤不已，還想舉槍，被徐廣源的一名隨從奪了過去，徐廣源冷冷道：「我不管你們跟馬澤貴的關係怎樣，但妳若妨礙了我的行動，妳也會跟馬澤貴一樣。」

「難道……」青花震驚地看向他，「馬澤貴是你派人殺的？」

徐廣源不答，拄著文明棍[1]，大踏步向前走去。

他的手下把蘇唯等人的武器都繳了，目光落到蘇唯的懷錶上，蘇唯向他們笑笑，將懷錶放進袖子裡，那些人沒再囉嗦，用槍口衝他們擺了擺，示意他們跟上。

蘇唯給洛逍遙使了個眼色，讓他跟金狼一起護著長生，他跟沈玉書走在最前面，剛好跟青花父女打了個照面。

剛才洞室光線昏暗，蘇唯沒有留意，現在才發現葵叔，也就是真正的葉王爺瘦了很多，他是葵叔的身分時就很不起眼，現在一身削瘦身板，再加上風塵僕僕的樣子，怎麼

注釋

1－文明棍：西式拐杖的舊稱，又稱司迪克（stick），因西方紳士常持拐杖顯示身分風度，因此舊時紳士及知識分子也喜歡持拐杖以顯示氣派。

看都無法相信這位曾經是聲名顯赫的貴族王爺。

蘇唯故意道：「您瘦了，是不是虧心事做得太多了？」

「哼，我做的事都是堂堂正正的，何談虧心！」

「連自己的名字都不敢用，還說什麼堂堂正正？」

葉王爺被堵得說不出話來，臉脹紅了，半晌才氣憤地道：「難道你以為我想這樣嗎？我本來是個大胖子，可自從朝廷被那些反賊顛覆了後，我就瘦成了皮包骨，連大煙都沒得抽，而那個廢物卻可以頂著我的名字享福，連我的女兒都要伺候他，他早該死了！」

「不管你有多少個理由，你的身分有多尊崇，你都是個小人。」沈玉書冷冷道：「你本沒必要殺那位替代品，可是你卻殺了他，只因為你的自尊心作祟，你忍受不了堂堂的王爺要去照顧一位平民。」

「是又怎樣？他還不是死在了我的手上？你不是神探嗎？有本事就抓我歸案啊！」

面對葉王爺的叫囂，沈玉書不為所動，道：「假如有命出去，我一定會的。」

葉王爺一愣，隨即冷笑起來，目光在他們幾個人當中轉了轉，一拂袖子，大踏步向前走去。

洛逍遙在後面將這些對話聽得清清楚楚，氣得攥起了拳頭，被端木衡攔住，示意他不要輕舉妄動。

大家都陸續進了甬道，端木衡走在最後，看了看還站在原地的弗蘭克，他微笑說：

「好久不見了，弗蘭克先生。」

後者置若罔聞，仰頭向前走去，端木衡也不介意，跟在了後面。

再往前走，甬道逐漸變寬，遠處偶爾有轟隆聲傳來，導致地面不時地顫動，應該是匪兵在破壞入口的石門造成的，還好不妨礙走路。

閻東山跟其他幾名隨從在前面引路，腳步踏得飛快，有時候遇到石板封路，他也能迅速找到打開的機關。

徐廣源跟在後面，拄著文明棍健步如飛，蘇唯追上他，主動搭訕。

「徐老闆，看你對這裡這麼熟悉，以前是不是來過？」

「假如一張路線圖你看了幾年的話，也會走得跟我一樣快。」

「看來你早對這座陵寢虎視眈眈了。」

「小子，你不用試探我，到達太后地宮還有一段距離，你有什麼想知道的，趁著現在問吧。」

一聽這話，蘇唯給沈玉書使了個眼色，往後退了一步，把詢問的機會讓給他。

沈玉書問：「多年前是不是你派人暗地裡去我家翻找？還有我們的偵探社開業後，

曾數次被賊光顧，都是你派的人吧？」

「你父親去世前後，我的確曾派人去搜查過，但要說全部都是我的人，那也未必，要知道這世上還有許多人對那個祕密抱有興趣。」

「你說的祕密是指虎符令？」

「不錯，虎符令除了調兵外，還是進入地宮密道的鑰匙，不過老實說，洋務運動後，朝廷能調動的兵力有限，所以大家打的都是珍寶的主意，不過我萬萬沒想到懷錶也在你這裡。」

懷錶其實不是沈家的，不過既然徐廣源誤會了，沈玉書也沒有多說，道：「看來比起金山銀海，你對這塊錶更感興趣。」

「應該說我感興趣的是錶所帶來的希望，而不是錶本身的價值。」

懷錶有什麼希望？它除了能讓人穿越時空外，什麼用處都沒有，更何況穿越者本身還無法選擇著陸點。

想到這裡，蘇唯心中一動——既然錶可以把他帶到這裡，那當然也可以把徐廣源等人帶回更早遠的時代，甚至如果瞭解它的功能的話，說不定還可以利用它轉換時空，徐廣源野心勃勃，他想要的難道會是回到半個世紀前，重建大清朝嗎？

越想越覺得這個可能性很大，蘇唯不由得啞然失笑，接下來會是怎樣的發展他無從得知，但他知道這個所謂的希望只是妄想，因為歷史上從來都沒有這樣的記載。

沈玉書問：「你早就認出我了對吧？」

「像你這麼出色的人，要想無視也很難啊，我第一眼看到你，就知道你是沈長卿的兒子了。」

自從父親過世，他的名諱就再沒有人提到過，此刻乍然聽到，沈玉書有些不適應，問：「他不是普通的醫官嗎？為什麼虎符令會在他那裡？」

「普通醫官？哼，你知道這宮裡最方便打聽情報的是哪種人？」

蘇唯搶先說：「宮女太監？要不就是大內侍衛？總不可能是醫生吧？」

「正是醫官，他們要診病，自然會出入內宮，但他們又不屬於各宮，主子們不會提防他們，甚至還會主動說一些隱祕的事，所以那些官職不大不小的醫官才是最方便打聽消息的人。」

「你的意思是沈伯父是情報員？呃，我的意思是密探？」

「可以這麼說。」

「是誰的密探？」

「他聽命於誰我就不清楚了，為了保證自己的身家跟利益，許多人都有自己的密探，或許是奕訢，或許是奕劻，不得不說你父親是個人才，在風雲詭譎的廟堂當中可以全身而退，不是平常人可以做到的。」

奕訢跟奕劻，一個是恭親王，一個是慶親王，徐廣源就這樣直呼其名諱，言談中毫無敬意，沈玉書不知道他們之間是否有什麼恩怨，說：「可是就算我父親是王爺手下的密探，他也沒資格保藏虎符令。」

稍微沉默後，徐廣源嘆道：「只怕……連他的主子也不知道那是虎符令啊。」

聽著他們的對話，蘇唯心裡開始犯嘀咕。

奕訢是個非常有政治能力的人，他曾經聯合慈禧太后發動辛酉政變，深受太后信任，但伴君如伴虎，這從他在宦海中數度沉浮便能看得出來，到了晚年，他更是頗招猜忌，所以他派密探打聽宮中消息便可以說得通了。

而且沈長卿辭官也是奕訢過世後的事，主子沒了，不趁機全身而退還待何時？反而奕劻的可能性不大，這位慶親王可是個窮奢極欲的主兒，沈長卿辭官時他還健在，除非有特殊原因，否則他絕不會容忍棋子主動棄棋。

但是奕訢早慈禧十年而亡，他怎麼會有慈禧地宮的鑰匙，並且放在棋盤裡，轉送沈長卿？或許奕訢並非不知棋盤的祕密，而是故意將棋盤轉送給自己的親信，他知道地宮的設計，也知道慈禧會做出怎樣的選擇，所以特意將這個祕密流到了民間。

蘇唯問徐廣源：「懷錶是鬼子六……呃不，是奕訢進貢給太后的物品吧？」

「這我就不清楚了，不過他那人最愛洋貨，特意搜羅各種奇珍異寶討太后歡心，也是可能的。」

蘇唯心想如果是這樣，那奕訢收到了洋玩意兒，為了籠絡人心，必會將懷錶贈給親信隨從，所以沈玉書幼年才會見過那塊懷錶。

但是後來奕訢發現了懷錶的祕密，便又索回去，進貢給慈禧，那時候他已經被架空了，所以他這樣做究竟是為了討好太后，還是為了日後的算計，大概只有他自己才知道。

蘇唯想得出神，冷不防前面的人突然停下腳步，他一個剎不住，撞到沈玉書的身上，發出砰的一聲響。

沈玉書捂著後腦杓轉過身，蘇唯也跟他一樣保持捂住額頭的姿勢，兩人對望一眼，沈玉書問：「撞痛你沒？」

「還好。」

「我被撞痛了，記得回頭付醫藥費。」

沒等蘇唯回話，閻東山已經不耐煩了，道：「卿卿我我的話回頭再說，先把門打開。」

——嗯，這些前清侍衛有功夫沒文化，說錯成語也是可以原諒的。

蘇唯一邊揉著額頭一邊向前看去，他們已經走到了盡頭，前方矗立著打造氣派的石門樓。

門樓上方雕刻著龍鳳祥雲，門檻及閘簪均是鑄銅上貼了金片，在手電筒的光芒下晃出淡金色的光芒，石門當中是一對金鋪首，鋪首獸面銜環，獸面形似虎頭，蘇唯立刻想到了虎符令。

徐廣源取出其中一半虎符，交給閻東山，閻東山又看向沈玉書，沈玉書向蘇唯點點頭，蘇唯便將另一半虎符拿出來，遞了過去。

閻東山走到大門前方，稍做觀察後，很熟練地兩枚虎符嵌入鋪首當中，蘇唯急忙拉著沈玉書往後躲，又招呼其他人也後退。

沈玉書問：「你這是幹什麼？」

「這種地方難保不會有機關暗哨什麼的，電視……小說裡經常出現，就像剛才我們遇到的弩箭那類的情況，所以為了安全起見，我們還是有所防範比較好。」

「我覺得在這種情況下，很難防範。」

沈玉書轉頭看看周圍，如果四面八方都放冷箭的話，除非他們全身穿鎧甲戴鋼盔，否則別想躲過。

還好，蘇唯擔心的事情沒發生，兩枚虎符放入鋪首，正對到一起後，大門發出吱呀呀的響聲，緩慢移動開來，露出了裡面的空間。

地宮恢弘龐大，眾人站在正前方，便可看到牆壁上寓意福壽的雕磚圖案，當中棺槨臺上便是太后棺槨，室內並沒有多餘的擺設，所以更顯得空曠，手電筒照進去，棺槨發出幽暗的光亮。

一時間，地宮內靜了下來，大家都被眼前這幕場景震懾到了，誰都沒有說話，最後還是弗蘭克率先反應過來，撥開眾人，第一個衝了進去。

其他人回過神，也紛湧而入，反而是蘇唯跟沈玉書落在最後，還是閻東山用槍比劃著讓他們跟上，他們才進去。

這時候地宮裡的寂靜已被喧嘩覆蓋了，棺槨四周擺放著眾多的珍寶，單只棺槨上方就有珍珠、翠玉等雕飾擺件，珍珠顆顆滾圓，分別嵌在玉石蓮花之上，棺木兩旁則是玉雕珊瑚，再下方則是同樣的圓潤珍珠以及各類翠雕。

珍寶太多，映襯在漆金的棺槨上，頓時晃花了眾人的眼睛，棺外已是如此，可想而知棺內該是怎樣的奢華，大家都興奮得不能自已，已有人開始嘗試著挪動棺蓋了。

看到眾人的醜態，沈玉書不由得皺起了眉，他想起曾在弗蘭克的別墅地下室裡看到的帳簿，帳裡寫了很多密碼，這讓他越發確定了弗蘭克的上一輩對慈禧地宮的瞭解。

這個法國人利慾薰心，他冒著危險留在上海，只是為了這裡的巨額財富。

再看柳二跟那些隨從，他們雖然不像弗蘭克表現得那麼直接，但臉上也寫滿了貪欲，葉王爺更是趴到了金玉寶石上，興奮地大叫：「我終於找到它們了，我是葉赫那拉氏的子孫，這些都是老佛爺賞賜給我們的，都該歸我所有！」

他已行將就木，多年來的顛簸流離在他臉上刻下了深深的皺紋，哪裡還有身為王爺的氣度？沈玉書幼年在北京居住，曾多次隨父親出入宮廷，但他從來不知道這位王爺的存在，更沒聽說過這個人。

也許京城裡的王爺侯爵太多了，多如過江之鯽，即使大清國滅亡已久，他們還是無法放棄早已逝去的地位跟尊榮，妄想利用這裡的財富重新回歸曾經的奢華生活。看著葉王爺如癲似狂的模樣，沈玉書只覺得他一直被欲望跟妄想困縛著，可笑亦可憐。

其他人也被帶動著撲到了棺槨臺上，更有甚者開始往口袋裡塞那些珍珠瑪瑙，一開始大家還顧忌徐廣源，但很快就被眼前的金山銀海占據了視線，無視徐廣源的喝止，分搶起珠寶，柳二乾脆跳到了檯子上，取出隨身帶的鐵鉤，準備撬棺。

到最後連閻東山也控制不住，眼睛不斷地往棺槨那邊瞄，蘇唯趁機摸了隨從腰間的配槍，偷偷遞給沈玉書。

看到這一幕，徐廣源氣得全身發抖，連頓手中的文明棍，叫道：「都給我住手！」聲音在封閉空間裡迴蕩，不過根本震懾不住這幫陷入瘋狂的掠奪者，他連叫數聲，眼看著狀況越來越無法控制，便掏出槍，向門外開了一槍。

這聲響便像是炸開了一樣，地宮裡頓時鴉雀無聲，眾人一齊看向徐廣源。

徐廣源保持舉槍的姿勢，陰森森地說：「你們想要財寶，我不阻攔你們，但要等我把事辦完！」

閻東山最先反應過來，急忙招呼同伴們從棺槨上退下來，不過弗蘭克跟葉王爺等人仍然保持相同的姿勢，眼睛裡流露出貪婪跟興奮，看來並不想放棄近在眼前的財富。

看到他們這副模樣，徐廣源冷笑道：「你們都等了這麼久，還在乎這一刻嗎？就算你們想全部吞掉，你們也不過一個人兩隻手，拿得了這麼多嗎？」

葉王爺想了想，跳下檯子，弗蘭克也照做了，口中卻道：「徐老闆，請不要忘記，雖然你們可以進來這裡，但要想把珠寶順利倒賣出去，還得靠我的關係。」

「我記得，這點珠寶也根本不算什麼，只要你們配合我，到時成功了，再多的珠寶財富也是唾手可得。」

「這麼多珠寶還不算什麼啊？」

洛逍遙一聽就叫了起來，換來徐廣源鄙夷的目光。

「真是井底之蛙，這些錢再多也是有限的，只要我大清國重建，那才是數不盡的財富啊。」

葉王爺的眼睛頓時亮了，對他這種前朝王爺來說，比起錢財，榮耀家世更有吸引力，不過還是小心地問：「你是想靠這裡的錢重建大清？」

「當然不是，現在的政局大勢所趨，就算是神仙也改不了，不過我們可以扭轉乾坤，回到過去，改變以前發生的事。」

他這番話說出來，大家的臉上都露出迷惑之色，只有蘇唯最清楚，心想果然不出他所料，徐廣源處心積慮進入地宮，目的不是這裡的陪葬品，而是改寫命運。

正想著，徐廣源的目光投向他，道：「把懷錶給我。」

眾人的目光頓時落到蘇唯身上，閻東山也向他走過來，蘇唯往後退，裝糊塗，指著棺槨臺道：「你們不就是想要錢嘛，現在財寶近在眼前，你還要懷錶幹什麼？」

「把懷錶交出來！」

徐廣源向他大喝，看到閻東山衝過來搶奪，蘇唯握住懷錶往其他地方跑，叫道：「不要逼我，否則我就砸爛它，大家一拍兩散！」

「那就砸啊，我看你敢不敢砸！」

徐廣源說得有恃無恐，蘇唯一愣，徐廣源看向端木衡，問：「你說他會不會砸掉？」

「那是他的盾牌，非到萬不得已，他不會做的，不過就算砸了也就砸了，反正那只不過是個贗品。」

端木衡說著，從口袋裡掏出一塊懷錶，竟然跟蘇唯手中的那塊形似，端木衡走到徐廣源身旁，晃動著錶鏈，微笑說：「因為真正的懷錶已經在我這裡了。」

「你！」蘇唯吃驚地看過去，端木衡向他露出抱歉的表情，說：「對不起，蘇唯，我這樣做也是逼不得已。」

「你出賣我們！」

洛逍遙也反應過來了，氣得衝過去揮拳揍他，端木衡閃身躲過，抬槍指在洛逍遙的腦門上，示意他退後。

洛逍遙不敢硬來，只好氣憤地指著端木衡大叫：「你混蛋！你哥那麼信任你，你居然出賣他！」

面對洛逍遙的質問，端木衡反應平淡，冷靜地說：「我覺得出賣這種事是相對而言的，我們各有自己的立場，我想實現自己的理想，有時候就不得不做出一點犧牲，我想對於這一點玉書最能明白。」

「是，我明白，一開始我們就不該跟大盜勾魂玉搭檔，相信一個賊，這是我的失誤。」

沈玉書的話一石激起千層浪，眾人同時發出驚呼，看向端木衡，蘇唯收起了吃驚的表情，不爽地踹了沈玉書一腳。

「在說這句話的時候，別忘了你的搭檔也是賊祖宗。」

「喔，我忘了，下次記住。」

「別有下次，謝謝。」

兩人的對話被眾人的吵嚷聲蓋過去了，畢竟勾魂玉這個名字太出名了，在場的人沒有不知道的，更無法相信眼前這位溫文如玉的公子哥兒竟然就是勾魂玉，便越發震驚。

坦然接受了眾人的注視，端木衡面不改色地對沈玉書嘆道：「玉書，你違背諾言了，你曾說過，絕對不把我的身分說出去的。」

「我說了嗎？」沈玉書一臉無辜地說：「我有說端木衡是勾魂玉了嗎？現在明明就是你自己跳出來承認的。」

被將了一軍，端木衡臉上的笑容有些僵，蘇唯拍拍沈玉書的肩膀，語重心長地道：「你這樣做不大好，畢竟他是你的竹馬，你得給人家留點面子啊。」

「喔，下次記住。」

「不過……」蘇唯笑著看向端木衡，「外界把大盜勾魂玉傳得神乎其神，其實今天一見，也不過如此，讓我很失望。」
端木衡臉色一沉，沈玉書立刻看蘇唯，「你看人家生氣了，你這樣說他，也沒給他留面子。」
「沒辦法，我得說出真相啊，不然他還自鳴得意地以為自己偷到了懷錶呢。」
「難道他沒偷到嗎？那他手裡拿的懷錶是……」
「當然是假的，想在我蘇十六身上偷東西，他還不夠斤兩。」
他們倆一唱一和說得開心，端木衡的臉色卻變了，急忙低頭查看手中的懷錶，徐廣源也狐疑地看過去，問：「假的？」
「不可能是假的，我剛才明明是從他口袋裡拿的！」
「因為我就是把假的放在口袋裡讓你偷的啊。」
蘇唯故意拍拍自己的口袋，見端木衡還一臉的不可置信，他指指徐廣源，說：「這錶是我在火車上跟人換的，你不信的話，可以讓這位老前輩看看，他研究這玩意這麼多年，是真是假應該看得出。」
聽了蘇唯的話，端木衡再看懷錶，發現雖然這錶看起來精緻華貴，但明顯不像是有年數的洋錶，但他對徐廣源抱有戒心，沒有把錶給他。
蘇唯搖搖頭，嘖道：「你這樣做就太不應該了，你怎麼也要相信你的合夥人嘛，否則接下來的買賣還怎麼做得成？」

端木衡的眉頭挑了起來，他還沒說話，洛逍遙就搶先問蘇唯：「你說大尾巴狼跟徐老闆是一早就商量好的？難道他是內奸？他是故意跟我們在一起的？」

「可不就是嘛，所以徐老闆明明知道路卻不走，而是等我們落入陷阱，找機會拿到虎符令，他們對我們的行動瞭若指掌，那是因為有內應啊。」

洛逍遙看向端木衡，還是感到無法相信，猶豫了一下，又看金狼，問：「會不會……會不會搞錯了？」

金狼明白他的想法，不由得大怒，喝道：「我金狼做事光明磊落，出賣朋友的事絕對不會做！」

「沒人說是你，其實這種事用排除法就知道了，長生跟花生醬不可能是內奸，小表弟也不會出賣我們，我們自己當然更不會，那麼……就只剩下一個人了。」

「不會的，大尾巴狼他雖然嘴巴毒又壞心，可是、可是一直都很幫我們的，這次要不是他，我們也不可能順利上火車……」

「笨蛋，他那是在逼我們走啊，只有那樣，我們才會在之後的行動上都聽他的安排，自動將虎符令送到徐廣源手上。」

蘇唯說得很清楚，洛逍遙找不到辯解的話，可還是無法接受端木衡的背叛，又看向他，希望他自己解釋。

端木衡把目光閃開了，對沈玉書說：「看來你也從沒相信過我啊。」

「因為從一開始你就跟徐廣源串通好了，設計了這場戲來讓我們上鉤。」

沈玉書不鹹不淡地說完，蘇唯追加：「所以我們就將計就計，反正我們也是要來地宮的，有你帶路更方便些，那條進入地宮的密道其實你一早就知道了吧，卻在我們面前做了一場好戲。」

「所以你們都知道大尾巴狼的計劃了？」

洛逍遙看向金狼跟長生，長生用力搖頭，洛逍遙對蘇唯氣道：「你們早就知道的話，怎麼不早說？如果他趁機害我們怎麼辦？」

「不會的，他的目的不在我們身上，徐廣源想要虎符令，他想要這裡的陪葬品，所以他們合夥，僅此而已。」

洛逍遙又氣得怒瞪端木衡，指著他叫道：「就為了這點錢，你就出賣我們！我還以為你跟其他富家子不同，原來你們都一樣！」

沈玉書搖搖頭。

「不一樣，他是看中了陪葬品的價值，想用它來補充軍餉，他不甘心一直在洋人手下碌碌無為地做事，他想練出自己的軍隊，而這些都是需要錢的。」

聽到這裡，端木衡笑了，對沈玉書道：「所以玉書，我一直希望跟你做朋友，因為我的抱負只有你懂。」

「也正因為如此，為了達成你的理想，你不惜做任何事，甚至殺掉馬澤貴。」

他們這邊囉囉嗦嗦說了很多，到最後也沒說出如何利用懷錶達成所願，葉王爺在一旁聽得不耐煩了，正要開口催促，聽了這句話，他的臉色變了，立刻問：「你說什麼？馬澤貴是他殺的？可是他跟……他跟……」

「你想說他跟徐廣源是一夥的，為什麼要殺馬澤貴是吧？」

葉王爺說不出話來，只是用力點頭。

沈玉書淡淡道：「原因很簡單，因為他想取而代之。馬澤貴跟徐老闆聯手設計進入地宮，為此不惜偷運大量的洋槍跟炸藥，以圖必要的時候對付孫殿英，對端木衡來說，那些都是絕好的資源，而且馬澤貴手下還有一個旅的兵力，只要端木衡善加利用，那些全部都可以成為他的東西，他本來就出身軍旅，要如何帶兵對他來說簡直易如反掌，再加上地宮裡的珍寶，這一切如果都到他手裡的話，到時呼風喚雨，還不都由得他來？」

端木衡沒有反駁，微笑著聽沈玉書講完，點了點頭，算是默認了他的話。

洛逍遙氣得再次攥緊了拳頭，端木衡知道他的心思，用槍比劃了一下他的額頭，以示警告，沒想到洛逍遙的氣沖了上來，竟然不怕，向他叫道：「我不懂你那些遠大志向，但你為了自己的利益害別人就是不對的！而且你還嫁禍我哥，虧我哥還把你當朋友！」

「不，他沒把我當朋友，否則就不會懷疑我了。」

洛逍遙還要再罵，青花衝到了端木衡面前，但她馬上就被徐廣源的隨從拉住，只能氣憤地喝道：「你這個殺人凶手！你殺了他，我要你償命！」

「何必這麼激動，說得就好像妳沒殺過人似的。」端木衡冷淡地說：「像馬澤貴這種軍痞，為了一己私欲，不知道做了多少虧心事，死在他手上的人更是不計其數，他還想殺沈玉書呢，我現在只不過是幫玉書報仇而已……」

話沒說完就被洛逍遙打斷了，氣道：「呸！這話你都說得出來！你陷害我哥，害得他有家難歸，這還不夠嗎？」

「如果可以，我很希望換個方式解決這件事，不過我相信玉書的能力，他完全可以化危機為轉機，至於馬澤貴……」掃了青花一眼，端木衡道：「他也只不過是罪有應得而已。」

「你！你這個混蛋！」

「我不殺他，他也會殺我，這本來就是個弱肉強食的世界，現在大筆的財富就在眼前，有了錢，妳想找多少個情人都行，何必在這裡糾結？」

青花被端木衡冷漠的發言氣瘋了，抓住旁邊一名隨從，拚命從他手裡奪槍，那名隨從幾乎壓不住她，最後還是葉王爺走過來，一巴掌甩在她臉上，將她打翻在地，陰沉著臉喝道：「現在不是追究這些事的時候！」

青花無法反抗父親，趴在地上失聲痛哭，葉王爺又看向端木衡，冷冷道：「我真是看走眼了，端木院判的兒子居然這麼厲害，將我們這些老頭子耍得團團轉。」

「可惜啊，最後還是被發現了。」

端木衡一臉的雲淡風輕，完全沒有被捉包後的懊惱，微笑看向沈玉書，問：「我很好奇，你是從什麼時候開始懷疑我的？」

蘇唯揉揉額頭，靠近沈玉書，小聲問：「怎麼壞人都喜歡問這句話？」

「你應該說『聰明的壞人』，正因為他自詡聰明，所以不甘心自己的失敗。」

沈玉書解釋完，回道：「一開始。」

端木衡挑起眉，「一開始？」

「蘇唯走後，一大幫人對偵探社虎視眈眈，可是卻沒人上門找麻煩，讓我可以安穩度日，我猜是你從中周旋的，你這樣的人，假如沒有好處的話，是絕對不會這樣用心待人的。」

「你這樣說自己的竹馬，真的好嗎？」

「我是實話實說，那時候我就懷疑你是不是跟徐老闆之間有了什麼交易，後來我被馬澤貴綁架到船上，我一開始以為求救信是蘇唯寫的，後來發現不是，可是有人既要救我，又不親自出手，這做法太矛盾了，我就想到他會不會是藉此來取得我的信任，事情的發展也正如我猜想的，因為突發事件，你掌控了全局，得以跟我們共進退，還控制了小姨跟姨丈。」

父母被提到了，洛逍遙急了，向端木衡叫道：「你要是敢對我爹娘怎樣，我不會放過你的！」

「別擔心，他的目的是地宮，不會對小姨他們動手的，阿衡雖然不是好人，但至少不是小人，他不會做出欺凌弱小的事，對吧？」

「你都這樣說了，我若對伯父伯母有所動作，那豈不是小人了？」端木衡輕笑，無奈道：「玉書，我們交往很久了，我一直以為你信任我的，沒想到還比不過一個認識了才一年的朋友。」

「因為你害得我差點淹死。」

「抱歉，我真的不知道你不會游泳，這是我的失誤。」

「你的失誤還不止這些，你在大世界藉幫助我們，把馬澤貴約到舞廳，找機會幹掉了他，還特意把我的鋼筆丟在現場，讓所有人都懷疑我是凶手，而我們則懷疑徐廣源是凶手，你引導我們自相殘殺，好坐收漁翁之利，可惜你做得太周到了，讓我很容易懷疑到你，別忘了當時能在我身上偷到筆並且可以輕易幹掉馬澤貴的人並不多。」

「我也知道不可能瞞你太久，但也沒想到你這麼快就懷疑到我身上了。」

「正值用人之際，徐廣源暗殺馬澤貴對他一點好處都沒有，所以假如馬澤貴死了，最能獲得好處的人就是你了——你利用你的兵力挾制徐廣源，盜墓罵名讓孫殿英去背，你只要坐收其利就行了，到時事情傳揚出去，受天下唾罵的是孫殿英，連累不到你端木公子身上，真是一石三鳥的好計策。」

一席話說完，地宮裡陷入沉寂，最後還是蘇唯開了口，對端木衡說：「你有權保持沉默，但你所說的每句話都將成為呈堂證供。」

「不需要沉默，正如你們所說的，這一切都在我的計劃之中，輸在你們手中，我也心服口服。」

端木衡將那塊懷錶丟去一旁，很瀟灑地一攤手，對徐廣源道：「總之結果好就行了，現在徐老闆你想要的懷錶就在眼前，弗蘭克先生跟王爺，你們也得到了財富，而我要的是軍權，利益不相衝突，不是嗎？」

徐廣源兩手按在文明棍上，冷森森地說：「你擺我們一道，就這麼完了？」

端木衡笑道：「我相信大家都是聰明人，與其對過去的失敗耿耿於懷，不如及早抓住眼下的利益。」

徐廣源不說話，目光轉向蘇唯，閻東山會意，向蘇唯走過去。

蘇唯握著懷錶閃到了沈玉書身後，徐廣源道：「把懷錶交出來，我以祖宗的名義保證不為難你。」

「開什麼玩笑？在電視劇裡，最先被幹掉的只有兩種人——好人跟傻子，你覺得我是哪種人？」

「我不知道你是哪種人，但如果你再堅持的話，你們都會變成死人。」

徐廣源的話音落下，他的隨從一齊把槍口指向蘇唯跟沈玉書，洛逍遙看得目瞪口呆，指著端木衡，衝徐廣源叫道：「他算計你們啊，你還要跟他搭檔？你腦子沒有問題吧？」

看他氣得臉頰都脹紅了，端木衡覺得分外有趣，噗嗤笑道：「小表弟，徐老闆的腦筋可比你靈活多了，他是生意人，知道什麼對自己是最重要的。」

洛逍遙不想理他，見閻東山率人跟蘇唯搶奪懷錶，他立刻衝上去幫忙，卻被其他人攔住。

地宮雖大，但牆壁厚實堅固，再加上有不少玉石珠寶，大家都不敢亂開槍，便徒手廝打起來，幾個人圍攻洛逍遙，其他人對付蘇唯跟沈玉書，金狼怕長生受傷，護著他退到角落裡，一時間棺槨附近亂成一團。

不過其中也不乏渾水摸魚的人，諸如柳二之流，他們只想趁機多弄點值錢的東西，至於徐廣源提到的返回過去重建大清的話，他們聽不懂，更懶得理會。

【第十章】

重返現代社會

「蘇唯，你沒事吧？」

蘇唯注視懷錶的表情太凝重，沈玉書反而擔心他受了傷，按住他的肩膀仔細打量。

蘇唯回過神，衝他一笑。懷錶壞掉了，所以回到現代社會的夢想大概也無法實現，不過這也沒什麼，身邊有這麼多知己好友，他不介意自己的人生在這裡重新開始。

「沒事，我很好。」

葉王爺趁亂將青花扶起來，拉她去一邊，在一群人高馬大的壯漢當中，他們的存在很不起眼，徐廣源也沒多加留意，在隨從的保護下快步來到棺槨前方，他無視檯子上眾多華麗的陪葬品，伸手撫摸棺槨，口中喃喃自語。

端木衡頗為好奇，走過去，問道：「你說的懷錶真有那麼神奇的作用嗎？」

徐廣源嗤的一笑。

「你當然是不信的，我若非親眼見到，也不會相信，當年在太后寢宮，我們幾位老臣就看著那個洋人利用懷錶改換時空，若非載灃突然闖入，儀式就成功了，那一幕的絢爛，我到死都不會忘記……」

徐廣源撫摸著棺槨，半閉雙目，彷彿沉浸在了過去的時光裡，眼前眾人瘋狂的毆鬥完全入不了他的眼。

「洋人都是會魔法的，而你也即將看到那樣的魔法。」

端木衡看了一眼弗蘭克，弗蘭克正在拚命地往袋子裡裝珠寶，表情充滿了貪婪跟欲望，他不屑地想：這樣的人若也會法術的話，一定是老天瞎了眼。

「即使儀式被打斷了，回頭再做一次不就行了，為什麼要再等二十年？」

「因為當天太后就駕崩了，那個洋人也在事後失蹤了，包括他身上的懷錶，而我只有一塊，這些年我用盡辦法去尋找都找不到，所以我原本都放棄了，想用我的懷錶來試試運氣，卻沒想到另一塊懷錶會意外出現。」

說到這裡，徐廣源突然睜開眼睛，目露精光，看向對面的蘇唯，蘇唯還在躲避眾人的追殺，努力不讓手中的懷錶被奪走。

端木衡對徐廣源的話半信半疑，更不信一個人可以無緣無故地消失，所以那個洋人要麼是發現魔術蒙騙不了人，偷偷溜掉了，要麼就是失去用處，被暗殺了。

不過他還是捧場地問下去：「沒有一件事可以被封得滴水不漏，可是我從未聽說過這件事，看載灃跟溥儀的態度，他們也不像是知道的。」

「如果你是太后，那你會將這個祕密告訴掌握著國家政權的攝政王跟傀儡皇帝嗎？你怎麼知道他們就肯幫你完成所願？」

端木衡默然，的確，如果換了他，他寧可將這件事交給遠親外戚去做，也不會選身邊的人，因為彼此太瞭解了，利害關係也太多，反而擔心他們會算計自己。

「所以老佛爺英明，將這件事交給了我來處理，而我也幸不辱命，幫她老人家達成了所願。」

徐廣源說完，往後退開一步，吩咐身邊的隨從，讓他們開棺。

端木衡很驚訝，原本還以為這個老人頗為精明，現在卻覺得他為了復辟有點瘋癲了，不過沒去阻止——外界一直傳說太后內棺裡放了大量的珠寶玉器，他也很想親眼目睹內棺裡該是怎樣的豪華。

慈禧棺槨由楠木製成，槨外以金粉塗製，四面鑲以同為塗金的棺釘，隨從們取出特製的鐵鉤將棺釘撬出，幾個人合力掀開棺蓋。

端木衡問：「你想怎麼做？」

「看這裡。」

徐廣源用文明棍敲敲地面，有人把手電筒照過來，藉著光芒，端木衡發現棺槨臺下的地磚刻有紋絡。

紋絡像是象形文字，又像是數字記號，總之與大家熟知的八卦圖形大不相同，大概這就是徐廣源口中所稱的魔法吧。

端木衡對迷信之說嗤之以鼻，但考慮到這些符號或許跟地宮陪葬品有密切關係，為了看清楚，他蹲下身來，誰知就在這時，頭頂突然傳來風聲，徐廣源掄起文明棍狠狠擊打他的頭部，口中罵道：「敢算計我，真不知天高地厚，去死吧！」

端木衡完全沒想到徐廣源會突然攻擊自己，一時間無法躲閃，只好抬手招架，意圖搶奪他的文明棍。

徐廣源揮舞著文明棍，完全沒有了平時的儒雅風範，瞠目齜牙，如同惡鬼。

端木衡驚怒交加，喝道：「你瘋了，殺我對你有什麼好處？」

「我現在可以藉懷錶改朝換代了，要你那些兵跟槍枝有什麼用？你既然來了，就不要浪費，給老佛爺當祭品吧！」

徐廣源勢若瘋狂，拿著文明棍向端木衡劈頭蓋臉地揮下，端木衡好不容易才奪下他手中的棍子，卻在這時，旁邊傳來響聲，他轉過頭，迎面便看到棺蓋倒向自己。

原來那幾個隨從剛剛把棺蓋抬下，就被青花瞅準時機撞到，他們失去了平衡，棺蓋向前滑去，正好撞向端木衡。

那棺蓋足有百斤重，砸到身後的後果可想而知，偏偏端木衡來不及躲避，就在這危急關頭，旁邊竄來一道身影，抓住他向前撲去，轟隆巨響中，棺蓋擦著他們落到了地上，響聲不絕，震得耳膜都開始作痛。

端木衡當過兵打過仗，又利用勾魂玉的名字接連作案，這輩子遇到的凶險不計其數，但沒有一次像這次這樣讓他切身感覺到死亡的臨近，驚魂未定之下看向救他的人——洛逍遙靠著他趴在地上，臉色蒼白。

端木衡的心又提了起來，急忙抓住他，問：「怎麼樣？有沒有受傷？」

洛逍遙不說話，一把把他推開，想站起來，下一刻又皺起眉，伸手捂住左肩，顯然是剛才在救人時被棺蓋砸傷了。

端木衡更在意，又問：「到底怎麼樣？給句話！」

洛逍遙還想逞英雄，奈何左肩實在太痛，嘶著氣道：「左手動不了了，我這隻手臂是不是廢了啊？」

端木衡扶他起來，撕開他的領子查看，就見肩頭紅腫了一大片，不過沒傷到筋骨，這才放下心，道：「不怕，如果廢了，我養你。」

洛逍遙反應過來，一腳踹過去，罵道：「滾，你剛才還想殺我！」

端木衡任他踢打，說：「那只是做做樣子，又沒真想殺你，如果我真要殺你，你哪能活到現在？」

「這麼說我還要感謝你嘍。」

「不，倒是我要謝謝你剛才一直幫我說話。」

「才沒有，我是不相信我瞎了眼，看錯了人，害我就算了，還害我哥！」

端木衡皺皺眉，突然伸手掏出槍，洛逍遙還以為他要對付自己，誰知他的目標是對面的人。

不過端木衡記掛著洛逍遙的傷勢，出手晚了一步，青花搶先奪下一名隨從的槍，雙手握住槍柄對準他。

那些隨從個個身手矯健，換了平時，青花一個弱質女流怎麼可能從他們手中奪槍，但眼下狀況有異，大家都為了搶奪珍寶紅了眼睛，這幾個人原本還震懾於徐廣源的身分，不敢造次，但棺蓋掀開，露出了裡面的陪葬品，看到其他人一擁而上去爭奪，他們哪裡還能堅持得住。

他們當下無視徐廣源的命令，也衝到檯子上搶奪，徐廣源氣得大叫，這些人卻像是瘋了一般，置若罔聞，更別說去理會青花了。

其他人都忙著奪寶，反倒是棺蓋旁的三個人最為冷靜，端木衡扶著洛逍遙站起來，看到指向自己的槍口，他將洛逍遙推到身後。

洛逍遙很不服氣，想反抗，被端木衡按住，對青花道：「女人太執著可不是好事。」

「混蛋！你什麼都不知道就不要亂說，馬澤貴是我大哥，是我親大哥！我們一家人為了尋找地宮的祕密，這麼多年來幾乎沒有團聚過，眼看著馬上就可以成功了，卻都讓你給毀了！現在我哥死了，我要再多的珍寶又有什麼用？」

想到這些年來的奔波跟算計，青花悲從心起，說話時淚流滿面，因為氣憤，她的手抖得很厲害，槍口指向端木衡，眼神中滿是怨恨。

無視她仇恨的目光，端木衡平靜地說：「要走怎樣的路都是自己選的，你們原本可以選擇更舒坦的人生。」

「你這個魔鬼，你去死吧！」

青花被他激得發狂，狠力地扣下扳機，但槍管中傳來卡殼的聲音，卻原來碰上了啞彈，她還要再扣扳機，地宮外突然爆發出連聲巨響，與此同時，地面劇烈晃動起來，許多人沒有防備，紛紛跌倒，青花也向前一晃，摔倒在地。

不知道孫殿英命人在外面安放了多少炸藥，接下來又是數次震響，整個地宮都被波及到了，彷彿地震一般地搖晃個不停，響聲在封閉的空間中迴蕩，讓人不得不捂住雙耳來抵抗聲波的刺激。

端木衡扶著洛逍遙，防止他跌倒，直到搖晃稍微停止，他過去想把青花的槍踢開，青花卻搶先一步撿起來，再次將槍口對準他。

「去死吧！」

她大叫道，端木衡慌忙拉著洛逍遙躲避，但槍聲沒有傳來，兩人轉頭看去，就見那把槍落到了地上，青花口中溢出鮮血，身體搖搖欲墜。

洛逍遙看得呆住了，問：「怎麼回事？」

端木衡還沒有回答，青花就往前撲倒在地上，她後心中刀，鮮血大量湧出，染紅了地磚上的紋絡。

徐廣源站在她後面，文明棍的棍柄拔開，露出裡面的利刃，這一刀是他捅的，但端木衡跟洛逍遙都不明白他為什麼要對青花下毒手。

徐廣源掏出手帕，仔細擦拭沾在刀刃上的鮮血，接收到他們吃驚的目光，他淡淡地說：「我不是要救你們，而是時辰到了，我不想被個蠢女人耽誤了大事。」

蘇唯跟沈玉書看到這一幕，也衝了過來，追殺他們的人都忙著搶珠寶，給了他們緩氣的時間，青花還沒有死，沈玉書想救她，被閻東山攔住了，在徐廣源的提示下將她拉到圖案當中。

沈玉書終於明白徐廣源的意圖，問：「你要把她當祭品？」

徐廣源冷笑道：「若非如此，我為什麼要特意救他們父女？只可惜不是處子，不知道能不能啟動魔法。」

「什麼魔法？你才是魔鬼！」

「退開，不要妨礙了我的大事！」

「你的大事難道比人命更重要嗎？」

「不錯，螻蟻而已，何足掛齒？」

徐廣源說得平淡，但是在沈玉書聽來，他比這裡任何一個人都要瘋狂，正要制止他的愚蠢行為，葉王爺看到女兒被害，撲上來跟徐廣源拚命。

閻東山慌忙阻攔，但葉王爺拚了命，無視他數次揮來的鐵拳，硬是揪住徐廣源不放，糾纏中他抓住了徐廣源胸前的懷錶用力一扯！

錶鏈被扯斷了，懷錶向前飛去，剛好落在地磚的雕圖當中。

徐廣源大驚，慌忙去撿，葉王爺抓住他的腿不放，兩人一起倒地，在地上滾打起來，閻東山想要上前幫忙，卻被在附近搶寶的人撞開，爭奪中一大把滾圓的珍珠落到地上，他不小心踩中，也差點跌倒。

沈玉書等人站在雕圖之外，看著眼前這場鬧劇，不知該作何表示。

在金錢面前，所有的理智跟自尊都消磨殆盡，只留下瘋狂的醜態，蘇唯拿出手機想要拍照，猶豫了一下，又放棄了。

這種醜惡還是不要留下來吧，相片保存的應該是更美好的事物。

洛逍遙看向端木衡，輕聲問：「就是你想要的東西嗎？」

稍微沉默後，端木衡搖搖頭。

「不，我很失望。」

「你還有更失望的，」蘇唯在一旁涼涼地說：「放棄你那個不切實際的夢想吧，它永遠不會實現。」

端木衡眼眸瞇起，問：「為什麼？」

「因為……歷史不是這樣書寫的。」

端木衡還要再問，雕圖當中突然傳來光亮，起先大家還以為那是手電筒的反光，但很快發現光芒是從地磚紋絡當中溢出來的。

紋絡中流入了鮮血，起先是淡淡的紅色，接著逐漸轉化成橘色、淡金色，眾多光輝從紋絡中閃現而出，交相閃爍，色彩越來越明亮，晃花了眾人的眼眸。

長生一直被金狼護著躲在角落裡，看到異景，他跑了過來，金狼想阻攔，反而被他拉住，急切地叫道：「乾爹，我記得這個，我記得的！」

「什麼？」

金狼一臉迷惑，被長生拉著衝到了光圈前方，長生指著光芒叫道：「我見過一次，在……在我家裡……」

長生說話的聲音被更大的吼聲蓋過去了，看到光芒，徐廣源顧不得再跟葉王爺糾纏，激動地大叫道：「魔法出現了！我們將要回到另一個時代，重建我大清國，天佑我大清國永屹不倒！」

他話音剛落，那塊落在地磚上的懷錶突然騰空而起，錶殼自動打開，錶針飛速轉動起來，卻是順時針的方向。

看到錶針的轉向，徐廣源的表情頓時變得異常詭異，他發出尖銳的叫聲，一腳踹開葉王爺，跌跌撞撞地往光芒當中衝去，叫道：「阻止它！快阻止它！不應該是這樣的，不是這樣的！」

沒有人明白他在發什麼瘋，所以眾人很快就無視了怪異的場景，繼續埋頭搶奪陪葬品，對他們來說，比起什麼魔法啊、復辟啊，他們更關心眼下的利益。

只有蘇唯知道這是怎麼回事，徐廣源是希望懷錶的錶針逆時針轉動，這樣才有可能返回過去的時空，但現在是順時針的方向，也就是說藉助這塊錶，他有可能回到屬於自己的世界！

大喜之下，蘇唯衝進雕圖中拿錶，徐廣源看到了，不由得大急，胡亂摸到落在地上的手槍，向他扣下扳機。

「蘇唯小心！」

沈玉書見勢不妙，衝過去擋在他身前，蘇唯聽到輕響，接著就看到沈玉書倒在了地上，他急忙抱住沈玉書，叫：「沈萬能？沈玉書你怎麼樣？」

沈玉書左胸的衣衫破了，躺在地上說不出話來，蘇唯大驚，雖然看到懷錶被他們撞到，飛出了光圈，卻哪裡還有心思去理會，用力按住沈玉書的胸口，看到他傷到要害，一時間心慌意亂，不知該如何是好，只是不斷地安慰道：「沒事的，我帶你去現代社會，那裡醫術好，一定可以救你……」

洛逍遙左肩受傷，被端木衡拉到一邊不讓動，現在看到沈玉書出了事，他掙脫端木衡就要過去救助，端木衡喝道：「那邊有蘇唯，我們找錶！」

「這都什麼時候了，你還想著你的那些財寶！」

「不，你沒聽到蘇唯的話嗎？有那塊錶，他們才有救！你哥有蘇唯照顧，我們去找錶，這樣才能幫到他們！」

洛逍遙的確聽到了蘇唯的話，可是他無法理解那句話的意思，猶豫了一下，端木衡鄭重的表情讓他選擇相信，撥開在附近相互爭奪的眾人，去找懷錶。

可是眼下地宮亂成一團，洛逍遙只隱約看到懷錶滑出了雕圖，除了雕圖當中的圓形光芒外，到處都是晦暗一片，再加上那些陷入瘋狂的人，想要找到錶談何容易？

但即使懷錶消失，卻沒有減弱雕圖的光芒，那光輝反而更加耀眼，長生抱著小松鼠衝進了光圈，金狼不假思索，也陪著他跑了進去。

對面傳來徐廣源歇斯底里的笑聲。

「你們不會得逞的，我得不到的東西，你們也得不到……」

話音剛落，他就被葉王爺按住了，葉王爺舉起匕首向他刺下，地面卻在此時再次劇烈震盪起來，地宮被炸藥的餘威波及，繼續晃動，棺槨漸偏移石臺，但眾人正搶奪得起勁，誰也沒有留意，直到下一波搖晃傳來，棺槨從檯子上落下，砸向地面！

徐廣源的笑聲戛然而止，隨著轟響在地宮裡迴蕩，大家發現他跟葉王爺都被壓在了棺槨下，棺槨本身的重量再加上裡面的陪葬品，足有上千斤，頓時塵土飛揚，眾人慌忙捂鼻後退，直到轟響餘音稍滅，才看到血液從棺槨下方溢出，卻不知是誰的血……

「老爺！老爺！」

閻東山驚呆了，撲過去大叫，又命令其他隨從幫忙搬開棺槨，但是隨著棺槨的翻傾，裡面的屍體跟陪葬品盡數滾了出來，寶石珍珠更是不計其數，財寶當前，誰還理睬閻東山的話，甚至連那具曾經身分最尊崇的屍體也被無視了，大家紛紛趴到地上，為了搶奪珠寶大打出手。

在這種混亂的狀況下，洛逍遙根本無法尋找懷錶，他急得快哭出來了，抓住端木衡的衣服，問：「怎麼辦？怎麼辦？」

端木衡也不知道，想過去查看沈玉書的傷勢，卻驚訝地發現光芒越發明亮，光輝在紋絡當中交替閃爍，彷彿築成了一道圓筒城牆，根本無法進入，這幸虧如此，剛才棺槨的傾倒沒有傷及他們，端木衡只好在外面大叫：「玉書、蘇唯，你們怎麼樣？」

蘇唯心慌意亂，正不知該如何回應，沈玉書卻睜開了眼睛，握住他的手拉到一邊，隨後在金狼的扶持下坐了起來。

蘇唯看傻了眼，結結巴巴地問：「你、你沒事？」

「胸口很痛，但……根據我對人體結構的瞭解，我好像沒事。」

無視沈玉書的冷笑話，蘇唯立刻推開他的手，檢查他胸前的傷口，卻發現除了衣衫破掉外，一點血跡都沒有，他又拉開沈玉書的衣服，眼前金光一晃，一塊懷錶掉了出來。

剛才蘇唯為了引開眾人的注意力，拿了塊假懷錶到處跑，那塊真的懷錶被他塞給了沈玉書，沈玉書把懷錶放在外套內側口袋裡，誰也沒想到這隨手的一放竟然在關鍵時刻救了他一命。

蘇唯撿起懷錶，就見錶殼當中嚴重凹下，正是子彈擊中造成的損傷，他彈開錶殼，指針已經停止轉動了，定格在當下的時間裡。

一瞬間，蘇唯終於全明白了——為什麼當初他盜取這塊懷錶時，懷錶的錶殼上會有輕微的凹痕，原來凹痕是這樣造成的，雖然後來有人修補了懷錶，但凹痕卻無法完整的修復。所以一切因緣際會早在最開始的時候就已經設定好了。

從來沒有任何事情有過改變，一切的一切就像這塊懷錶一樣，一直在按照設定好的軌道慢慢前進。

「蘇唯，你沒事吧？」

蘇唯注視懷錶的表情太凝重，沈玉書反而擔心他受了傷，按住他的肩膀仔細打量。

蘇唯回過神，衝他一笑。

懷錶壞掉了，所以回到現代社會的夢想大概也無法實現，不過這也沒什麼，身邊有這麼多知己好友，他不介意自己的人生在這裡重新開始。

「沒事，我很好。」

蘇唯拉著沈玉書站起來，見長生跟金狼也安然無恙，便打算走出雕圖，但這時他們才發現不僅端木衡跟洛逍遙進不來，他們也走不出去——金光砌成圍牆，將他們雙方分隔開來。

蘇唯大吃一驚，伸手觸摸光芒，發現那並非牆壁，而是急風形成的空間，他將手臂伸出去，試圖穿過風牆，但最多只能擠進一部分，卻無法完全擠出風口。

沈玉書皺眉問：「怎麼會這樣？」

蘇唯也不知道，他只知道徐廣源所說的改天換命大概是成功了，眼見著光華越閃越快，恍惚中無數曾經經歷的畫面在眼前飛過——有他剛來上海時的樣子，也有他進入神偷一行初次行動的過往，甚至還有他幼年跟隨師父奔走的時光，走馬燈般的，一幕幕在光牆之間閃爍。

或許懷錶只是啟動器，蟲洞之門已經打開了，即使那塊懷錶遺失，也不會影響到時空的轉換。

想到這裡，蘇唯急忙大聲叫道：「抓住我！」

此刻光芒轉換的速度更快了，四人只覺得他們幾乎要跟隨光亮飛起來一般，金狼慌忙抱住長生，沈玉書事先聽蘇唯講過穿越之事，他已經有了心理準備，眼看著無法再出去，便抓住蘇唯，衝端木衡大叫道：「阿衡，幫我好好照顧逍遙，還有小姨跟姨丈！」

端木衡還試圖衝進光圈，但就在下一瞬間爍爍光輝突然從裡面散開，端木衡猝不及防，遮住眼睛向後退，待光華稍減，他再看去時，竟然發現光芒已逐漸散去，而那四人的身影也漸趨淺淡，彷彿影子慢慢消失在空間。

一個圓形物體從光芒中擲向他，端木衡伸手接住，就聽蘇唯的聲音遙遙傳來。

「這個送給你，一切平安……」

後來蘇唯好像還說了什麼，但隨著聲音的遠去，再也聽不清了，端木衡展開手掌，那塊徐廣源汲汲於求的懷錶就放在他的掌心中，懷錶被子彈擊中，停止了走動，他端詳著，又抬頭看向前方。

光輝已散，蘇唯四個人還有小松鼠都已不知去向，地磚上的紋絡也消失了，只剩下一層血痕。

洛逍遙被眼前神奇的一幕驚呆了，抓住端木衡的手，急切地問：「他們去哪裡了？會不會有事？我們該怎麼救他們？」

「不用救，也許他們只是去了屬於他們的地方。」

洛逍遙聽不懂，眼圈開始泛紅，端木衡拍拍他的手背，安慰道：「放心吧，他們吉人天相，不會有事的，我們還是想想我們該如何出去吧。」

「出去？這裡的東西你不要了？」

「不要了……」

漠視眼前還在為搶奪珍寶廝打成一團的人，端木衡眼中若有所思。

「或許蘇唯說得對，跟這些人為伍，沒得辱沒了我，前方大路通天，又不是只有這一條路可走。」

身下傳來疼痛，將蘇唯混亂的意識拉了回來。

他好像躺在地上，失重感消失了，但眼前還在閃爍著亮光，是一種極度耀眼的亮，亮得眼睛幾乎無法睜開，大腦暈得厲害，讓蘇唯懷疑它會隨時停擺。

他保持著同一個姿勢躺了半天，大腦急劇混亂的狀態才慢慢緩解，亮光逐漸消失，他看到了上方的蒼穹，跟平時所見的景象稍微不同，這裡的夜空更廣漠更黑暗，依稀有一兩顆星星閃爍，讓夜更顯得孤寂。

蘇唯心頭浮起感傷，好像很多年前他在夜中獨自行動時，偶然仰望天空，心中就湧出了這樣的感覺。

他恍惚坐起來，驚訝地發現這裡並不黑暗，周圍都是高樓大廈，遠處的繁華地帶更是燈火通明，不知從哪裡傳來汽車喇叭聲跟音樂聲，夜空偶爾閃過光亮，是夜行飛機的燈光。

蘇唯怔住了，眼前的景象太熟悉，正因為過於熟悉，他反而不敢相信自己的眼睛，急忙揉揉眼，確定不是眼花後，他跳了起來，雙手高舉，朝著天空交錯揮舞。

「我回來了！我回來了！哇哈哈，我胡漢三又殺回來了！」

「蘇唯，你還好吧？」

興奮的心情被清冷的聲音打斷了，蘇唯順聲看去，就見沈玉書站在自己身後，旁邊是金狼跟長生，小松鼠花生蹲在長生的腦袋上，好奇地東張西望。

蘇唯衝過去撲到沈玉書身上，抱住他又跳又叫。

「我很好，好得不能再好了！沈玉書，我回到家鄉了，你替不替我高興？」

「冷靜冷靜，你現在腎上腺激素分泌過於旺盛，很容易造成暫時性癲狂、語言功能失調甚至昏厥等症狀。」

「就算昏倒我也認了，只要別讓我一睜眼再回到民初就行了……」

蘇唯興奮得蹦高大喊，不過在沈玉書的影響下，他逐漸恢復了冷靜，終於覺察到不對勁了，停下蹦跳，把沈玉書推開，上下打量他。

「沈玉書！」他大叫。

沈玉書點點頭。

蘇唯又叫：「沈玉書！」

「你果然中樞神經錯亂了，要我幫你針灸嗎？我隨身帶了金針。」

「不用！」

蘇唯後退一步，伸出手掌攔住，注視沈玉書三秒鐘，又轉頭去看長生跟金狼，最後是長生頭頂上的小松鼠。

「不會吧，你們、你們都跟我一起穿越過來了？」

長生也罷了，他本來就是現代社會的人，但為什麼金狼會過來？沈玉書會過來？還有這隻松鼠？

想起剛才……好吧，暫且可以解釋說是因為剛才他們遭遇了非常狀況，這幾個人會出現在這裡也不奇怪，看來任何人都具備穿越體質，只要有那只可以開啟蟲洞的懷錶。

可是，這樣真的可以嗎？

相對於蘇唯的興奮，沈玉書表現得要冷靜得多，他檢查了長生跟他的寵物沒有受傷後，把注意力放在了眼前的景物上，環視四周，問：「這就是你常提到的家鄉嗎？」

蘇唯的腦子裡還一片漿糊，沒留意他的問話，撫著額頭呻吟道：「Oh My God，我是不是改變什麼歷史了？」

「蘇唯，你還好吧？」

「不大好。」

「蘇哥哥，不好就要去看醫生，腦殼撞壞是很麻煩的事，別逞強。」

「我就是醫生，我給他看。」

「我現在腦子已經很亂了，你們就別再添亂了可以嗎，兩位大哥？」

蘇唯閉著眼，雙手按住兩邊的太陽穴用力揉，總感覺哪裡不對勁，而且是非常非常糟糕的「不對勁」，但一時間他又想不起來那是什麼。

「吱吱吱！」

小松鼠在長生的頭上叫個不停，蘇唯睜開眼睛看牠，就見牠不時地左右張望，一副興奮不已的模樣，他無奈地道：「我不知道還有沒有其他人也穿越過，但松鼠穿越你該當是頭一隻了。」

長生摸著小松鼠的頭，安撫牠冷靜，又仰頭看蘇唯跟沈玉書。

「我們脫險了，那端木哥哥跟逍遙怎麼辦啊？那些壞人會不會對付他們啊？」

沈玉書道：「不會的，阿衡有能力化險為夷，我只擔心他們不明白當時的狀況，如果他們以為我們死了，小姨跟姨丈一定會很傷心。」

「應該不會，因為我作弊了。」

蘇唯眨眨眼睛，臉上露出促狹的笑。

自從到了上海，他一直有寫日誌，裡面記錄了他的經歷跟感想，偶爾也會稍微提到時局，還有九十年後的那個屬於他的時代。

那本日誌放在他在洛家的臥室裡，或早或晚，端木衡跟逍遙他們會發現的，他相信以端木衡的智商跟心機，會從日誌的字裡行間猜到他的身分，也會明白他們去了哪裡。

至於今後他們會做出怎樣的選擇，那就由他們自己來決定吧。

對面傳來急促的腳步聲，打斷了蘇唯的思索，沒等他轉身，就聽有個男人高聲喝道：「不許動，舉起手來！」

聲音有點熟悉，蘇唯好奇地轉過身，對方立刻又喝道：「舉起手，蘇唯，你被捕了！」

「沈傲！」

在看到站在對面舉槍對準自己的男人後，蘇唯也大叫出聲。

沈傲今天穿著休閒裝，衣著很隨意，但仍然蓋不住他屬於刑警的氣場，尤其是在發現目標後，他的氣場就越發凌厲，槍口指向蘇唯，面容冷峻。

蘇唯沒被他的氣勢鎮住，注視著他，忽然笑了。

「沈傲果然是你，一年多沒見，你一點變化都沒有啊，皮膚保養得這麼好，是用的哪個專櫃的護膚品？給推薦一下唄……」

「少耍花樣，我就知道你不會死的，上次被你跑了，這次你就沒有那麼幸運了！」

對蘇唯來說，沈傲是同鄉重逢，但是在沈傲看來，蘇唯只是個狡猾多端的通緝犯，他不敢大意，作出警告，目光又掃向蘇唯身後。

小路上的光線不佳，看不清楚那幾個人的模樣，但沈玉書跟金狼都身材高大，沈傲更加提高了警覺，冷笑道：「幾天不見，你的同黨增加了不少。」

沈玉書沒聽懂，問蘇唯：「你們這裡習慣把搭檔稱作同黨嗎？」

——不，同黨這個詞放在哪個時代都不是褒義……

蘇唯現在沒心思解釋這些小細節的問題，剛回來，他只想弄清一件事，無視沈傲的敵意，問：「現在是西元多少年？」

「哈？」沈傲一時間沒理解這句話，反問：「你失憶了嗎？」

「沒有失憶，我只是穿越了而已。」

「蘇唯我警告你，不要想耍花樣，你犯了這麼大的案子，是逃不掉的！」

「放心，我絕對不會逃，我只想知道現在是幾年幾月幾號！」

沈傲死盯著蘇唯，像是想從他的表情裡窺到他的用心，半天沒說話。

最後還是蘇唯開了口：「我說，你不會也不記得了吧？」

沈傲依舊不回應，但是看他的表情蘇唯發現自己猜對了，畢竟他們也是在一年多裡你追我趕的關係，彼此都多少有些瞭解，沈傲這個人在辦案上很精明，不過日常中偶爾會有犯迷糊的時候。

就在蘇唯想要發笑時，沈傲掏出手機，點開亮給他看。

「二〇一六年十月二十七，星期四。」

蘇唯看了一遍，接著又重新再看一遍，這次確定無誤了，他不禁又驚又喜，一個高蹦起來，叫道：「我×××的，我終於穿回來了！」

「我警告你不許動！」

「是是是，不動！」

對面槍口指著他，雖然沈傲身為刑警，不會輕易開槍，但蘇唯還是小心不觸動對方的逆鱗，以免他剛幸運地回到現代就吃槍子。

所以他很配合地舉起雙手。

但他配合不等於別人也配合。

沈玉書踏前一步，上下打量眼前這位刑警先生。

「原來你就是沈傲。」

在沈傲看來，身為蘇唯的同黨，這個人同樣極具危險性，他提高警惕，以防對方耍花樣，問：「你認識我？」

沈傲在腦海裡搜尋了半天，也想不起通緝犯的名單裡有這樣一個人，但又覺得對方很面熟，面熟到可以馬上叫出名字的程度。

但偏偏他不認識這個人。

「我好像在哪裡見過你……」

「我也是，感覺你長得像誰……」

兩人對望著，長生也好奇地湊過來，來回看看他們，最後做出結論。

「我知道了，你們長得像對方啊。」

「啊……」蘇唯爆發出一聲慘叫。

他終於想到不對勁的地方在哪裡了，他不該帶沈玉書來到現代社會！

按照正常的發展，沈玉書會留在民初結婚生子，然後有孫子、曾孫，再然後曾孫沈傲會來追殺他，導致他墜樓，穿越去一九二七年。

但現在沈玉書來到了現代社會，那就表明他的所有命運都已經改寫了，他不可能在民初的上海有老婆兒子，更不可能有曾孫，也就是說沈玉書跟沈傲絕不可能同時存在於同一個時空，他們一定會有一個人將消失！

想到這個可怕的結果，蘇唯的額頭上頓時冒出了一層冷汗，無視對準自己的槍口，衝到他們面前，不斷地左右觀看，叫道：「怎麼會這樣！我不是有意的，拜託，你們都不要消失！」

「蘇唯，我警告你馬上停止反抗！」

「我不是反抗，我是在考慮問題，不想死就不要打擾我！」

蘇唯是好意，但他的話太具有恐嚇性質了，所以沈傲從字面上的意思去理解了，立刻拉下了保險栓。

一看有危險，長生急了，他衝過去，伸出雙手擋在蘇唯面前。

金狼擔心沈傲傷到長生，也過去幫忙，握緊了手裡的峨嵋刺，長生嚇得又急忙按住他的手，向他用力搖頭，叫道：「乾爹，不要動手！」

他們這一爭吵，把沈傲的注意力拉了過來，他看到長生，微微一愣，接著神情越來越古怪，衝蘇唯喝道：「還說你沒有綁架馮俊青，他現在不就在這裡嗎？」

「馮俊青？」

蘇唯一時不理解，皺眉看他。

他的反應在沈傲看來都是做戲，冷笑道：「你可真會裝，馮家血案才過了半個多月，你就忘記了嗎？」

經沈傲提醒，蘇唯想了起來，當時他被設計，去珠寶富商馮家的別墅偷東西，但到達的時候，就發現馮家次子馮紹仙被殺，他知道不好，趕緊逃離現場。

事後蘇唯在報紙上看到相關的新聞，原來那晚除了馮紹仙被殺外，他的兒子馮俊青也被歹徒綁架了，生死未卜，後來沈傲就因此懷疑他是凶手，對他步步緊逼，才會導致他墜樓穿越。

蘇唯點點頭。

「好像有這麼回事，應該還沒過追訴期吧？」

「別天真了，這世上沒有這麼短的追訴期。」

「不，我只是想知道你為什麼突然又提到這個案子？上次你追我……呃不，追殺我，害得我差點死掉時，我就說了我不是凶手，我跟那件案子一點關係都沒有。」

「事實就擺在眼前了，你還裝什麼無辜？一點關係都沒有，那為什麼馮俊青他跟你在一起？」

「啊？」

順著沈傲的目光看過去，蘇唯看到了小不點長生，他反應過來了，指著長生問沈傲：「你說他是馮俊青？」

沈傲還沒回答，金狼厲聲喝道：「他不是馮俊青，他是長生！」

金狼的殺氣太重，再加上他身上沾了血，沈傲就更覺得他古怪，直覺告訴他這個男人最危險，槍口立刻指向他。

長生慌忙站到金狼面前，連連搖頭道：「不是的、不是的，他們都是好人，他們沒有綁架我！」

「你不要被他們騙了，他們是一夥的，馬上到叔叔這邊來。」

「才不是，他們一直照顧我，我也不是你說的那個人，我叫長生，長生不老的長生！」

配合著長生的話，小松鼠也豎起身子吱吱叫，又衝沈傲呲牙，一副隨時會竄過去攻擊的樣子。

沈傲被長生的反應搞糊塗了，重新端詳他們，就見他們的衣著都很奇怪，臉上跟身上沾滿了灰塵跟血漬，看上去頗為狼狽，尤其是長生，這孩子乍看像是馮俊青，但似乎又不大像，不管是衣著髮型還是氣質……

他不由得喃喃地道：「這一個星期你們去哪裡了?穿得這麼古怪……」

蘇唯沒聽懂，問：「一個星期？」

沈傲點頭，反問蘇唯：「你故意把這孩子打扮成這樣，是想把他偽裝成偷渡客送去哪裡吧？」

「你說只有一個星期？」

沈傲瞪向蘇唯，要不是蘇唯的表情太鄭重，他絕對會懷疑蘇唯在進行什麼陰謀詭計，冷冷道：「你抓錯重點了。」

「沒有……等等、等等，你剛才好像說今天是十月二十七？」

「是。」

「我記得你上次抓我時，好像是二十一前後？」

面對一個接一個的白癡提問，沈傲無語了，他懶得再看蘇唯做戲，自暴自棄地解釋道：「是的，如果你當時墜樓而亡的話，今晚該是你的頭七。」

聽完這話，蘇唯立刻環顧四周，又衝到對面的街道查看，沈傲的目光警惕地跟隨著他，卻沒有去阻止。

他固然想抓蘇唯，但現在多了個馮俊青，原本以為已經遇害的孩子還活著，而且看起來這幾個人沒有為難他，這是近期最大的喜訊，所以沈傲沒有輕舉妄動，身為員警，他首先要保證人質的安全。

蘇唯跑到了相鄰的兩棟大廈前方，終於發現這裡就是當初他墜樓的地方，他仰頭看大廈頂層，又看看腳下，沈傲說得沒錯，那晚他原本會墜樓死亡的，假如他沒拿那塊懷錶的話。

風拂過，灰燼被旋起，飄散在眼前，蘇唯注意到地上還有一些剛燒完的紙錢，他看向沈傲。

「所以你今晚來這裡，是燒紙送我上路的？」

「我來搜查真相。」

「那這些紙錢……」

「順便燒燒紙。」

看到蘇唯果然如此的表情，沈傲說：「你不要誤會，我沒有對那晚的事感到愧疚，我只是一直想不通你是怎麼逃掉的，我相信你不會死，不會那麼容易死。」

欲蓋彌彰的解釋，連長生都忍不住捂著嘴巴偷笑了，小聲說：「員警哥哥，你也是好人吶。」

「我說了我只是想找出真相！」

「是是是。」蘇唯隨口附和。

原因並不重要，重要的是沈傲告訴了他一個事實——他雖然去了民國上海，在那裡過了一年多，但實際上這裡才剛過了一個星期，這很有可能是蟲洞造成的時差。

他抬頭緊盯住沈傲，伸出手掌在他面前晃了晃。

沈傲皺眉問：「幹什麼？」

「我可以摸你一下嗎？」

「哈？」

「請不要誤會，我不是要攻擊你，當然，也不是調戲警官，我只是摸摸而已……」

看到沈傲警戒的眼神，蘇唯聳聳肩。

「其實我只是想確認你是否還存在。」

「廢話，我當然是存在的，要我開槍證明嗎？」

「那就不用了！」

為了避免沈傲真開槍，蘇唯打消了摸他或是戳他的念頭，打量著他，說：「你好像一直沒消失。」

「你當然巴不得我消失，那樣就沒有人可以揭穿你的陰謀了。」

「不，我希望你永遠都不要消失，否則我會一輩子都無法原諒我自己的。」

蘇唯說得太認真，沈傲聽到有點糊塗了。

直覺告訴他蘇唯不是在做戲，但他又聽不懂他在說什麼，總覺得這一個星期裡蘇唯遇到了什麼奇怪的事，導致腦子出問題了。

以前蘇唯雖然陰險狡詐，但還從來沒這麼語無倫次過。

不知道自己在這位警官的心中被定位於陰險狡詐，看到他沒消失，蘇唯很開心。

沈傲沒有消失，那就是證明一切還有轉機，只要他及時把沈玉書送回去，那改寫的命運或許就可以再轉回原來的軌道上——既然他可以通過懷錶回來，沈玉書當然也可以用同樣的方法再回去！

可是這麼默契的搭檔，他不想送回去啊，他們好像還許諾過一輩子合作開偵探社呢。

不過做人不能太自私，正因為他們是搭檔，他更不可以因為自己的私心而讓沈玉書斷子絕孫……

蘇唯雙手揉額頭，一個人在那兒煩惱了好半天，才想到一件很重要的事——

等等……懷錶……懷錶好像在他回來的時候丟給端木衡了，他在這兒煩惱個鬼啊，沒有懷錶當媒介，任何想法都是空談啊！

想到這裡，蘇唯頓覺眼前一黑，他發現自己做了一件再蠢不過的蠢事。

其他人看著蘇唯在那裡一個人嘀嘀咕咕，都不知道他這是怎麼了，金狼說：「他好像中邪了？」

長生用手指比在唇上，「噓，蘇哥哥在想事情呢。」

「想什麼事情？」

長生聳聳肩，表示他也不知道。

還好，蘇唯終於停止了他的中邪反應，抬起頭，大踏步走到沈玉書面前，看著他，大聲說：「沈玉書你放心，這個烏龍是我搞出來的，這個黑鍋我來背，我一定會想辦法改回原本的設定，對，人定勝天，一定有辦法的，沈玉書你相信我，我會在最短的時間內找到那塊懷錶，不惜一切代價，絕對不讓你斷子絕孫！」

沈玉書整張臉都黑了，蘇唯自言自語了半天，原來是在想這種不正常的問題。

他平靜地問：「我是做什麼傷天害理的事，要被你這麼詛咒？」

「不是，我是在說事實。」

「事實就是你該去看醫生。」

沈傲看向沈玉書。

突然之間，沈傲對這位冷面男人有點好感了，因為他說出了自己一直想說的話。

等等……

注視著沈玉書，沈傲剛剛鬆緩的表情又緊繃起來，他明白了為什麼自己會感覺這個男人面熟了，不僅是因為他們兩人長得像，還有……

他問：「你叫沈玉書？」

蘇唯阻止了沈玉書的回答，對沈傲說：「我們是碰巧遇到的，他不是道上混的，我以前犯的案子跟他一點關係都沒有。」

沈傲充耳不聞，打量著沈玉書，忽然問：「你是不是字萬能？」

蘇唯一愣，沈玉書也很驚訝，問：「你怎麼知道我的字？」

「你有什麼親人嗎？」

「我父母早逝，我是小姨跟姨丈養大的，他們就是我的親人。」

「他們的名字？」

「喂喂喂，這是唱哪齣？你不會是認識他吧？」

蘇唯剛問完就搧了自己一嘴巴，他穿越穿傻了，沈傲身為沈玉書的曾孫，怎麼可能認識他？

沈玉書認真回答了沈傲的提問：「我小姨叫謝文芳，姨丈叫洛正，他們有一個兒子，也就是我的表弟，叫洛逍遙。」

「還有呢？」

「還有？不，沒有了，我只有他們三位親人。」

「還有一個叫端木衡的，你不知道嗎？」

這句話一問出口，不僅蘇唯跟沈玉書，連長生跟金狼也都愣住了，長生驚訝地問：「為什麼你會知道端木哥哥啊？」

「端木哥哥？」沈傲一臉迷惑。

沈玉書點頭道：「我認識端木衡，我跟阿衡從小一起長大，算不上親人，但可以說是知己。」

沈傲端量沈玉書很久，終於放下了槍。

蘇唯越聽越糊塗了，問：「這到底是怎麼回事？」

「不要問我，我也不知道，我只知道我父親告訴我，我家有份祖訓，就是要找到一個叫沈玉書的人，將保存的東西交給他，這些年來我們兄弟運用了各種手段去尋找，但都沒有找到，我們都以為是上一輩搞錯了，沒想到真有這個人。」

沈傲看著沈玉書，喃喃地說，很顯然，他比蘇唯等人更無法相信眼前的事實。

蘇唯聽得更糊塗了。

從祖上遺訓的內容來看，這個時代有人知道沈玉書，並且知道他會來到這裡，所以才讓後世子孫尋找他。

也就是說沈玉書的命運並沒有改寫，否則就不會有沈傲兄弟的存在，更遑談尋找一說，由此也可以證明沈傲跟沈玉書沒有關係，否則他早該就在沈玉書出現在這個時代的那刻起就消失了，可是這樣一來，沈傲又是誰的兒子？

蘇唯想不通，下意識地看向四周，周圍的景物仿似熟悉，卻同時又是那麼的陌生，他不知道自己在定東陵所做的選擇是不是錯的，也不知道要不要再去做修正，現在他只感到了茫然。

口袋有些發沉，蘇唯回過神，伸手摸去，口袋裡面有個東西，他掏出來，不由得愣住了。

原本扔給端木衡的懷錶此刻就在他的手中，錶殼泛著金光，上面的珍珠圓潤奪目，錶上有一些細微的劃痕，帶著年代久遠的滄桑跟懷舊感。

不久前子彈射中懷錶，導致錶殼嚴重下凹，但現在子彈撞擊造成的損傷消失了，取而代之的是錶殼當中稍微凹下的痕跡，蘇唯彈開錶殼，裡面的指針在靜靜地跑著，指針指的正是當下的時間。

原來雖然他們經歷了許多，但這塊懷錶的時間從來都沒有變過，一瞬間，蘇唯想通了其中的原因。

這塊錶不是他帶回來的，而是經歷了將近九十年的時間，從端木衡那裡一代代傳下來的。

他猜想端木衡跟洛逍遙順利逃出了地宮後，修理好損壞的懷錶，讓它重新走動，但後來不知出於什麼原因，懷錶輾轉遺失，最後成了古物展示會上的展品，再陰差陽錯，他接了盜寶的任務，在七天前將它盜走。

原來命運從來都沒有改變過，一切都在按照原有的軌道徐緩前進，所以不管經歷了多久，最終這只懷錶還是回到了他的手中。

蘇唯握著懷錶，默默看著沈傲跟沈玉書，發現他們其實長得並不像，他們的氣質截然不同，只是在某些地方有著微妙的相似而已。

長生仰頭看著他，眼瞳清澈明亮，讓蘇唯想起了他很久以前看的那則新聞。

他真是太蠢了，長生流暢的英語、高超的鋼琴演奏技巧，還有他常用的那些現代詞彙，這一切都早就揭示了他的身分，可是自己卻從來都沒有留意過。

所以，一切的一切，看似偶然，但其實都早有安排，如果說長生跟他們的相遇是巧合的話，那又怎麼解釋長生也出現在一九二七年的時代裡？

「你……是不是也見過一塊相同的懷錶？」

明知這是個沒有答案的問題，蘇唯還是忍不住問道。

長生的臉上露出茫然，他想不起來，搖了搖頭。

蘇唯笑了，看向沈玉書，沈玉書也在注視他，目光中不無擔憂。

蘇唯道：「別擔心，我很好。」

「你好像在這裡背了人命官司，並非很好。」

那件事可以慢慢解決，跟之前的種種冒險奇遇相比，那根本不算什麼。

蘇唯合上了錶殼，他終於明白了，他們根本沒有解開懷錶的祕密，定東陵的傳說並沒有結束，相反的，隨著他們的回歸，傳說的齒輪終將重新啟動。

（全劇終）

【作者後記】

我很滿意這個長篇探案故事，希望能帶給大家歡樂

親愛的讀者們，你們好。

首先，多謝在百忙中閱讀拙作，希望這個歡樂搞笑的偵探故事能給大家帶來快樂。

這一集是蘇唯跟沈玉書在民初聯手破獲的最後一案，也是整個系列的最終章。

說到蘇唯，我想跟他說句抱歉，這集寫了幾萬字他才露頭，雖然這一切都是出於劇情的需要，其實他一直都在前幾萬字打醬油的，沈玉書在大世界時有稍微提到一點，大家留意一下，也會發現蘇唯一直喬裝混在他們周圍，有興趣的讀者可以猜猜哪個角色是蘇唯扮演的XD。

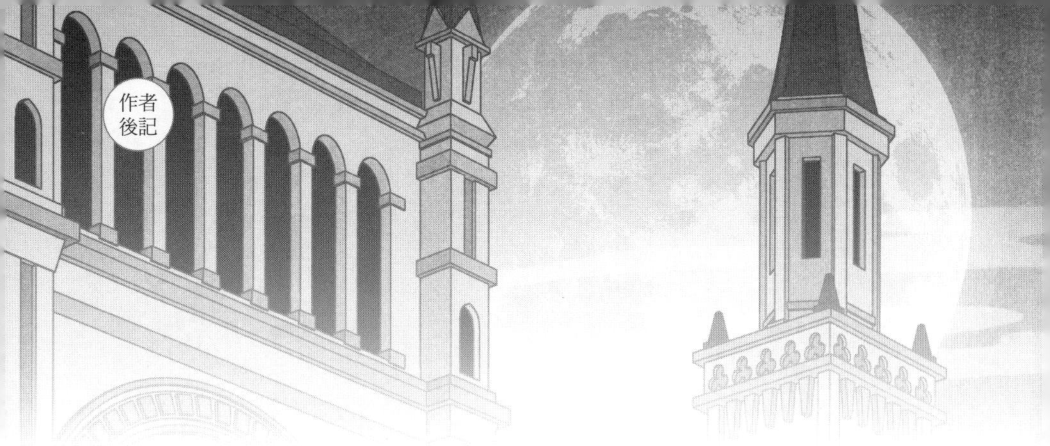

作者後記

這一集裡其實包含了三個小案子——柳長春被殺案、金狼的滅門血案，還有馬澤貴的死亡事件，通過這三個案子將整個故事串聯起來，最後主線指向定東陵。

最後的最後，案子真相大白，蘇唯終於夢想成真，回到了他的故鄉，還把他的搭檔也帶來了，另外還多了小松鼠花生跟金狼，所以《王不見王》這個長篇系列就此告一段落，至於這些主角今後將會面對怎樣的人生，那就將是另一個新的故事。

這個系列我從去年十月開筆，到今年九月結束，差不多用了一年的時間，因為對民國初期的背景不是很熟悉，還特別查了很多資料，相較於其他現代都市故事，這篇文耗費的精神跟心血都更多，但付出總有回報，我個人對這個長篇探案故事很滿意，不管是主線布局還是每個小案子的設計，當然，其中肯定也有很多不足之處，希望下次再接再厲，可以寫得更完美。

另外，有關地宮冒險的那一段，是我在歷史記載的故事上進行的演義修飾，而且這些流傳的歷史故事跟真正發生的真相肯定還是有出入

的，不過孫殿英炸地宮盜寶是真實的案例，至於其他的部分諸如機關密道以及虎符令等設計，當然都是在講故事，至於徐廣源還有葉王爺等人，也是虛構的，眾看官看文圖個樂子，切莫過多糾結於歷史。

最後，雖然本系列結束了，但我還會繼續寫其他的故事，以及創作個人誌的文章，具體情報請看我的微博和 FB，大多 Po 一些與創作、出版有關的資訊，歡迎大家來我家玩＞～

微博 http://www.weibo.com/fanluoluo

臉書 https://www.facebook.com/fanluoluo

那麼，我們就在有緣其他故事裡再見啦，再次感謝。

樊落

二〇一六年夏

綺思館
晴空強檔新書
戀愛吧！一切的不可理喻都好可愛
韓越
湛路遙
風雲起之
幕後特輯
王不見王
One king doesn't face another
導演 / 樊落　美術指導 / Leila
不合？同居？三角戀？謠言有很多，真相只有一個！
開拍後就話題不斷，兩王相爭的精采內幕獨家披露！
王不見王的兩大影帝，首度聯手演出《王不見王》！

狂想館015

王不見王5 定東陵（完）

國家圖書館出版品預行編目資料

王不見王5定東陵（定） / 樊落著. -- 臺北市 ：晴空出版：家庭傳媒城邦分公司發行,
2016.10
冊； 公分. --（狂想館015）
ISBN 978-986-93253-6-3（全5冊：平裝）

857.7 105014591

城邦讀書花園
www.cite.com.tw

作者 樊落
封面繪圖 Leila
文字校對 劉綺文
特約編輯 高章敏
主編 施雅棠
行銷 艾青荷 蘇莞婷 黃家瑜
業務 李再星 陳玫潾 陳美燕 杻幸君
副總編輯 林秀梅
編輯總監 劉麗真
總經理 陳逸瑛
發行人 凃玉雲
出版 晴空
城邦文化事業股份有限公司
104台北市中山區民生東路二段141號5樓
電話：（886）2-2500-7696 傳真：（886）2-2500-1967
E-mail：bwps.service@cite.com.tw
發行 英屬蓋曼群島商家庭傳媒股份有限公司城邦分公司
104台北市中山區民生東路二段141號2樓
書虫客服服務專線：(886)2-2500-7718；2500-7719
24小時傳真服務：(886)2-2500-1990；2500-1991
服務時間：週一至週五09:30-12:00；13:30-17:00
郵撥帳號：19863813 戶名：書虫股份有限公司
讀者服務信箱E-mail：service@readingclub.com.tw
晴空部落格 http://sky.ryefield.com.tw
香港發行所 城邦（香港）出版集團有限公司
香港灣仔駱克道193號東超商業中心1樓
電話：852-2508-6231 傳真：852-2578-9337
E-mail：hkcite@biznetvigator.com
馬新發行所 城邦（馬新）出版集團【Cite(M) Sdn. Bhd. (458372U)】
41, Jalan Radin Anum, Bandar Baru Sri Petaling, 57000 Kuala Lumpur, Malaysia.
電話：+603-9057-8822 傳真：+603-9057-6622
電郵：cite@cite.com.my

美術設計 廖婉禎、陳涵柔
內頁排版 洸譜創意設計股份有限公司
印刷 沐春行銷創意有限公司
初版一刷 2016年10月
定價 250元
ISBN 978-986-93253-6-3